이등병의 아빠

# 이등병의 아빠

**초판 1쇄 발행일** 2018년 3월 13일
**초판 2쇄 발행일** 2018년 4월 16일

**지은이** 고상만·고충열

**펴낸이** 김완중
**펴낸곳** 내일을여는책
**편집총괄** 김세라
**디자인** 윤현정
**관리실장** 장수대

**인쇄** 예림인쇄
**제책** 바다제책
**출판등록** 1993년 1월 6일(등록번호 제475-9301)

**주소** 전라북도 장수군 장수읍 송학로 93-9(19호)
**전화** 063) 353-2289
**팩스** 063) 353-2290
**전자우편** wan-doll@hanmail.net
**블로그** blog.naver.com/dddoll

ISBN 978-89-7746-085-0 03810

# 이등병의 아빠

인권운동가 **고 상 만**
아   들 **고 충 열** <sub>지음</sub>

내일을 여는 책

# 사랑하는 자식을 잃고
# 울지 않는 세상을 만드는 힘

저는 2014년 의무 복무 중 망인이 된 육군 이병 신병준의 엄마이자, 2018년 현재 군 의문사 유가족 모임인 군사상자유가족협의회 회장직을 맡고 있는 김순복입니다.

사랑하는 제 아들 병준이는 중국에서 중·고등학교를 다니다 한국으로 돌아와 대학 입학 후 중국어를 전공하던 중 2014년 5월 27일 육군 102보충대로 입소했습니다. 이후 제22보병사단 신병교육대에서 8주간 신병교육을 받았는데, 지금도 생생하게 기억나는 것은 그 해 7월 4일의 일입니다. 56일간의 신병교육을 마치고 수료식을 한다는 말에 저는 아들을 만나러 가기 이틀 전부터 잠을 이루지 못했습니다. 하나밖에 없는 아들을 만나러 간다니 설레어서 그랬습니다. 그래서 '혹여 늦으면 어떡하나' 하는 마음에 조바심치며 강

4

원도 고성의 22사단 훈련소로 향하니 다행히도 행사 시간보다 늦지 않은 아침 9시에 도착할 수 있었습니다.

기다리고 있는 와중에 군악대가 먼저 연병장으로 나오고 있었습니다. 그 뒤를 따라 똑같은 군복을 입고 남자아이들이 연병장을 향해 들어오는데 찾아오신 모든 부모님들이 서로 아들을 찾겠다고 고개를 두리번거리더군요. 저 역시 아들을 찾겠다고 여기저기 눈동자를 바쁘게 움직이며 찾는데, 역시 자기 아들이라 그런지 병준이가 한눈에 쏙 들어오더군요. 저는 미친 듯이 아들을 향해 손을 흔들었습니다. 그러면서 언제쯤 공식 행사가 끝나려나  했는데 약 1시간 30분 정도가 지나자 아들과 만나는 시간이 되었습니다. 저는 한달음에 아들에게 달려가 "아들, 고생했어." 하며 꼭 끌어안고 엉엉 울었습니다. 그 일이 엊그제 같습니다.

그런 엄마에게 아들은 "엄마, 이제 그만 우세요. 이렇게 늠름한 아들인데. 엄마아빠, 인사 받으세요. 충성!" 하며 거수경례를 하더군요. 아들은 소위 말하는 군기가 바짝 들어 있었습니다. 그러더니 아들은 자기 주머니에서 뭔가를 만지작만지작 하더니 카네이션 두 개를 꺼내 엄마아빠의 가슴에 달아 주더군요. "키워 주셔서 감사합니다." 하며 아들은 빙그레 웃었습니다.

이어 우리 가족은 하루 전 예약해 둔 펜션으로 향했습니다. 그리고 집에서 준비해 간 음식을 아들 앞에 꺼내 놓았습니다. 먼저 아들이 좋아하는 삼겹살부터 구웠습니다. 아들은, 엄마가 구워 주는 삼겹살이 제일 먹고 싶었다며 웃었습니다. 그날 아들은 이 엄마가 구워 준 고기를 배불리 먹었다 합니다. 그것이 아들에게 먹인 이 엄마의 마지막 밥일 줄은 그때까지 상상도 하지 못했습니다.

아들은 부대로 복귀할 시간이 다가오자 불안해하기 시작했습니다. 그러면서, 오늘 하루 밤만 가족과 함께 잠자고 싶다는 말을 반복적으로 되풀이했습니다. 하지만 그때까지만 해도 가족과 헤어지는 것이 아쉬워 그냥 하는 말인 줄 알았습니다. 그런 아들을 부대 앞까지 배웅해 줬는데 마지막 순간 아들은 엄마 몰래 눈물을 훔쳤고 저는 그 모습을 보고 말았습니다. 엄마로서 얼마나 가슴이 아팠을까요? 하지만 전 그런 아들에게 모르는 척, 건강하게 군 복무 잘 적응해야 한다는 말만 당부했습니다. 결국 그것이 마지막 말이었습니다. 그로부터 23일 후, 아들이 싸늘한 죽음으로 돌아올 줄이야….

모든 군 의문사 유가족들이 다 그렇듯이 저 또한 그랬습니다. 아들은 복무 중 남긴 위병 일기에 "견디자. 신병준. 이병 신병준. 일병 신병준. 상병 신병준. 마지막이다. 병장 신병준. 이병부터 병장까지 최선을 다해 군복무를 마치자."라는 글을 남겼습니다. 아들 병준이는 자신이 남긴 그 일기처럼 정말 열심히 군 생활을 참고 견디려고 노력한 것입니다.

그런데 2014년 7월 27일 일요일 오후 5시쯤이었던 것 같습니다. 부대로부터 연락이 왔습니다. 급하게 좀 와야 한다는 것이었습니다. 저는 국군강릉병원에 도착할 때까지만 해도 아들이 사망했을 거라고는 상상조차 하지 못했습니다. 그저 '어디를 많이 다쳤나' 싶었습니다. 그런데 병원에 도착한 후 분위기가 심상치 않았습니다. 아마도 '아들이 사망했다는 것을 알면' 엄마가 쓰러져 죽을 것 같으니 병원 도착할 때까지 일절 말하지 말라며 남편이 당부한 것 같습니다. 결국 저는 싸늘한 시신으로 차디찬 냉동고에 있는 아들을 마주 볼 자신이 없어 끝내 아들을 보지도 못한 채 하늘나라로 보내고 말았습니다.

그렇게 장례를 마치고 집으로 돌아온 후 저는 집 밖으로 나갈 수조차 없었습니다. 집 베란다에 웅크리고 앉아 수돗물을 틀어 놓은 채 "아들아, 아들아, 대답 좀 해."라며 울었습니다. 몇 달을 그렇게 살았습니다. 하지만 아무리 목 놓아 불러도 아들은 대답이 없었습니다. 순간순간 미친 듯이 무서움이 몰려오기도 했습니다. 그럴 때는 너무 무서워 장롱 속으로 숨기도 했습니다. 평범했던 행복이 그렇게 완전히 무너져 내린 것입니다. 그런데 어느 날, 딸의 방문을 열어 본 후 저는 잊고 있었던 또 하나의 고통을 마주하게 되었습니다. 하나뿐인 남동생을 보낸 딸 역시 이불을 뒤집어쓴 채 동생의 이름을 부르며 대성통곡을 하고 있었던 것입니다. 알고 보니 딸은 매일 밤, 엄마인 내게 들릴까 봐 이불을 뒤집어쓴 채 그렇게 혼자 울고 있었던 것입니다.

저는 '아, 내가 정신을 차리지 않으면 우리 딸이 더 아파하겠구나' 하는 생각이 들었습니다. 유난히도 남동생을 아꼈던 누나가 엄마처럼 아파할 것이라는 생각을 하지 못했던 것입니다. 생각해 보면 아들을 잃고 난 후 집에서 밥을 할 수가 없었습니다. 아들을 잃었는데, 우리는 밥을 먹겠다며 쌀을 씻고 반찬을 만든다는 것이 너무도 끔찍했기 때문입니다. 그런 지경이었으니 딸은 얼마나 더 고통스러웠을까요? 어느 날은 딸이 다가와 "엄마, 우리 다함께 같이 죽으면 안 될까?"라고 말하는 것 아닌가요? 그날 이대로 있으면 안 된다는 생각이 들었습니다. 그날로 저는 제가 사는 지역의 몇 개 국회의원 사무실을 찾아 다녔습니다. 하지만 누구 한 사람 제 말을 들어주지 않더군요.

헛걸음을 하고 집으로 돌아와 이번에는 인터넷을 찾기 시작했습니다. 어렵게 인권단체를 찾아 전화를 해 보았지만 그도 소용이 없었습니다. 하지만 포기할 수가 없어 다시 한번 용기 내어 인터넷을 검색하는데 그때 우연히 찾게 된 이름이 있었습니다. 인권운동가 '고상만'이란 이름 석 자였습니다. '인권운동가! 아, 이 사람이면 적어도 내 사연을 들어 주지 않을까' 싶어 연락처를 수소문하기 시작했습니다. 그 당시 고상만 선생님은 국회 김광진 의원실 보좌관으로 근무하고 계시더군요. 그래서 용기 내어 전화를 걸었는데 하늘이 보우하사, 고상만 보좌관님이 친절히도 전화를 받아 주시면서 면담 약속을 해 주시는 것이었습니다. 지금도 그때를 생각하면 하루에 한 번씩 고상만 보좌관님께 고맙다고 절이라도 올리고 싶은 심정입니다. 그렇게 해서 남편과 함께 찾아가 면담을 하게 된 것, 이것이 고상만 보좌관님과 제가 만나게 된 인연의 시작이었습니다.

## 함께한 연극 <이등병의 엄마>, 잊을 수 없을 것

그러던 2017년 이른 봄 어느 날이었습니다. 국회를 그만 둔 고상만 보좌관님이 연극 〈이등병의 엄마〉를 만들자고 군 의문사 유족에게 제안해 왔습니다. 그러나 짧게는 4~5년, 길게는 3~40년간 자식 잃고 살아 온 엄마들은 선뜻 나서지 못했습니다. 과연 우리가 연극을 할 수 있을까? 무대 위로 올라가 무슨 말을 하지? 과연 우리들의 말을 들어 줄 사람이 있을까? 그런 고민이 들었기 때문입니다. 엄마들이 던지고 싶은 그 수많은 말들을 어떻게 표현할 수 있겠습니까? 그럼에도 시간은 흘러 연극 연습이 시작되었습니다. 여러 엄마들이 망설이고 참여를 주저했지만 멀리 광주에서, 전주에서, 그리고 춘천 등 경향 각지에서 매주 어김없이 연극 연습을 위해 모였습니다. 그러면서 주춤거리던 엄마들이 하나 둘 동참하기 시작했습니다. 어느새 연극 연습은 열정적인 외침의 장이 되고 있었습니다. 무엇보다 행복했던 것은 연극 연습을 통해 엄마들이 그간 쌓인 한을 외치고 울고 터뜨린 것입니다. 그런 과정이 생각지도 못한, 힐링 아닌 힐링이 되었습니다. 먼저 간 자식의 이름을 부르는 것이 다른 가족들에게 고통이 될까 봐 차마 마음 놓고 부르지도 못했는데 연극 연습을 하며 그 아들의 이름을 목 놓아 부르고 또 부르니, 그동안 막힌 속이 얼마나 시원했겠습니까?

그렇게 연극은 무대에 올려졌습니다. 지금도 잊지 못하는 2017년 5월 18일 대학로에서의 첫 공연. 그날 무대에 섰던 마음을 무슨 말로 표현할 수 있을까요? 정신없이 첫 공연을 마치고 그날도 원 없이 울고 있는데 관객들의 긴 기립 박수와 격려가 이어졌습니다. 그 감동에 우리 엄마들은 또 한번 목 놓아 울기도 했습니다. 총 11

연극 <이등병의 엄마>

일간 모두 14번의 공연에 국방부의 반성을 촉구하는 엄마들의 마음을 담았습니다. 이런 공연에 대통령의 부인이신 김정숙 여사님도 오셔서 우리들 마음에 공감의 눈물을 함께 보여 주셨지요.

그런 위로가 처음이었습니다. 국가가 강제로 데려가 다시 돌려주지도 못했으면서 국가는 단 한 번도 우리에게 미안하다는 말을 하지 않았습니다. 그 어떤 위로도 국가로부터 받아 보지 못했습니다. 그런데 그날 영부인이 우리들 눈물에 함께 울어 준 그 눈물이 큰 위로가 되었습니다. 가슴이 먹먹했습니다. 이후 송영무 국방부 장관님과 서주석 국방부 차관님도 이 연극을 함께 봐 주시고 우리 엄마들의 가슴 아픈 외침을 흘리지 않고 변화의 모습을 보여 주어 '나라가 나라다워지는' 오늘을 보게 됩니다.

그렇기에 우리 군 의문사 유족들은 정부와 국방부를 향해 군 인권을 요구하며 싸워 온 노력 중 연극 〈이등병의 엄마〉 공연을 통한 캠페인이 가장 의미 있는 활동이 아니었을까 생각합니다. 그동안 많은 가족들이 포기했던 지난 세월을 뒤로하고 우리 군 의문사 유가족들이 다시 한 마음으로 단합할 수 있는 계기가 되었기에 더욱 그렇습니다. 따라서 군 인권이 향상되고 국가가 그 마땅한 책임을 인정하는 날까지, 그리하여 '의무 복무 중 사망한 우리 아들들'이 국가로부터 합당한 예우를 받을 수 있는 날까지 우리 엄마들은 지치지 않을 것입니다. 그 길 위에서 생각나는 일이 하나 있습니다. 이 책을 내시는 고상만 보좌관님이 늘 우리들 군 의문사 유족 어머니들에게 하시던 말씀입니다.

"어머니들은 피해자 운동 단체가 아니라 또 다른 인권운동가들"이라고, 그래서 "어머니들이 열심히 싸우는 것은, 비록 우리는 안타깝게 자식을 잃었지만 또 다른 부모들이 사랑하는 자식을 잃고 울지 않는 세상을 만드는 힘이 됩니다."라는 격려였습니다.

　네. 저희도 고상만 보좌관님이 계시는 한, 함께 갈 것입니다. 그것이 또 다른 우리 아들들을, 이 땅의 젊은 청년들을 잃지 않는 길이라고 생각하기 때문입니다. 지난 20여 년간 한결같이 우리 군 의문사 유족을 위해, 그리고 군인 인권을 위해 수고해 주신 고상만 보좌관님의 뜻을 응원합니다. 부디 이 책이 군 입대를 앞둔 청년들에게, 그리고 그 아들들을 보낼 어머니와 아버지들에게 큰 공감과 울림으로 이어지기를 또한 기대합니다. 우리 모두 파이팅!


김순복

(군사상자유가족협의회 회장)

차례

## 1부 이등병의 이야기

# 2부 이등병의 아빠 이야기

# 〈이등병의 아빠〉,
# 이런 이유로 쓰게 되었습니다

처음 이 책을 써야겠다고 마음먹은 때는 2013년 10월의 일입니다. 그날 제 아들이 현역 군인으로 입대했습니다. 요즘 우리나라 보통의 집에서는 누구나 그렇지만 아들로서는 제게 하나밖에 없는 존재입니다. 그런 아들을 낯선 보충대로 데려가면서 아버지인 제 마음은 여러 가지로 흔들릴 수밖에 없었습니다. 아들 역시 다르지 않았습니다. 부모 앞에서는 의연한 척 했지만 심란한 마음이 어찌 다를까요. 그런 아들에게 무슨 말이라도 걸며 분위기를 바꾸고 싶었습니다. 그때 문득 든 생각이었습니다. 저는 아들에게 말했습니다.

"아들아. 이제 곧 보충대에 도착할 텐데 이제 그곳에서 네가 생활해 나갈 여러 일들을 잘 기억해 두어라. 그래서 21개월이 지난 후 전역하게 되면 이 아빠와 함께 책을 한 권 내면 어떨까. 현역으로 군 복무를 마친 아들과, 그런 아들을 군에 보낸 군 인권전문가 아버지가 함께 쓰는 '대한민국 군대 이야기', 어때? 괜찮지 않겠니?"

　솔직히 그 말을 꺼낼 때만 해도 '그런 날이 언제 올까' 싶었습니다. 그런데 꿈은 어느덧 현실이 되었습니다. 보충대로 입소한 아들은 21개월간의 의무 복무를 마치고 다시 가족 품으로 돌아왔습니다. 그리고 그때 경험을 하나씩 풀어 글로 써 보라는 아버지의 제안에 따라 아들은 인터넷 언론 〈오마이뉴스〉에 간간이 한 꼭지씩 글을 쓰기 시작했습니다. 보충대에서의 일화, 그리고 신병교육대에서 있었던 훈련병 시절과 자대에서의 추억담. 그렇게 시작한 아들의 글은 횟수를 거듭하며 군 입대부터 제대까지의 사연을 큰 줄기로 완성해 나갔습니다.

　그 다음엔 아버지인 제가 이야기를 쓰기 시작했습니다. 대한민국에서 아들을 가진 부모라면 누구나 겪게 되는 이별의 심정, 그리고 그렇게 군대 간 아들을 걱정하고 그리워하며 경험해야 했던 '평범하지만 또 평범하지 않은' 이야기들을 한 올 한 올 풀어 기록했습니다. 그중에는 아들이 상병이었던 시절, 국군의 날을 멋진 추억으로 만들어 주겠다며 보낸 과자 이벤트가 끔찍한 기억이 되었던 추억도 있습니다. 또 아들이 근무하는 부대에서 부대 개방 행사를 한다고 하여 기쁜 마음으로 찾아갔다가 몹시 씁쓸한 일을 겪었던 사연도 담았습니다. 이런 크고 작은 여러 사례를 통해 초보 군인 부모가 겪어야 하는 어려움을 다른 부모님들과 함께 나누고 싶었습니다.

이야기는 아들의 사연만 다루지 않았습니다. 아버지인 제가 군에 입대했던 당시의 일도 함께 다뤘습니다. 제가 군에 입대한 때는 1990년 12월의 일입니다. 아주 먼 시절은 아니지만 그때 제가 군에 입대했다가 겪었던 사연을 오늘날의 군대 모습에 비춰 돌아보기도 했습니다. 어떤 점은 아들이 입대한 지금과 많이 달라졌으나 또 어떤 점은 여전히 바뀌지 않은 모습을 보며 신기하기도 하고 때론 안타깝기도 했습니다. 이런 이야기들을 앞으로 군에 입대해야 할 이 나라 건강한 청년들과 예비 군인 부모님께 전하고자 책으로 묶고 싶었던 것입니다.

## 제가 만들고 싶은 대한민국 군대는

지난 1998년부터 지금까지 군인 인권과 관련한 일을 해 왔습니다. 일일이 다 기억할 수 없는 군인들과 그 부모로부터 민원을 받았고 저는 문제 해결을 위해 나름 노력해 왔습니다. 저에게 전해진 사연은 다 똑같지 않았습니다. 누군가는 다쳤고, 또 누군가는 목숨을 잃었으며, 또 다른 누군가는 복무 중 입은 부상으로 전역 후에도 고통을 받고 있다며 억울함을 토로해 왔습니다. 그들은 한결같이 말했습니다. 국민으로서 당연한 애국을 하고자 입대했는데, 그 후에 찾아온 고통에 대해서는 국가가 외면한다는 하소연이었습니다.

그런 분들을 위해 뭐라도 하고 싶었습니다. 그래서 지난 세월, 대신하여 줄기차게 따지기도 했고 글을 써서 비판도 했습니다. 방송을 통해서도 했고 국방부 철문 앞과 거리에서도 마이크를 들고 큰소리로 외쳤습니다. 이러한 제 활동의 중심축은 영문도 모른 채 자식을 잃어야 했던 군 의문사 피해 유족들이었습니다. 전부 다 도와드릴 수 없다면 가장 큰 피해를 입은 분을 도와드려야 한다고 생각한 것입니다. 그런데 일은 생각처럼 되지 않았습니다. 거대한 군과 맞서 싸우는 것이 마음처럼 쉬운 일은 아니었습니다. 어떻게 싸워야 할까 고민하다가 시작한 것이 지난 2017년 5월 서울 대학로에서 공연한 연극 〈이등병의 엄마〉였습니다.

'다음' 스토리펀딩을 통해 2,800여 후원자의 도움으로 제작된 이연극은 군 의문사로 자식을 잃은 실제 유족 어머니들이 직접 무대위로 올라가 내 자식의 억울함을 외치는 것이 핵심입니다. 이를 통해 '연기가 아닌 진심으로' 국민에게 그 상처를 오롯이 보여드리고 싶었습니다. 공감은 기대 이상이었습니다. 공연 시작 이틀 만에 남은 10일간의 좌석이 전부 매진되었고 '촛불혁명'으로 조기 실시된 대선에서 당선된 문재인 대통령의 부인 김정숙 여사가 공연장을 찾아와 주셨습니다. 영부인이 공감한 연극이라며 사회적 이슈로 부각되자 이후에는 국방부 장관님과 차관님이 관람을 와 주셨고, 마침내 육·해·공군 참모총장 초청으로 계룡대에서 공연이 성사되는 기적으로까지 이어졌습니다.

연극 〈이등병의 엄마〉는 단순히 외형적 성공으로만 평가되지 않습니다. 군 의문사 문제에 대한 국방부의 정책 변화로 결실이 이어졌기 때문입니다. 과거 정부에서는 순직 처리가 '절대 안 된다고 했던' 사안들이 이후 연이어 순직 처리가 되는 방향으로 움직이고 있습니다. 이 모든 기적을 돌아보면 꿈만 같습니다. 정말이지 많은 분들이 함께해 주셨기에 가능한 변화였습니다. 그런 분 중에서 빠뜨릴 수 없는 한 분이 국방부에서 순직 심사를 담당하고 있는 국방부 영현관리TF팀장 조진훈 대령님입니다. 그리고 2017년 현재, 과거와 달리 군 의문사 피해 유족의 입장에서 순직 심사를 준비해 주시는 또 다른 여섯 분의 영현관리TF 담당 공무원 분들에게도 고맙다는 인사를 전합니다. 자식을 잃은 부모에게 그 명예만이라도 돌려주고자 진심으로 애쓰는 그 분들의 모습을 제가 직접 봤기에 이런 방식으로라도 고맙다는 말씀을 꼭 전하고 싶었습니다.

책 〈이등병의 아빠〉는 그런 연극 〈이등병의 엄마〉를 잇는 또
다른 두 번째 기획입니다. '내 일이 아니면 누구의 일도 아니라고'
흔히 생각하는 우리들의 모습을 다시 돌아보는 기회가 되기를 바
라는 마음으로 이 책을 썼습니다. 군 복무를 경험한 사람이라면
"군대도 사람 사는 곳"이라며 걱정하지 말라고 합니다. 하지만 아
직 가 보지 않은 이들에게 군대는 여전히 두렵고 어려운 공간입니
다. 그 두렵고 어려운 공간을 먼저 다녀온 선임병의 에피소드를 통
해 보다 친근한 대한민국 군대로 만들고 싶었던 것입니다.

물론 일부 에피소드는 군 입장에서 거북할 수도 있을지 모르겠
습니다. 그러나 이러한 이야기들을 통해 반드시 바꿔야 할 적폐를
청산하는 계기가 될 것이라고 저는 확신합니다. 만 20년 전이었던
1998년에 "의무 복무 중인 군인의 생사는 무조건 국가 책임"이라
며 제가 외칠 때 당시 대다수 사람들은 크게 공감하지 않았습니다.
오히려 왜 국가가 그런 책임을 다 져야 하느냐며 반문했습니다. 그
런데 지금은 달라졌습니다. 국가가 책임지지 않을 거라면 징병도
하지 말라며 줄기차게 외치니 지금은 많은 분들이 제 주장에 공감
을 표시합니다. 그렇습니다. 바로 이것입니다. 국민이, 부모가, 군

에 대해 이야기하면 할수록 보다 인간적인 군대가 만들어질 수 있습니다. 조국을 지키러 군에 가는 것이지, 억울하게 목숨을 잃거나 다쳐서 희망 없는 미래를 만들기 위해 군에 가는 사람이 누가 있습니까. 군 인권 문제가 더 좋은 군대를 만드는 길이 될 것입니다.

그 길 위에서 저는 앞으로도 외치겠습니다. 그리하여 제가 생각하는 대한민국 군대는 이렇습니다. 지금처럼 누구도 가고 싶지 않은데 아무나 끌려가는 군대가 아니라 '가고 싶지만 아무나 갈 수 없는' 우리나라 국군 만들기입니다. 이 책이 그런 군대를 만드는 데 작은 힘이 되기를 기원합니다.

끝으로 이 책을 만들어 주신 '내일을 여는 책' 김완중 대표님께 고맙습니다. 귀한 지면을 내 주시며 응원과 격려를 아껴 주시지 않은 덕분에 제가 해 온 20년 군 인권활동에 대한 정리를 할 수 있게 되었습니다. 또한 마음속으로만 그려온 '아들과 함께 쓰는 대한민국 군대 이야기'를 낼 수 있었습니다. 이런 책을 한 땀 한 땀 정성으로 잘 엮어서 만들어 주신 김세라 실장님과의 인연 역시 소중한 추억이 되었습니다. 정말 고맙습니다.

이 책의 공동 저자로 함께 이름을 올린 아들 고충열에게는 이 책

의 출간이 더 큰 세상으로 나아가는 계기가 되기를 바라며, 늘 응원
해 주는 딸 은결, 그리고 언제나 함께해 주는 고마운 아내 장경희
님에게도 마음을 전합니다. 더 좋은 세상을 위해 함께 나아갑시다.


2018년 1월

인권운동가 고상만 씀

1부

# 이등병의 이야기

# 입대 후 첫 식사… 대체 이건 뭐냐

누구나 가야 한다고 알려진 군대. 저 역시 예외가 아니었습니다. 2013년 10월 어느 날, 저는 부모님과 함께 의정부로 향했습니다. 육군 306보충대대로 신병 입소하기 위해서죠. 의정부에 도착한 다음 저는 가족들과 입대 전 마지막 식사를 하러 식당에 갔습니다.

흔히 입대 전의 식사는 '최후의 만찬'에 비유할 정도로 분위기가 침울합니다. 특히 군에 입대하면 고생문이 열렸다는 인식이 강한 것도 한 몫 합니다. 제 아버지 역시 입대하는 아들이 염려스러웠는지 의정부에서 가장 유명하다는 어느 고깃집으로 저를 데려가 주셨습니다. 대부분의 사람들은 입대 당일 거의 죽지 못해 먹는다고 합니다. 하지만 저는 배불리 잘 먹었습니다. '군대 가면 이렇게 맛있는 것을 언제 먹어 보겠나' 싶어 그랬습니다.

그렇게 마지막 식사를 마친 후 저는 보충대로 향했습니다. 곧이어 입영식이 시작됐고 저는 구령대에서 지시하는 것처럼 부모님께 힘차게 군대식 경례를 처음으로 올렸습니다. 그 후 눈시울이 붉어진 부모님을 뒤로하고 무겁게 보충대로 들어갔습니다. 가족과 떨어진다는 슬픔, 이제 군인이 된다는 긴장이 제 마음속에 각각 절반씩 자리 잡는 순간이었습니다.

그렇다면 의정부 306신병보충대대에서의 생활은 어땠을까요?


## 민간인도, 군인도 아닌 애매한 위치 '장정'

보충대에 입소한 저는 '장정'이라는 신분을 받았습니다. 장정(壯丁). '군역에 소집된 남자'를 일컫는 말입니다. 즉 엄밀하게 따지면 '정식 군인'은 아니라는 것이지요. 민간인도 아니지만, 그렇다고 군인도 아닌 장정. 매우 어중간한 신분입니다. 그 애매한 신분을 부여받은 저는 곧이어 배속된 생활관으로 이동했습니다.

생활관에는 저를 비롯해서 같은 날에 입대한 각양각색의 젊은 장정들이 모여 있었습니다. 입고 있는 사복은 제각각 달랐으나 짧게 깎은 머리, 긴장된 표정만큼은 모두 똑같았습니다. 그러다 잠시 후 어색한 분위기 속에서 누군가 처음으로 말을 꺼냈습니다. 그것을 필두로 장정들의 말문이 터졌습니다. 서로들 자기소개를 하며 인사를 나눴습니다. 그 순간 긴장감이 풀어지다 보니 더 신나게 떠들었던 것 같습니다. 비슷한 동년배였기에 그랬을까요? 그런 우리들의 대화는 잠시 후 '구대장'으로 불리는 병사가 오기 전까지 이어졌습니다.

구대장. 사회에서는 전혀 들어 보지 못한 생소한 단어의 '직책'입니다. 구대장이란 쉽게 말해 '장정이 지내는 구대(區隊)를 관리하는 병사'를 의미합니다. 체격이 좋고 검은색 헬멧을 쓴 구대장이 보이자 장정들은 자연스럽게 몸을 움츠렸습니다. 사회에서는 알 일이 없는 구대장이 부대 안에서는 엄청나게 크고 두렵게 느껴집니다. '혹시 때리지나 않을까?' 하는 괜한 두려움이 우리를 엄습했습니다. 다행히 구대장은 우리들이 떠든 것을 지적하러 온 것은 아니었습니다.

구대장이 온 이유는 우리들의 인원을 체크하고 앉은 순서대로 장정에게 임시 번호를 부여하기 위해서였습니다. 그러더니 그중 2명의 장정을 호명한 구대장은 이들을 각각 임시 '분대장'과 '부분대장'으로 지정했습니다. 분대장과 부분대장이라고 하니 거창해 보이지만 실제로는 '대표 심부름꾼'에 불과합니다.

한편 입소한 첫날 저녁 시간이 되자 분대장 장정이 어딘가로 달려갔습니다. 돌아온 그는 식사 집합을 하라고 우리에게 전달했습니다. 모두들 식사라는 말에 서둘러서 움직였죠. 기다렸던, 군 입대 후 첫 식사. 배불리 먹었던 점심도 어느덧 배에서 꺼져 가고 밥이 그리웠던 순간인지라 저 역시 궁금하기도 하고 기대도 되는 군대 내 첫 식사를 위해 바쁘게 식당으로 이동했습니다. 과연 밥은 어떠했을까요?

## 양도 적은데 거기서 또 나는 '세제 냄새'

입대를 앞둔 장정들 대부분은 긴장감 탓에 식사를 제대로 하지 못했다고 합니다. 때문에 장정들은 저녁밥을 먹으러 가면서 기대하는 눈치가 대단했습니다. 과연 군대에서는 어떤 메뉴가 나올까? 입대 전 방송에서 보면 그 어떤 식단보다도 나쁘지 않다고 하던데 과연 오늘은 무엇이 나올까? 이런 기대감이었습니다.

이런 기대감으로 조용히 술렁이던 장정들이 병영식당 앞에 길게 줄을 섰고 마침내 제 차례가 왔습니다. 그런데 이럴 수가! 너무나 평범한 식단이었습니다. 배식되는 반찬이나 밥도 사회에서 흔히 볼 수 있던 것들이죠. 학교 다니며 배식을 받던 것과 전혀 다르지 않은 풍경이었습니다. 그런데 문제는 그 다음이었습니다. 배식을 맡은 병사들이 식판에 담아 주는 반찬은 그야말로 '병아리 눈물' 만큼에 지나지 않았습니다.

반찬만 그렇게 적은 게 아니었습니다. 밥은 식판 바닥을 겨우 가릴 정도로 적게 줬습니다. 국물 역시 다르지 않았습니다. 약간의 건더기와 함께 숟가락으로 잘 떠야 담길 만큼 굉장히 얕게 주는데, 그야말로 입으로 후후 불면 그 입김 때문에 국물이 밀려 식판 바닥이 보일 정도의 수준이었습니다.

순간적으로 저는 이 상황을 의심했습니다. 혹시 나만 적게 준 것이 아닐까 싶었던 것입니다. 그런데 다른 장정들의 식판을 살펴보니 저만 그런 것이 아니었습니다. 다들 비슷한 수준이었던 것입니다. 그래서 또 이런 생각을 했습니다. '군대에서는 원래 군인들이 이렇게 적게 먹나' 싶었던 것입니다. 하지만 어쩌겠습니까? 입대한 첫날부터 높은 분들이 잔뜩 있는 그곳에서 제가 감히 뭘 요구하는 것도 그렇고 해서 일단 주는 대로 먹기로 했습니다. 양에 차지 않을 만큼 적었지만 배고픈 장정들은 이내 숟가락을 들었습니다.

그런데 그렇게 허겁지겁 반찬을 집어 먹던 맞은편 장정이 이내 얼굴을 찡그리는 것 아닌가요? 궁금해진 옆자리의 다른 장정이 인상을 찡그리는 장정에게 왜 그러냐고 물었습니다. 그러자 그는 반찬에서 세제 냄새가 난다며 작은 소리로 말하는 것이었습니다. 그 말에 놀란 우리들 역시 숟가락으로 반찬을 떠먹어 봤습니다. 설마 했는데 그것은 사실이었습니다. 미미하지만 반찬에서 세제 냄새가 나는 것입니다.

그러자 비위가 약한 어떤 장정은 그대로 숟가락을 내려놨습니다. 거기서 끝이 아니었습니다. 비교적 비위가 좋은 다른 장정이 꾹 참고 이번엔 국을 떠서 한 모금 먹었습니다. 그러나 그 장정도 결국 숟가락을 내려놨습니다. 반찬뿐만 아니라 국에서도 세제 냄새가 난다며 도저히 못 먹겠다는 말이었습니다. 도대체 왜 반찬과 국에서 세제 냄새가 나는 걸까요? 처음에는 우리도 이해가 가지 않았습니다.

그런데 후에야 알게 되었습니다. 사실은 이렇습니다. 음식에서 세제 냄새가 났던 것은 반찬 때문이 아니라 사실은 '식판을 설거지하면서 남은 세제를 제대로 닦지 않았기' 때문이었습니다. 우리가 첫날 나눠 받은 식판을 자세히 살펴보니 기름때가 누렇게 눌러 붙어 있었습니다. 우리만 그런 것이 아니었습니다. 다른 사람들의 식판도 대동소이했습니다. 결국 비위가 상한 장정들은 군대에서의 첫 식사를 포기할 수밖에 없었습니다. 군 입대 후 첫날 첫 끼니에 대한 슬픈 기억입니다.

더 큰 문제는 식판만이 아니었습니다. 밥도 굉장히 푸석푸석했고 반찬은 딱딱하거나 너무 흐물거렸습니다. 식사로 따진다면 누구도 먹고 싶어 할 이유가 없는 최악의 만찬이었던 것입니다. 그러다 보니 배가 고픈데도 밥을 먹지 못한 채 식당을 벗어난 장정들은 식당 밖에서 이렇게 투덜댔습니다.

"씨X, 개돼지한테도 이런 밥은 주지 않겠다!"

## 흡사 '수용소처럼' 열악한 306보충대

생활관으로 돌아온 뒤에도 장정들은 분을 삭이지 못했습니다. "밥이 뭐 이 따위냐!" "교도소의 범죄자들도 이보다는 잘 먹겠다!" 등등 여러 불만들이 장정들 사이에서 쏟아졌습니다.

그렇게 한참 불만을 쏟아내던 중 구대장의 굵직한 목소리가 들렸습니다. 몇 시 몇 분까지 세면 세족을 마치라는 전달사항이었습니다.

그러자 장정들은 일제히 지급받은 세면백을 들고 씻을 준비를 하기 시작했습니다. 그러나 충분하게 씻을 시간이 주어지지는 않았습니다. 양치질하고 대충 세수만 해도 시간이 부족할 정도였죠. 머리를 감거나 씻는 것은 엄두도 낼 수 없는 상황이었습니다. 그야 말로 '고양이 세수' 정도일까요? 그렇게 아주 짧은 세면을 마치고 생활관으로 돌아오자 모두들 지친 표정이 역력했습니다. 형편없는 식사와 다급한 세면 시간. 입대를 앞두고 새벽부터 쫓기며 하루를 보내니 더 피곤한 느낌이었습니다.

그렇게 있자 얼마 후 다시 지시가 내려왔습니다. 취침에 들라는 지시였습니다. 입대 후 듣게 된 반가운 첫 지시였습니다. 입영 후 여러 가지 검사와 보급품 일부를 지급받으며 정신없던 상황에서 이제 그만 다 잊고 '잠이라도 자고 싶은 마음'이 굴뚝같은 상황이었으니까요. 그런데 이런 기대를 뭉개는 구대장의 지시가 이어졌습니다.

"매트리스 두 개를 깔고 세 사람이 모포 두 장을 같이 덮고 자도록 합니다. 알겠습니까?"

이 말을 듣고 모두 황당해했습니다. 그야말로 '허걱'이었습니다. 군에서 쓰는 매트리스는 그리 크지 않습니다. 한 사람이 누워도 꽉 차는 느낌이 들죠. 그걸 바닥에 두 개 깔고 세 명이 누워 자라는 겁니다. 난생 처음 보는 사람과 좁은 매트리스 위에 누우려니 참으로 난감했습니다. 더구나 군에서 쓰는 국방색 모포는 굉장히 얇은 편입니다. 한 명이 한 장을 덮어도 추위를 느끼는데 그걸 두 장으로 세 명이 함께 덮으라는 겁니다. 더 말할 필요가 있을까요?

그런데 이런 불편한 잠도 푹 잘 수 없었습니다. 첫날부터 불침번 근무를 해야 했기 때문입니다. 저 역시 이런 저런 생각에 쉽게 잠들지 못하고 뒤척이다가 순번에 따라 불침번을 섰습니다. 군 입대 후 설레는 마음보다 '앞으로 이런 군대에서 어찌 지내야 하나' 걱정이 들었기 때문입니다. 제가 알고 있던 상식보다도 형편없는 군대 현실을 겪어 보니 그야말로 걱정과 걱정이 꼬리를 물고 일어나는 느낌이었습니다. 그러다 보니 불침번 근무 중 과거 책에서 읽은 어느 수용소 이야기가 떠올랐습니다.

2차 대전 당시 독일은 수용소에 갇힌 포로들을 상대로 매우 비인간적인 대우를 했다고 합니다. 그중 하나가 톱밥이 섞인 **빵**을 식사로 준 일입니다. 그런데 그 빵도 매우 적어 이마저도 못 먹는 사람이 있었다는 것입니다. 또한 포로들이 씻을 기회도 충분히 보장하지 않아 위생적으로도 적지 않은 고통을 받았다고 합니다. 그런데 미안하지만, 그런 독일 포로수용소와 제가 입소한 이곳이 어떤 큰 차이가 있는지 모르겠습니다. 우리가 군인으로 입대한 것인지, 아니면 포로수용소에 수감된 것인지 분간이 가지 않을 정도이니 말입니다. 그러다 보니, 비 오는 10월의 새벽녘에 추위로 덜덜 떨며 불침번 근무를 서던 중에 문득 그런 말이 떠올랐습니다. 취침 직전에 어떤 장정이 체념하는 목소리로 나직하게 했던 말.

"깨어날 때 우리 집이었으면 좋겠다."

솔직히 그 말에 모두들 고개를 끄덕였습니다. 그래서 우리들은 하루라도 빨리 의정부 306보충대에서의 생활이 끝나기를 원했습니다. 하지만 그곳에서의 시간은 생각보다 길었습니다. 그 본격적인 이야기, 지금부터 시작합니다.

2편

# '어, 속옷이?' 정신없는 보급품 수령

새벽녘 불침번 근무를 한 후 너무 피곤했던 저는 다시 잠을 청하려고 했습니다. 하지만 실패하고 말았습니다. 몸은 피곤한데 잠들지 못하는 괴로움. 결국 군인 기상 시간인 새벽 6시가 찾아왔습니다. 그야말로 피곤한 하루의 시작이었습니다. 이렇게 정신없는 보충대에서의 둘째 날이 찾아 왔습니다. 둘째 날에는 운 좋게도 세제 냄새가 나지 않는 식판으로 배식을 받았습니다. 하지만 식사의 양은 어제와 똑같이 너무나도 적었죠. 전날 제대로 먹지 못했기에 좀 더 달라고 말하고 싶었으나 순서에 따라 배식이 이뤄지는 상황에서 그런 말을 할 틈도 보이지 않았습니다.

그렇게 적은 양의 식사를 마친 뒤에는 구대장의 전달사항을 받았습니다. 구대장은 보급품 명단을 배부하고, 이 명단대로 보급품들을 수령하라고 했습니다. 이때만큼은 가슴이 뛰었습니다. 드디어 군인의 상징인 전투복과 전투화를 받는다는 흥분감! 둘째 날을 맞아 본격적으로 보급품을 받으면서 우리는 입대 후 가장 바쁜 시간을 보내게 됐습니다. 하지만 처음부터 난관에 부딪혔습니다. 이름부터 생소한 물건들이 나열되어 있는데 뭔가 뭔지 알 수가 없는 겁니다. 더구나 보급품을 받으려면 여기저기 돌아다녀야 하는데 장정들은 306보충대의 위치 구조도 몰랐습니다. 이런 상황에서 과연 실수 없이 완벽하게 받을 수 있을까요?

## 너무나도 불친절한 보급품 배급

"지금부터 보급품을 받도록 합니다. 이쪽 부근에 다 모여 있으니까 알아서 쭉 받습니다. 알겠습니까?"

보충대에서는 정확하게 알려 주지도 않은 채 그저, 이쪽 부근에 다 모여 있다고만 말했을 뿐이죠. 결국 선택한 것이 앞장 선 다른 장정을 무작정 따라가는 것이었습니다. 그런데 따라가는 것 외에 더 큰 문제점이 있었습니다. 받아야 할 보급품이 많은데 지금 내가 제대로 하고 있는 것인지 확신할 수 없다는 것이었습니다.

군인의 상징이라고 할 수 있는 베레모 1개, 전투복 상·하의 2벌, 하계용 전투복 상·하의 1벌, 야전상의 1벌, 방상내피 1벌, 전투화 2 켤레, 플라스틱 군용벨트 1개. 이 외에도 각양각색의 군용 티셔츠와 속옷, 양말 등등. 이걸 실수 없이 다 받으려면 누군가 안내를 해

36

주고 검사를 해 줘야 합니다. 하지만 보충대에서 그런 서비스를 해 주는 이는 아무도 없었습니다. 그냥 장정들을 방치하다시피 했습니다.

그래서 어떻게 했을까요? 장정들은 밖에서 미리 사 온 펜을 들고 보급품 리스트를 스스로 체크하면서 돌아다닐 수밖에 없었습니다. 수백 명의 까까머리 장정들이 북적북적 대고 복잡한 와중에 리스트 체크까지 하면서 돌아다니는 상황. 상상해 보면 더 혼란스러울 수밖에 없죠.

같은 생활관에 있던 다른 장정들도 불평을 했습니다. "이런 건 좀 체계적으로 나눠 줘야 하는 것 아니야?" 또는 "뭐가 이렇게 주먹구구식이냐?"라는 불만도 있었고 "안 받으면 너만 손해'라고 보충대에서 생각하나?' 싶은 생각도 들었습니다.

정신없는 것은 장정들에게만 해당되는 것이 아닙니다. 보급품을 나눠 주는 보충대 병사들도 정신없기는 마찬가지였죠. 한꺼번에 수백 명의 사람들이 몰려와서 각자 자기 몸에 맞는 보급품을 달라고 아우성을 치니 그렇습니다. 당연히 보충대 병사들도 알파고 같은 기계가 아닌 '사람'입니다. 사람이기에 필연적으로 실수가 발생할 수밖에 없지요.

저 역시 보급품을 받은 후에 몇 가지가 잘못된 것을 확인했습니다. 받아야 할 사이즈보다 작은 것들이 몇 개 나왔거든요. 굉장히 난감했습니다. '군대에서 이런 문제가 생기다니… 어쩌지?' 싶어 끙끙대던 제게 다른 사람들이 이유를 물었습니다. 그래서 저는 보급품 중 사이즈가 작은 것을 받았다고 말했지요. 그런데 그 덕분에 제 고민이 무사히 해결됐습니다. 어떻게 해결됐느냐고요? 같은 생활관에 있던 다른 장정이 손을 들면서 이렇게 말하는 겁니다.

"어, 저는 사이즈가 큰 것을 잘못 받았는데요. 저랑 바꿔요."

## 장정에게 옥박지르던 어느 병장 '구대장'

그런데 나중에 알고 보니 저처럼 사이즈 작은 보급품을 받은 정도는 문제도 아니었습니다. 개중에는 전투복을 잘못 받은 사람도 나왔죠. 저는 운이 좋아 다행히 물물교환으로 해결했으나 전투복 상의만 두 벌을 받은 그 장정은 어떻게 문제를 해결했는지 궁금합니다. 그런데 그렇게 하나씩 해결을 하던 중에 제가 정말 큰 실수를 한 것을 발견했습니다. 보급 받아야 할 속옷을 그냥 지나치고만 것입니다. 결국 저는 안절부절못하다가 구대장에게 이런 사실을 말했습니다. 그러자 구대장은 잠시 후에 재보급을 할 것이니 그때 나오라고 했습니다. 그리고 얼마 후, 재보급이 필요한 사람은 모이라는 말을 듣고 밖으로 나갔습니다. 나가 보니 과연 저 외에도 상당히 많은 장정들이 보급품을 못 받은 상태였죠. 저만 그런 것이 아니니 그제야 조금 안심이 되었습니다. 이렇게 같은 처지에 있는 장정들이 동병상련의 고민을 나누다 보니 어느덧 개중에는 친해진 사람들도 나왔죠. 예를 들자면 뭐를 못 받았냐며 서로 묻는 식으로요. 적당히 눈치를 보면서 떠들던 장정들.

그때였습니다. 눈치껏 소곤소곤 속삭이며 장정들끼리 익숙해지려고 하던 그때, 우리를 긴장시키는 사람이 나타난 것입니다. 장정들 눈에는 아주 높아 보이는 계급의 남자. 검은색 헬멧을 쓰고 구형 얼룩무늬 전투복을 입은 병장 계급이었습니다. 그런 병장이 우리 쪽을 향해 어슬렁거리며 걸어오는 것 아닌가요.

2013년 당시는 신형인 디지털 무늬 전투복이 지급되던 때입니다. 그런데 고참 병사의 상징인 구형 얼룩무늬 전투복을 걸치고 덩치가 큰 병장이 나타났으니 그 위세에 눌린 장정들은 일순간 입을 다물었죠. 그 병장의 심기를 건드리면 뭔가 안 좋은 일이 생길 것 같은 불안감이 든 것입니다. 한편 문제의 병장은 뭔가 잔뜩 짜증스러운 표정을 지으며 우리에게 다가오고 있었습니다. 그러더니 자기보다 후임인 구대장을 향해 손짓하며 우리를 인솔하라고 했습니다. 겁을 먹은 우리는 얼른 벗어나고 싶었습니다.

그런데 돌발 상황이 벌어진 것은 그때였습니다. 어느 장정 하나가 겁도 없이 그 병장 구대장에게 다가간 것입니다. 무슨 문제라도 생겼던 걸까요? 유추해 보건데, 아마도 보급품 문제였던 것 같습니다. 그런데 장정으로부터 무슨 말을 들은 병장 구대장의 표정이 굳어진 것은 순식간의 일이었습니다. 그 순간 잔뜩 인상을 쓰던 구대장의 입에서 터진 한마디, 이랬습니다.

"아, 씨X! 지금 장난하냐고! 나랑 장난하냐? 제때 안 받고 뭐했냐?"

곧바로 욕설을 퍼붓는 병장 구대장. 그야말로 생각지도 못한 폭탄을 맞은 것입니다. 우리는 허겁지겁 그 병장 구대장에게서 멀어지고 싶어서 보급소로 발걸음을 재촉했습니다. 하지만 이동 내내 구대장의 욕설이 계속 따라오는 것 아닌가요? 단순히 보급품을 받지 못한 것인데 그렇게까지 장정에게 심한 욕을 해야 할까요? 더구나 장정은 아직 군인 신분도 아니며 그 구대장의 정식 후임도 아닙니다.

저는 그걸 보면서 아우슈비츠 수용소에 수감된 유대인에게 함부로 대하던 게슈타포가 떠올랐습니다. 게슈타포란 '나치 독일의 비밀 국가경찰'로서 나치 반대세력을 무자비하게 탄압한 것으로 악명 높습니다. 물론 그 정도는 아니지만 보충대에서 만난 그 병장 구대장의 행태는 유대인들을 인간 이하로 대우했던 게슈타포와 다르지 않게 느껴졌습니다. 그런데 생활관으로 돌아와 방금 전에 있었던 일을 말하자 우리들 중 나이가 많던 한 장정이 이렇게 말했습니다.

"야, 욕만 먹었으니 다행이지. 옛날에는 그냥 끌고 가서 개 패듯 팼대."

## "조금만 기다려."… 도대체 언제까지?

이제 보급품을 다 받았으니 제 문제는 다 끝난 줄 알았습니다. 그런데 아니었습니다. 생각지도 못한 새로운 문제가 발생한 것입니다. 이번에는 군용 가방인 더플백(Duffel bag), 통칭 '의류대'가 말썽이었습니다. 의류대의 잠금 장치가 불량이라서 가방이 잠기지 않는 것입니다. 저는 망설이다가 결국 담당 구대장에게 이런 사실을 알렸습니다. 다행히 구대장은 조금만 기다리라고 했습니다. 혹여 나도 방금 전 누구처럼 욕이나 된통 먹는 것 아닐까 두려웠는데 구대장이 조금만 기다리라고 하니 별 문제 없이 해결되리라 믿었습니다.

그래서 안심하고 있는데 이상했습니다. 한참이 지났는데도 구대장으로부터 별다른 소식이 없는 겁니다. 그때부터 다시 또 불안해지기 시작했습니다. 군에서 지급받은 보급품에 문제가 생겼는데 불안하지 않을 사람이 있을까요? 결국 저녁식사 후 저는 다시 구대장을 찾아가 재차 보고했습니다. 그러자 구대장은 또 말했습니다. "조금만 기다려." 또다시 돌아올 수밖에 없었습니다.

그러나 기다려도 소식은 감감했습니다. 결국 시간이 흘러 취침 시간이 되었고 전날과 마찬가지로 또 불침번 근무를 서면서도 저는 불안했습니다. 차후 보급품 검사를 받으면서 정상적인 보급품을 내가 고장 낸 것으로 지적받지 않을까 싶어 걱정된 것입니다.

그런데도 유일한 희망인 구대장으로부터 어떻게 하라는 지시가 없으니 답답하기 그지없었습니다. 너무 건성건성, 듣는 둥 마는 둥이었죠. 그렇게 다시 셋째 날, 기상을 한 다음에도 제 마음은 온통이 문제로 근심 걱정뿐이었습니다. 그래서 저는 아침식사를 마친 후 세 번째로 또 구대장을 찾아갔습니다. 저는 아주 조심스럽게, 그러면서도 간절한 어투로 의류대 민원을 또 제기했습니다. 그러자 구대장은 잊고 있던 일이 생각났다는 표정을 지었습니다. 어이없었지만 한편으로는 또 안심했습니다. 이제는 정말로 바꿔 주겠구나 싶었던 것입니다. 그런데 아니었습니다. 구대장은 또 이렇게 말했습니다.


"조금만 기다려."

그래서 결말은 어찌 되었을까요? 이런 노력에도 불구하고 구대장은 끝내 제 민원을 해결해 주지 않았습니다. 대신 이 문제를 해결해 준 구원자는 엉뚱하게도 다른 생활관의 구대장이었습니다. 그 문제로 내내 마음이 무겁던 제가 우연히 복도에서 마주친 다른 생활관 구대장을 본 후 혹시나 하는 마음으로 의류대 불량 문제를 전한 것입니다. 그러면서 어찌해야 할지 묻자 그는 왜 이제야 그 말을 하냐며 오히려 되묻기까지 했습니다. 그러더니 바로 그 자리에서 고장 난 의류대를 새로운 의류대로 교체해 주는 것이었습니다.

참 어이없는 일이지요. 만약 제가 끝까지 기다리기만 했다면 어떻게 됐을까요? 의류대를 교환할 수 있었을지 저는 장담할 수 없습니다. 덕분에 저는 중요한 교훈을 또 하나 얻었습니다. 군 복무 기간 동안 제가 겪을 일들을 생각하면 이때 제가 배운 교훈은 정말 옳았습니다.

'군대에서 기다리라고 하면 그건 문제! 해결될 때까지 무조건 챙기고 재촉해야 하는구나!'

# 보충대에서 신교대로 가다

 의정부 306보충대에서의 3일째 날. 이제 내일이면 보충대를 떠나는 날입니다. 보충대는 훈련소로 떠나기 3일 전까지만 대기하는 곳이기 때문입니다. 다음날, 버스에 탄 우리는 곧장 사단 신병훈련소로 향했습니다. 버스를 타고 가는 내내 불안했지요. 마치 도살장으로 끌려가는 소, 돼지 같은 심정이랄까요. 그러면서도 다른 한편으로는 '이제 진짜 군인이 되는구나' 싶은 설렘도 없잖아 있었습니다. 그렇게 도착한 신병교육대(줄여서 '신교대') 안으로 버스는 천천히 들어갔습니다.

 우리가 도착한 시간은 오후 6시. 하지만 겨울로 접어드는 계절인지라 이미 주변이 어두워져 가는 상황에서 부대 정문을 통과하니 긴장감이 절로 가슴까지 차올랐습니다. 특히 위병소를 통과하면서 더 그랬습니다. 소총에 대검을 착검한 경계병의 모습은 우리에게 긴장감을 주기 충분했습니다. 그러나 그건 시작에 불과했죠.

## 오싹했던 그 환영식

신교대 입영 버스에서 내리자 우리를 맞이하는 대열이 보였습니다. 신교대 측에서 준비한 환영 행사였습니다. 하지만 버스에서 내린 우리들은 그 환영식이 마냥 기쁘지 않았습니다. 오히려 오싹했죠. 환영 인사를 나온 교관, 조교들이 표정이 하나같이 무서워 보였기 때문입니다. 검은색 헬멧을 푹 눌러쓴 교관과 조교. 눈이 보이지 않는데다가 무표정한 얼굴을 보니 절로 긴장감이 높아진 것입니다. 여기에 철저하게 각을 잡은 자세에서는 무시무시한 위압감이 넘쳐흘렀죠. 덩치가 좋든 왜소하든 장정들은 모두 굳어져 갔습니다. 솔직히 말해 환영식이 아니라 '압박식' 같은 느낌이었습니다. 잠시 후 우리들에게 줄을 맞춰 집합하라는 교관의 지시가 떨어졌습니다. 훈련병들은 그제야 움직였죠. 그러나 긴장하면 누구나 실수하기 마련. 몇몇 훈련병들은 허둥지둥하며 갈피를 못 잡았습니다. 이때 불벼락 같은 목소리로 어느 조교가 우리를 향해 고함을 질렀습니다.

"빨리 빨리 안 움직입니까! 여기가 아직도 보충대입니까!"

마치 불에 덴 것처럼 훈련병들은 기민하게 행동하기 시작했습니다. 보충대에서는 구대장들이 반말로 뭔가를 지시한 적은 있지만 고함을 지른 적은 없었습니다. 입대 후 처음으로 듣는 조교의 고함 소리에 그야말로 모두들 혼비백산한 모습이 역력했습니다. 모두들 두렵고 긴장하지 않을 수 없는 분위기였습니다.

그렇게 정신없이 줄을 맞춰 대열을 갖추니 이내 조교들이 줄을 선 훈련병들을 분류하기 시작합니다. 병이 있다든가 하는 특별한 사례의 훈련병들이 선별된 뒤 비로소 자기가 훈련기간 동안 속할 소대가 결정됐습니다. 신교대 1중대 2소대. 이것이 앞으로 제가 5주간 이곳에서 생활해 나갈 신교대 소속이었습니다. 소대별로 분류가 된 뒤에 조교들은 우리들을 각자의 생활관으로 안내했습니다. 정식으로 진행되는 입소식이 남아 있기는 했지만 이제부터 저를 지칭하는 새로운 번호도 부여됐습니다. 그에 따라 이제 우리는 '장정'에서 'OO번 훈련병'으로 호칭이 바뀝니다. 이제는 진짜 군인의 대열에 낀 것이죠. 보충대에서의 '장정'은 민간인도, 군인도 아닌 애매한 신분이지만 훈련병은 다릅니다. 엄연한 군인으로서 민간 형법이 아닌 '군 형법'으로 속박됩니다.

비록 정식 입소식을 아직까지는 하지 않았으나 이제부터 우리는 훈련병이 되었습니다. 그렇게 소대별로 생활관을 나눠서 있게 됐지요. 도착한 생활관에는 어색한 분위기만이 감돌았습니다. 공통점이라고는 빡빡 민 머리와 어색한 전투복 차림, 훈련병이라는 신분이 고작이었죠. 연령대도 다양했습니다. 대부분 대학 1년을 마치고 들어온 21살이었지만 늦게 온 형들도 일부 보였지요. 처음에는 다들 가만히 있었습니다. 그러다가 이내 분위기에 익숙해지자 저마다 자신을 소개했습니다. 만난 시간이 몇 시간도 안 됐지만 서로 통한다는 느낌이 와 닿았습니다. 물론 이런 화기애애한 분위기는 이내 접어야만 했습니다. 복도를 지나가던 조교가 그런 우리를 발견한 겁니다. 화가 난 조교가 이렇게 소리쳤습니다.

"이것들이 빠져 가지곤! 야! 여기 놀러 왔어?"

생각해 보면 신교대에서 가장 자주 들은 말이 바로 이거죠. "여기 놀러 왔어?" '예전 군대'도, '옛날 군대'도 이랬다고 합니다. 군대의 '갈굼' 레퍼토리는 여러모로 전통적(?)입니다.


**입대 4일 만의 '꿀잠'**

저녁이 됐습니다. 소대별로 식사 집합하라는 방송이 나왔죠. 훈련병들은 신속하게 집합했습니다. 조교의 인솔 하에 훈련병 소대는 식당으로 이동했습니다. 아직 제식 교육을 받지 못해 걸음걸이도 대단히 어설펐습니다. 각기 다른 이들이 같은 동작으로 발을 맞추는 것도 고역이죠. 그래도 어떻게든 갔습니다. 밥은 먹어야 하니까요. 그렇게 해서 취사장에 도착한 훈련병들은 놀랐습니다. 보충대와는 너무나도 달랐기 때문입니다. 깨끗한 식판, 맛있는 반찬, 따뜻한 밥과 국. 양도 보충대에 비하면 많았습니다. 이때만큼은 훈련병들도 일사불란하게 줄을 섰습니다. 이제야 제대로 된 식사를 하게 되었으니 절로 신이 난 것입니다. 잔반을 남기는 훈련병은 거의 없었습니다. 보충대와 달리 식사가 아주 좋으니 당연한 일입니다. 물론 그동안 배가 너무 고팠던 것도 한몫했지만요. 입대 전에는 야채를 쳐다보지도 않았다던 어느 훈련병은 이렇게 감탄했습니다.

"시금치가 이렇게나 맛있는 것인지 처음 알았네."

식사를 마치고 각자 생활관으로 복귀했죠. 얼마 후에 씻으라는 방송이 나왔습니다. 이번에도 훈련병들은 신속하게 세면장으로 향했습니다. 세면 세족도 아주 좋았죠. 씻는 시간이 충분해서 훈련병들은 샤워도 했습니다. 물론 샴푸와 린스는 쓸 수 없지만요. 덕분에 비누만으로도 샤워가 가능하다는 점을 군대에서 처음 배웠습니다. 사회에서는 생각지도 못한 일입니다. 취침 여건도 보충대와는 비교할 수 없었습니다. 처음으로 개인 매트리스가 보장되었습니다. 일인당 매트리스 한 개, 모포 두 장, 심지어 침낭까지 받았습니다. 보충대에서는 세 명이 매트리스 두 장, 모포 두 장을 같이 써야 했는데 그때를 생각하면 그야말로 천국이 따로 없는 세상입니다. 게다가 불침번 근무도 공평했습니다. 돌아가면서 한 명씩 차례로 했습니다. 덕분에 첫날은 불침번 근무 없이 내내 잠을 잘 수 있었습니다. 하지만 한편으로는 불안했습니다.

'이렇게 보충대보다 좋은 여건인 것은, 그만큼 굴려대니까 그런 것 아닐까?'

그래도 그 불안감은 이내 사라졌습니다. 입대 후 4일 만의 '꿀잠'이 사소한 일이 얼마나 행복한 일인지 겪어 보지 않은 분들은 모릅니다. 아주 작은 일에도 행복하고, 반대로 아주 사소한 일에도 한없이 침몰하는 심정. 그런데 신교대에서의 첫날은 너무도 행복했습니다. 맛난 음식과 따뜻한 목욕, 그리고 꿀잠. 입대한 이후로 처음 느낀 행복했던 잠자리였습니다.

4편

# '여전히' 배고팠던 신병훈련소

늘 배가 고팠습니다. 분명히 보충대 시절보다는 식사량이 많았습니다. 하지만 신병교육대는 그만큼 고된 훈련이 많았죠. 아무것도 하지 않던 보충대와는 하늘과 땅 차이. 그러다 보니 저녁식사를 했는데도 취침 시간인 밤 9시가 되면 어느덧 배가 고팠습니다. 하지만 먹을 것이 없습니다. 결국 훈련병들은 허기를 느끼면서 잠자리에 듭니다. 먹고 싶다는 욕망이 20대 청춘을 괴롭힌 그때였습니다. 이 때문에 훈련병들끼리 분쟁이 생기기도 했습니다.

**"왜 우리 소대만 적게 주는데!"**

신병교육대는 하루하루가 훈련입니다. 간단한 제식 훈련부터 혹독한 종합 각개전투까지 각양각색의 훈련을 주차 별로 시행합니다. 고된 훈련이 끝나면 배가 고프기 마련입니다. 식사하러 식당으로 향하면 배식이 시작됩니다. 배식은 4개 소대가 일주일간 돌아가면서 합니다.

그날도 고된 훈련을 마친 뒤였습니다. 사격 훈련, 행군, 화생방 등 빡세기로 유명한 훈련을 다하던 정말 힘든 한 주였습니다. 당연히 몸은 피곤하고 배는 더욱 고픕니다. 활동량이 많은 만큼 더욱 그렇습니다. 그때 3소대가 배식을 담당했고 제가 속한 2소대는 배식 받는 마지막 차례였죠. 나머지 소대가 식사를 마친 후에야 우리 차례가 온 것입니다.

너무나 배가 고팠던 2소대 훈련병들은 빠르게 줄을 섰습니다. 저 역시 식판을 들고 줄을 섰죠. 당시 메뉴는 고기였습니다. 말만 들어도 기쁜 고기를 먹게 되는 날이니 배가 고픈 훈련병들은 더 들떠 있었습니다. 그럴 수밖에 없는 날이었습니다. 그런데 그런 기대 앞에서 너무도 충격적인 일이 벌어졌습니다. 고기를 딱 1조각씩만 배식하는 것 아닌가요. 앞서 다른 소대는 더 많이 줬는데 왜 우리에게만 이런 것일까요. 2소대 훈련병들은 모두 어이없어했죠. 결국 화가 잔뜩 난 2소대 훈련병 중 한 명이 배식하는 3소대원에게 항의했습니다.

"왜 우리 소대만 적게 주는데!"

그러자 배식 담당 3소대 훈련병은 음식 양이 원래 적어서 그렇다며 무시하는 태도로 일관했습니다. '전쟁에 패배한 장군은 용서할 수 있어도 배식에 실패한 자는 용서할 수 없다'는 군대 유머가 있습니다. 그만큼 군인에게 공정한 배식은 중요한 문제인 것입니다. 그런데 배식에 실패한 자기 잘못을 인정하지 않으니 그 말을 들은 우리로서는 더욱 화가 날 수밖에 없는 일이었습니다. 하지만 일은 그날로 끝이 아니었습니다. 본격적인 시작이었습니다.

3소대가 배식을 맡은 그 주일 동안 우리 2소대는 내내 배가 고파야 했습니다. 배식 마지막 순서였던 우리 소대의 식사 시간이면 늘 음식이 부족해서 충분히 먹을 수 없는 겁니다. 그러다 보니 화가 난 2소대원들 사이에서는 이런 말이 떠돌기 시작했습니다. 사실은 3소대가 고의적으로 타 소대의 반찬 배식을 줄인다는 겁니다. 의혹에는 그럴 만한 근거가 있었습니다. 배식을 담당하는 소대는 다른 소대원이 밥을 먹기 전에 미리 자기들부터 식사를 합니다. 그리고 남은 양을 타 소대에게 배식하는 방식입니다. 즉 3소대가 자신들 식사 시간 때 엄청나게 퍼먹고 그 후 남은 밥과 반찬을 다른 소대에게 배식하는 것입니다.

이 말은 1소대와 4소대에도 널리 퍼졌습니다. 순식간에 3소대는 '공공의 적'으로 전락했죠. 자기 소대만 배불리 실컷 먹었다면 이는 비난받기 충분합니다. 특히 힘든 훈련이 있는 주였기에 모두들 더욱 분개했죠. 그래서 공공의 적이 된 3소대를 제외한 나머지 타 소대원들은 이를 갈며 그들이 담당하고 있는 배식 기간이 끝나기만을 고대했습니다. 그러던 중에 결국 일이 터졌습니다. 3소대에서 어김없이 타 소대원에게 배식을 적게 주자 배식 받던 타 소대 훈련병이 항의를 한 것입니다. 그러자 3소대 훈련병은 늘 하던 대로, 원래 양이 적다며 심드렁하게 대꾸했습니다. 그러자 항의하던 훈련병이 이렇게 외쳤습니다.

"전우끼리 정말 이따위로 그럴 거야?"

울분이 터진 그의 말에 다른 소대원들도 한꺼번에 불만이 터졌습니다. 누군가가 더 큰 소리로 이렇게 외쳤습니다.

"너희끼리 배부르면 다냐? 전우한테 그렇게 하니까 좋아?"

순식간에 상황이 악화됐죠. 그동안 불만이 많던 다른 훈련병들도 끼어들며 더욱 분위기가 험악해진 것입니다. 그러자 방관하던 조교들도 끼어들었습니다. 그만하라며 제압에 나선 것입니다. 하지만 진실은 분명합니다. 조교들조차 상황이 정리된 후 "너희 3소대가 너무하긴 했다."라며 타박할 정도였으니 말입니다.

## 훈련병이니까 적게 먹으라고?

하지만 '공공의 적'으로 몰린 3소대도 나름 억울하기는 했을 겁니다. 배식을 맡은 소대가 더 먹는 것은 사실 어느 소대가 배식을 맡든 똑같은 현상입니다. 오히려 3소대에 속한 친구의 말에 따르면, 본인들도 배식을 위해 적게 먹었다고 주장했습니다. 다만 3소대가 배식을 맡았던 주가 묘하게도 힘든 훈련이 많았고 이로 인해 훈련병들이 더 배식에 예민했던 것 같습니다. 그러다 보니 3소대는 억울하다고 주장하고 타 소대는 그런 3소대가 '이기적'이라고 비난했죠.

그런 불편한 기류가 흐를 무렵 신병교육대 중대장의 정훈교육이 다가왔습니다. 교육을 마칠 무렵에 중대장은 궁금한 점이 있는 훈련병은 손을 들라고 말했습니다. 그러자 어느 훈련병이 손을 들었습니다. 사뭇 진지한 표정의 훈련병. 모두들 무슨 질문을 할지 궁금해하며 집중하던 그때, 훈련병의 질문은 많은 이들에게 상당히 충격적이었습니다. 우리 모두 그 질문을 듣고 경악을 금치 못했죠.

"중대장님, 평소에 군인은 평등하다고 말씀하셨습니다. 그런데 왜 저희 훈련병들과 조교들의 식사량은 큰 차이가 나는 겁니까? 저희는 늘 배가 고픕니다."

용감하게 나선 그 훈련병의 질문. 알고 보니 조교를 비롯한 신교대의 기간병들은 훈련병보다 식사량이 많다는 것이죠. 단순히 눈에 보이는 양뿐만이 아니라 개수별로 나오는 빵이나 반찬도 훨씬 많습니다. 늘 우리보다 많은 식사를 제공받는 것이죠. 그러자 모두들 중대장을 응시했습니다. 과연 중대장은 뭐라고 말할까? 저는 이렇게 예상했습니다.

"그건 오해다. 식사량에 차별은 없다. 너희들이 오해한 거다."

이런 상식적인 답변을 내놓지 않을까 싶었던 것입니다. 그렇게 마른 침을 삼키며 모두가 중대장의 입만 바라보던 그때였습니다. 저는 아직도 잊을 수가 없습니다. 그날 중대장의 폭탄선언을.

"맞다. 중대장이 식사를 적게 주라고 했다."

헉. 그야말로 너무 뜻밖의 답변. 순간 230명이 넘는 훈련병들은 할 말을 잃었습니다. 이해하기 힘든 상황입니다. 사실이라면 이 모든 분쟁의 원인은 바로 중대장이었단 말인가요? 어처구니없는 반전에 모두가 침묵하고 있는데 중대장은 다시 태연하게 말을 이어 갔습니다.

"너희는 훈련병들 아니냐? 훈련병 때는 고생을 좀 해야 한다. 그래서 중대장이 배식을 적게 주고 대신 조교들에게는 더 주라고 했다."

질문했던 훈련병은 그 어처구니없는 진실을 확인한 후 주저앉았습니다. 너무 당황스러워 다음 할 말을 잊은 듯싶었습니다. 그렇게 모두 당혹스러워했습니다. 지금도 저는 이해가 가지 않습니다. 왜 훈련병이라고 해서 정해진 식사보다 적은 양을 받아야 할까요? 아니, 훈련병 동의도 없이 무단으로 식사를 적게 주는 것이 지휘관의 옳은 자세인가요?

군인에게, 특히 훈련병에게 식사란 단순히 먹는 것만이 아닙니다. 갇힌 공간에서 '유일한 활력소'입니다. 힘든 훈련을 견디게 해주며 스트레스를 해소해 주는 유일한 행위입니다. 그런 식사를 지휘관 마음대로 이렇게 했다니 어찌 생각해야 할지 정말 어리둥절한 상황이었습니다. 그래서 이로 인해 소대 간 훈련병들 사이에서 갈등과 미움이 증폭되고, 흔히 말하는 전우애까지 무너지는 결과로 이어졌는데 중대장의 태도는 너무도 당당한 것입니다.

한편 이처럼 충격적인 고백을 한 중대장은 이어 '군 인권'에 관한 정훈교육을 시작했습니다. 하지만 그 시각에 중대장이 말하는 군 인권 정훈교육에 집중한 훈련병이 얼마나 될지 저는 의문입니다.

적어도 저는 그랬습니다. 중대장이 말하는 주옥같은 군 인권 강연보다 먼저 든 생각.

'이러면서 무슨 놈의 군 인권…. 밥이나 많이 줘라!'

# 5편

# '똥꼬' 빼고 다 아프다던 어느 훈련병

"열외는 없다."

훈련소 교관은 늘 이렇게 말합니다. 하지만 몇몇 훈련병들은 신체적인 통증, 혹은 지병을 호소하며 열외 요청을 하곤 합니다. 그러나 심각한 수준이 아니면 대부분 거부당했죠. 그런데 말입니다. 제가 훈련을 받던 그때, 항상 훈련에서 열외 되는 유일한 훈련병이 있었습니다.

어눌한 말투, 4차원적인 유별난 행동, 그리고 작은 체구. 그는 군인으로서 어울리지 않는 조건을 전부 갖추고 있었습니다. 물론 징집병 중에 처음부터 군인으로 어울릴 사람이 얼마나 되겠습니까? 하지만 그 훈련병은 특히 더 심각했습니다. 바로 A 훈련병입니다.

이 A 훈련병은 문제가 많았습니다. 사소한 일에도 눈에 띄게 사고를 쳤죠. 결국 흔히 부르는 '관심병사'로 지정됐습니다. 분대장들과 조교들이 특별히 감시하고 소대장마저 진땀을 빼는 수준. 그가 관심병사로 분류되어 있는지는 알 수 없는 비밀로 되어 있었지만 누가 보더라도 그는 '관심병사'일 것이라고 확신하는 분위기였습니다.


## 항상 훈련에서 열외 되는 A 훈련병

결국 그는 모든 훈련에서 '자동 열외' 대상이 됐습니다. 실탄 사격 훈련은 물론이거니와 훈련의 꽃이라는 행군까지. 이처럼 모든 훈련에서 열외 된 A 훈련병. 그럼 그 시간 동안 그는 무엇을 했을까요? 훈련 기간 내내 그는 수다만 떨었습니다. 반면 40km 행군을 마치고 돌아오는 훈련병들. 땀에 온몸이 흠뻑 젖거나 발바닥에 물집이 잡힌 상태였습니다. 그런 상태에서 기진맥진하여 돌아왔는데 막사에서 히히거리며 수다나 떨고 있는 A 훈련병이 보인 겁니다. 순간 모두가 짜증이 났습니다. 왜 쟤는 훈련에서 빠지냐는 불만이 제기된 것입니다. 그러자 이런 상황에 익숙하다는 듯 어느 조교가 속삭였습니다.


"야. 저런 애들 요즘 군대에 많아. 그래도 쟤는 얌전한 편이야."

## 참 여러모로 '골 때렸던' A 훈련병

한번은 이런 일이 있었습니다. 중대의 행정과 보급을 책임지는 간부를 행정보급관, 약칭 행보관이라고 합니다. 그 행보관은 무시무시했습니다. 물론 훈련병에게 폭언이나 구타를 한 적은 없습니다. 그러나 험상궂은 외모, 날카로운 눈매, 걸걸한 목소리, 무엇보다 그의 목깃에 부착된 상사 계급장은 훈련병들의 눈에 공포와 두려움의 대상이기에 충분했습니다.

그런 행보관이 당직을 서는 어느 날이었습니다. 공포의 행보관이 당직사관이었으니 이날 점호를 받는 훈련병들은 다른 날보다 더 긴장했죠. 다행스럽게 청소 부실 등으로 지적받은 일은 없었습니다. 더 꼼꼼하게 청소한 덕분입니다. 그렇게 순조롭게 점호가 끝나가던 순간이었습니다. 행보관이 생활관마다 돌아다니며 물었습니다.

"여러분, 아픈 곳은 없죠?"

훈련병들은 모두 우렁차게 "없습니다!"라고 대답했죠. 당연한 일입니다. 설령 아프다 해도 일단은 그렇게 대답해야 하는 곳이 '군대'입니다. 우리 생활관도 마찬가지였습니다. 이어 행보관은 문제의 '그 훈련병'이 있는 생활관으로 이동했습니다. 그곳은 바로 우리 생활관 옆입니다. 과연 오늘은 또 무슨 일이 있을까 싶어 우리는 슬쩍 그 광경을 지켜봤습니다.

행보관은 마찬가지로 좀 전 우리 생활관에서 했던 것과 똑같은 질문을 했습니다. 아픈 사람이 없냐는 그 질문이었습니다. 그러자 예상처럼 모두가 다 우렁차게 "없습니다!"라고 외쳤습니다. 하지만 딱 한 명은 아니었습니다. 바로 A 훈련병입니다. 그는 "네. 많이 아픕니다."라고 했습니다. 그러자 행보관은 어디가 아픈지 자상하게 물었죠. 그때 A 훈련병의 대답은 걸작이었습니다. 대답을 듣게 된 생활관 내 훈련병들 사이에서는 키득키득 웃음이 터져 나왔죠. 그런 모습에 행보관의 표정은 굳어졌습니다. 그리고는 "웃지 마!"라고 고함쳤죠. 그러나 어쩌겠습니까. 훈련병들의 웃음은 걷잡을 수 없는 지경이 되고 말았습니다. 키득키득 거리던 웃음이 폭소로 바뀐 것입니다. 결국 화가 난 행보관으로부터 이들 생활관 훈련병들은 모두 사이좋게 얼차려를 받게 되었습니다. 어디가 아프냐는 행보관의 질문에 A 훈련병이 뭐라고 했기에 이런 지경이 되었을까요? 답은 이렇습니다.

"네. 똥꼬 빼고 다 아픕니다."

## A 훈련병을 보면서 느낀 모병제 도입의 절실함

이렇게 사고만 치던 A 훈련병. 결국 작은 사고는 대형 사고로 이어집니다. 중대장과 상담을 하던 중에 A 훈련병이 하늘같은 중대장님에게 욕설을 퍼부었다는 겁니다. 과거 자신을 '외계인'이라고 주장하던 훈련병도 있었는데 그런 일도 웃으며 받아넘겼다고 평소 내공을 자랑하던 중대장. 하지만 그런 중대장 역시 아무래도 A 훈련병의 상태가 생각보다 심각하다고 체감한 것 같습니다.

결국 이 일로 A 훈련병은 그린캠프로 보내집니다. 그린캠프는 군대 내의 '정신병원'으로 취급받죠. 그만큼 모든 군인들이 꺼려하는 곳입니다. 한편 A 훈련병은 다른 훈련병들이 7주 훈련을 모두 마칠 때까지도 그린캠프에서 신교대로 돌아오지 못했죠. 신교대를 마치고 자대로 떠날 무렵에도 소식이 없었습니다. 불명예 전역을 당했다는 소문도 돌았는데 사실인지 확인은 되지 않았습니다.

저는 이런 A 훈련병을 보면서 여러 가지 생각이 들었습니다. 사실 A 훈련병은 죄가 없죠. 나라의 부름대로 왔을 뿐이니까요. 문제는 이런 사람도 현역 군인으로 징병하는 병무청의 '현역병 판정 기준 완화'입니다. 병무청은 겉으로 보이는 심각한 장애만 없으면 징병검사에 응하는 청년들을 대부분 현역 복무 자원으로 판정합니다. 실제로 2011년부터 2015년까지 5년간 실시된 병무청 징병검사에서 평균 88.9%가 현역 복무 판정을 받았습니다. 그런데 국회 국방위 소속 정의당 김종대 국회의원이 밝힌 2016년 국정감사 자료에 의하면 이러한 비상식적인 현역 판정으로 어떤 결과가 초래되었는지 알 수 있습니다. 2015년 한 해에만 8,088명의 군인이 복무 부적응자로 분류되어 심리치료 등을 받은 것으로 확인되었습니다. 다시 말해서 입대 전부터 여러 심리적 문제가 있었던 사람까지 무작정 징병했다는 방증입니다.

더 심각한 것은 이들 8,088명 중의 절반가량인 4,461명은 단순한 심리적 문제가 아니라 자살 우려까지 제기되어 군단 및 사단에서 심리치료와 함께 정신과 치료까지 병행되는 등 관리의 어려움을 가지고 있다 합니다. 전력에 도움이 안 되는 이들까지도 그저 사병 머리 숫자를 채우기 위해 무리하게 징병되었고 그렇게 징병된 이들로 인해 오히려 군대가 엉뚱한 일로 전력을 낭비하고 있는 실태인 것입니다. 억지로 끌려간 군인에게도, 또한 일사불란해야 할 군에도 전혀 도움이 되지 않는 일입니다. 바꿔야 합니다.

한편, 말씀 드린 것처럼 당시 어느 조교는 A 훈련병을 두고 '그나마 얌전한 편'이라고 평가했습니다. 처음엔 그 말이 이해가 되지 않았습니다. 하지만 나중에 뉴스를 보니 정말 A 훈련병은 얌전한 편에 속하더군요. 최소한 A 훈련병은 자살, 자해, 탈영, 살인 등을 저지르지는 않았으니까요. 어떤 분들은 이렇게 생각하실 겁니다.

"그런 애들은 소수 아냐?"


하지만 오늘날 부대에는 그런 병사들이 생각보다 많았습니다. 더 심각한 것은 그런 병사들이 상대적으로 소수라 할지라도 미치는 부정적 파급력은 가히 대단하다는 점입니다. 당시 훈련병들은 A 훈련병에 대해 이런 식으로 소곤거렸습니다.


"야. 전쟁 나면 북한군보다 쟤가 더 걱정되지 않냐?"
"그러게. 뒤에서 누가 총을 쏘면 분명히 A가 쏠 거야."


이런 불신이 우리들 사이에서 넓게 퍼져 있었습니다. 실제로 그가 그렇게 하든 안 하든 불안감은 전우애를 무너뜨리고 서로 간의 신뢰를 사라지게 합니다. 특히 군인이란 등을 맞대고 싸우는 사람들입니다. 그런 사람들 사이에서 불신은 적보다 더 무서운 일입니다. 그런 불신이 군대 내의 심각한 왕따 문제도 함께 야기합니다. 이른바 22사단 총기 난사 사건으로 불리는 임 병장 사건도 이런 문제가 원인이었습니다.

그런데 A 훈련병이 그린캠프로 떠나고 정훈교육 시간이었습니다. 정훈장교는 6.25전쟁 당시 상황에 대해 설명하고 있었습니다. "북한군은 전쟁에 대비하여 잘 훈련된 군인들로 구성됐지만 우리는 그저 머릿수만 채우던 상황이었다. 이런 이유로 전선이 낙동강까지 밀려갈 수밖에 없었던 것"이라고 정훈장교는 교육시켰습니다.

그 말을 듣고 저는 바로 A 훈련병이 머리에 떠올랐습니다. 6.25 전쟁 당시와 지금은 과연 얼마나 달라졌을까요? 안타깝지만 '우리 군대는 6.25전쟁의 비극에서도 여전히 교훈을 얻지 못했구나' 싶었습니다. 아마도 A 훈련병 역시 병무청에서는 머릿수로 분류됐을 겁니다. 그래서 저는 A 훈련병을 보면서 '역설적으로' 모병제 도입의 절실함을 느꼈습니다. 정말 우리가 적과 싸워 이기려면 그런 군대로 바뀌어야 합니다. 우리에게 지금 필요한 것은 '머릿수'가 아니라 '강한 군인'입니다. 지금처럼 '아무나 끌고 가는 군대'가 아니라 '누구나 가고 싶지만 아무나 갈 수 없는 군대', 그런 군대가 정말 필요한 오늘입니다.

A 훈련병, 지금은 어디 아픈 데 없지요?

# 6편

# "삼사십대는 북한을 좋아해." 여단장의 망언

모두가 굳었습니다. 겁을 먹었죠. 신병교육대에 그 높디높은 여단장님이 방문한다는 것을 듣고요. 훈련병들 앞에서 조교는 누누이 강조했습니다. '여단장님의 기침'을 조심하라고. 만약 여단장이 기침 소리를 낸다면 '역대 최악으로 힘든 훈련을 하게 될 것'이라는 경고였습니다. 즉 여단장의 심기를 거스르지 말라는 뜻입니다. 여단장이 아무리 재미없는 '아재 개그'를 할지라도 훈련병들은 그 장단에 맞춰 열심히 웃어야 한다고 강조, 또 강조한 것입니다.

## 여단장의 '아재 개그', 혼신을 다해 웃다

번쩍번쩍한 계급장. 신병교육대장보다 훨씬 더 높은 장교. 지금까지 봐 왔던 계급 중에서 가장 높은 무궁화 세 개. 이름 하여 '대령'. 그런 여단장이 우리들 앞에 나타났습니다. 230명이 넘는 훈련병, 그리고 그 뒤에 서 있던 조교들은 그야말로 미친 듯이 물개박수를 쳤으며 그런 우레와 같은 박수 소리를 들으며 여단장은 단상으로 올라갔습니다.

그러더니 대뜸 '아재 개그'를 시작하는 것입니다. 지금은 그가 정확히 뭐라 했는지 기억은 나지 않습니다. 여하간 매우 재미가 없었다는 것만 정확하게 기억납니다. 일반 사회였다면 매우 썰렁했을 그 문제의 '아재 개그'. 당연히 훈련병들의 반응은 전무했습니다. 그런데 그 순간이었습니다. 우리들의 뒤에서 도열해 있던 조교들이 다급하게 박수를 치는 것이었습니다. 그러자 비로소 눈치를 챈 훈련병들. 그야말로 미친 듯이 입을 열고 크게 웃어대기 시작했습니다.

"와하하하하하하하하하."

상당히 기계적인 웃음소리. 높은 음성이지만 영혼 없는 웃음. 하지만 다행이었습니다. 우리들의 웃음소리를 들은 여단장이 이내 흐뭇한 미소까지 지었습니다. 하지만 끝이 아니었습니다. 분위기 파악을 못 한 여단장은 이후 연달아 몇 개의 아재 개그를 더 던졌습니다. 그리고 그때마다 훈련병들은 그야말로 혼신을 다해 웃어 줬습니다. 여단장의 입에서 '공포의 기침 소리'가 절대 나와서는 안 되니까요. 그렇게 저 역시 웃으면서 생각했습니다.

'내가 웃는 게 웃는 게 아니야'


## 초코바를 위해 번쩍 손을 들다

하지만 그러거나 말거나 만족스러운 표정의 여단장. 훈련병들의 웃음소리가 열광적이라고 느낀 것 같습니다. 이내 그는 우리를 향해 손짓하며 그만 웃으라는 듯 행동했습니다. 순간 저는 그 행동을 보며 북한 김정은이 떠올랐습니다. 도대체 뭐가 다른지 모르겠습니다. 한편 여단장은 이후 파워포인트를 켜고 우리나라 역사에 대한 정훈교육을 시작했습니다. 그렇게 한 소절이 끝날 때마다 훈련병들은 열광적으로 박수를 쳤습니다. 아니, 정확히는 '열광하는 척' 박수를 쳤습니다. 그러던 중에 여단장은 질문했습니다.

"여기, 혹시 임진왜란에 대해 설명해 볼 만한 훈련병 있나?"

그의 손에는 초코바가 쥐어져 있었습니다. 순간적으로 직감했죠. 여기서 대답한다면 분명히 저 초코바를 줄 거라고. 입대한 뒤로 한 번도 먹어 보지 못한 달콤한 맛의 초코바. 우리들의 눈에는 여단장이 아닌 초코바만 크게 확대되어 보일 지경이었습니다. 하지만 훈련병 중 누구도 선뜻 손을 들지 못했습니다. 감히 여단장

앞에서 손을 들고 입을 열 자신감은 없었던 것입니다. 그렇다면 경쟁자가 없는 상황입니다. 어려서부터 역사에 관심이 많아 고등학교 2학년 때 한국사 1급 자격증을 통과한 저로서는 좋은 기회였습니다. 순간 손을 번쩍 들었습니다.

그러자 여단장은 저를 지목하더니 흥미로운 표정으로 한번 말해보라고 했습니다. 이후 약 5분에 걸쳐 임진왜란에 대한 설명을 시작했습니다. 발생 연도, 시기, 그리고 주요 인물에 대한 상세한 설명과 더불어 전쟁 종료까지 최대한 자세하게, 무엇보다 '여단장의 마음에 들게' 말하려고 무척 노력했습니다. 노력은 큰 결실을 얻었습니다.

여단장은 제 설명을 듣고 매우 만족해했습니다. 그러더니 흐뭇한 미소와 함께 손에 들고 있던 초코바를 저에게 던져 줬습니다. 근처에 있던 여단장의 부관장교는 기특하다는 표정을 지으며 설명하고 있던 제 모습을 사진으로 찍기도 했습니다. 나중에 안 사실이지만 그때 찍힌 사진은 이후 우리 사단 내에서 꽤 유명하게 돌아다녔다고 합니다.

그러나 그런 것은 상관없었죠. 여단장이 흐뭇하게 웃었다든지, 또는 부관장교가 사진을 찍었다든지 하는 것보다 더 큰 관심은 바로 초코바가 제 손에 들어왔다는 것입니다. 저와 같은 생활관의 훈련병들 역시 같은 생각이었습니다. 이후 작은 초코바는 쉬는 시간에 저와 같은 생활관의 훈련병 열 명과 나눠 먹었죠. 그 작은 걸 어떻게 열 명이 나눠 먹느냐고요? 군대에서는 가능합니다. '한 입씩' 맛있게 나눠 먹었습니다.


## "요즘 삼사십대는 너무 북한을 좋아해."

한편 여단장은 역사에 대한 강의를 계속 했습니다. 그리고 늘 그렇듯 교육의 끝은 북한에 대한 이야기로 마무리되었습니다. 주로 북한이 우리보다 못산다는 점, 그리고 '호시탐탐 우리를 노린다는 점'을 강조했습니다. 훈련병들은 그 말이 끝나자 박수를 쳤습니다. 그런데 그때였습니다. 박수가 끝난 후 대뜸 여단장이 이렇게 말하는 것입니다.

"여러분은 북한이 싫지? 거, 요즘 젊은 층은 다행스럽게도 북한을 귀찮게 생각하더라고."

여기저기에서 "맞습니다."라는 말이 터져 나왔습니다. 어떻게든 초코바를 받아 보려는 훈련병들과 진심으로 북한을 싫어하는 훈련병들이 이구동성으로 함께한 것입니다. 그런데 문제는 그 다음이었습니다. 지금도 황당합니다. 아직도 잊히지가 않죠. 여단장의 다음 말입니다.

"그런데 요즘 삼사십대는 너무 북한을 좋아해."

생각하면 이건 망언 중에서도 대단한 망언입니다. 우리나라 30 대와 40대가 북한을 너무 좋아한다? 여러 가지 뜻으로 해석될 수 있습니다. 아마도 30대와 40대에서 보수 자임 당을 지지하지 않으니 그런 말을 하는 것이 아닐까, 여단장이 말하는 의미가 그런 것이 아닐까 추측됩니다. 그런데 군에서는 북한을 좋아한다면 '종북'으로 낙인찍습니다. 그러니 여단장은 요즘 30대와 40대를 사실상 '종북'이라고 말하는 것과 전혀 다르지 않은 망언입니다. 그러나 아무도 항의하지 못했습니다. 오히려 그런 여단장의 망언에 동조하는 훈련병들의 목소리도 들렸습니다. 그렇게 여단장은 흐뭇하게 '대적관이 투철한' 훈련병들을 보면서 돌아갔습니다. 그런데 만약 어느 '용감한 훈련병'이 여단장에게 그 발언을 듣고 해명을 요구했다면 어땠을까요?

분명히 여단장은 '기침'을 하며 나갔을 겁니다. 그리고 모든 불이익과 그에 따른 보복은 우리 230명 훈련병에게 돌아왔겠죠. 그렇다면 그 용감한 훈련병은 순식간에 '눈치도 없는 훈련병'으로 불리거나 심하면 군에서 바보 취급을 받는 '고문관'으로 전락했을 겁니다. 그리고 이후 내내 모든 훈련병에게 욕을 먹겠지요.

지휘관이 망언을 했음에도 항의하지 못하는 현실. 훈련병들이 비겁한 것이 아닙니다. 정당한 항변에도 불이익과 보복을 가하는 군의 구조가 잘못된 것이지요. 현재 우리 군은 명령에 복종하기만을 강요합니다. '잘못된 명령'에 저항할 권리와 의무를 주지 않습니다. 그래서 오늘도 군인들은 점호 시간마다 '복무 신조'를 복창합니다.

"우리는 법규를 준수하고 상관의 명령에 복종한다!"

잘못된 명령에는 저항할 권리와 의무를 줘야 합니다. 그래야 '생각하는 군인'이 나옵니다. 잘못된 명령과 교육에도 아무 생각을 하지 못하는 병사들이 과연 제대로 싸울 수 있을까요? '생각하는 백성이라야 사는 것'처럼 생각하는 병사가 있어야 건강한 군대가 만들어지는 것입니다. 그런 군대, 멋지지 않나요?

7편

# 이등병 수료식, 내 부모님은 이렇게 쫓겨났다

꿈에도 그리던 순간. 마침내 이등병 수료식이 내일입니다. 이제 훈련병들은 이등병 계급장을 받습니다. 작대기 하나 없던 그 서러움, 경험해 보지 못한 사람은 모르는 일입니다. 그 서러움이 이제 하루만 지나면 끝납니다. 무엇보다도 보고 싶던 가족들과도 만나게 됩니다. 하지만 생각지도 못한 일이 있었습니다. 바로 그 이야기입니다.

**부모님이 주시더라도 술, 담배는 절대…**

수료식을 하루 앞두고 훈련병들은 부쩍 말이 많아졌습니다. 각자 신나게 수다를 떨었죠. 주제는 '면회 때 무엇을 할 것이냐'입니다. 면회 때 부모님이 뭘 가지고 오신다 했다는 이야기, 또는 보고 싶었던 가족과 친구, 혹은 애인을 만날 수 있다는 설렘으로 훈련병들은 도란도란 이야기꽃을 피웠습니다. 이때 소대장은 간단한 교육을 실시했죠. 이른바 '3 보행'을 금지한다는 겁니다. 3 보행이란 다음과 같습니다.

베레모를 벗고 건물 밖을 걷지 마라 (탈모 보행)
주머니에 손을 넣고 걷지 마라 (입수 보행)
음식물을 먹으면서 걷지 마라 (취식 보행)

이외에도 '하사 이상의 간부를 밖에서 본다면 경례를 하라' '복귀 시간은 당일 저녁 19시까지' 등등 매우 세세하고 구체적인 지시가 이어졌습니다. 하지만 훈련병들의 귀에는 잘 들어오지 않았습니다. 기대와 흥분으로 가득 차 있어 그저 시간이 어서 흘러 수료식이 시작되기만 기다리고 있었습니다. 그렇게 기대감으로 들떠 있던 그때였습니다. 소대장이 던진 한마디에 이내 훈련병들의 표정이 굳어졌습니다.

"그리고 하나 더. 부모님이 권하셔도 절대로 술, 담배를 하지 마라."

마치 찬물을 끼얹은 것처럼 순식간에 분위기가 싸늘해졌습니다. 훈련병들이 기대하던 것은 음식과 가족뿐만이 아니었습니다. 휴식을 취하면서 개인의 기호에 따라 술과 담배도 할 수 있기를 원했던 것이죠. 물론 저는 술과 담배를 하지 않아 그 말이 그렇게 충격적이지 않았지만 다른 훈련병은 많이 달랐던 것입니다. 이때 한 훈련병이 손을 들고 질문했습니다. 시골에서 그 먼 길을 찾아오시는 부모님이 권하시는데도 술 한 모금 안 되냐는 불만이었습니다. 그러나 돌아오는 답변은 참으로 '칼' 같았습니다.

"먼 시골이 아니라 외국이라도 안 된다."

어기면 징계라는 부연 설명은 덤이었습니다.


## 부모님 배려하지 않는 야박한 신병교육대

그렇게 다음 날, 기다렸던 신병교육대 수료식이 시작됐습니다. 도착한 훈련병의 가족들은 각자의 아들에게 다가가 이등병 계급장을 달아 줍니다. 어떤 훈련병은 사단장이 직접 계급장을 달아 주기도 했습니다. 부모님이 제 시간에 오기 힘든 훈련병이었다고 합니다.

다행히도 제 부모님은 일찍 도착하셨습니다. 수료식 내내 안 그런 척 하면서도 부모님이 어디 계신지 연신 힐끔거리며 찾은 것입니다. 전날 소대장과 조교들은 부모님을 만날 때 절대 웃지 말라고 했습니다. 그 이유를 이해하기 어려웠습니다. 반가운 마음을 표현조차 하지 못하게 하는 군대가 이해하기 어려웠지만 지시에 따를 수밖에 없는 일입니다. 나중에 어머니는 그런 저의 얼굴을 보며 많이 걱정했다고 합니다. 반가워할 줄 알았는데 군은 표정으로 어머니를 바라만 보는 아들을 보며 '무슨 일이 있었나' 많이 걱정했다는 후문입니다. 이런 이상한 지시는 없어져야 한다고 저는 생각합니다. 여하간 수료식이 끝날 때까지 군은 얼굴로 부모님과 여동생을 만난 후 저는 이내 부모님이 가져 온 차를 타고 인근의 펜션으로 갔지요. 그렇게 차에 타고 나서야 저는 아무도 보지 않는 그곳에서 부모님과 웃으며 대화를 할 수 있었습니다.

부모님은 정말 많은 것들을 바리바리 싸 오셨죠. 제가 좋아하는 육류와 입대 전 자주 먹었던 서울 신당동 닭발, 초콜릿, 그리고 각종 음료를 하나 가득 가져 오신 겁니다. 특히 어머니께서는 직접 만드신 한과까지 가져 오셨습니다. 그동안 군대 짬밥만 먹던 저는 '싸제(사제) 음식'을 그날 원 없이 먹었죠. 말 그대로 천국이 따로 없는 시간이었습니다. 웃음이 연신 터져 나왔죠. 하지만 시간은 정해져 있었습니다. 어느덧 복귀 시각이 다가온 것입니다. 저는 부모님에게 이제 부대로 돌아가야 한다고 말씀드렸습니다. 그러자 부모님은 지체 없이 돌아갈 준비를 합니다.

그렇게 차에 타고 부대로 복귀하는 와중에 제 마음은 무거웠습니다. 부모님도 얼굴이 굳었죠. 저는 최대한 부모님에게 말을 붙였습니다. 군대에서 보고 들은 우스갯소리를 하며 제가 할 수 있는 모든 노력을 다해 부모님의 얼굴에 웃음꽃이 피어날 수 있도록 즐겁게 해드리고 싶었던 것입니다. 그러나 근본적인 슬픔은 바꿀 수 없었습니다. 이제 곧 자식과 떨어져야 한다는 부모의 슬픔을.

창밖을 보니 어느새 주변은 깜깜한 밤이 되었습니다. 12월 겨울 밤은 빨리 찾아왔습니다. 그리고 그 어둠을 가르고 차는 어느새 부대 앞에 도착했죠. 도착해 보니 연병장에서는 이미 교관과 조교들이 아들을 복귀시키기 위해 진입하는 차량을 통제하고 있습니다. 저는 차에서 내립니다. 이때 아버지도 운전석 안전벨트를 풀고 차에서 내리려고 합니다. 마지막으로 저와 인사를 나누시려고 하신 것 같습니다.

그런데 그때였습니다. 교관과 조교가 달려오는 겁니다. 그러더니 차에서 내리시려는 제 아버지에게 이렇게 소리 질렀습니다.

"가족은 하차하지 마시고 그대로 차를 돌려 부대 밖으로 나갑니다!"

순간 저는 '이것이 군인의 부모님을 배려하는 태도인가' 싶었습니다. 군인의 부모님에게까지 명령조로 지시하는 군대를 보며 제 마음속 깊은 곳에서 서글픔이 밀려 왔습니다. 결국 저는 '아버지의 마지막 말씀'을 듣지 못했습니다. 결국 교관과 조교의 제지로 아버지는 제게 아무런 말도 하지 못한 채 다시 차에 타셔야 했습니다. 저는 그런 광경을 보면서 눈을 떼지 못했습니다. 마치 내가 군인이 아닌 교도소의 재소자가 된 느낌이었습니다. 늘 당당했던 제 아버지가 군인이 된 아들 때문에 저런 수모를 겪어야 하나 싶었습니다. 하지만 어쩌겠습니까. 사실상 자식을 '볼모'로 잡힌 아버지 입장에서는. 그런데 그때였습니다. 어둠속 어디에선가 저를 부르는 목소리가 들렸습니다.

"충열아!"

저는 몸을 돌려서 소리가 나는 그쪽을 바라봤습니다. 아버지의 목소리였습니다. 아버지가 내리지 못한 채 차 창문을 열고 제 이름을 부르는 모습이 어둠 속에서 얼핏 보였습니다. 그러나 안타깝게도 거기까지였습니다. 조교가 성큼성큼 걸어오더니 이내 아버지가 있던 차의 창문을 가로막는 것이었습니다. 결국 부모님은 그렇게 부대 밖으로 쫓겨나다시피 나가셨습니다. 그날 밤 제가 본 우리 부모님의 마지막 모습이었습니다. 그 후 저는 어두운 밤길을 터벅터벅 걸어가며 복귀했습니다. 추운 겨울바람은 매섭게 몰아쳤습니다. 쓸쓸하게, 무거운 발걸음으로 뚜벅뚜벅 걸어 생활관으로 갔습니다. 저 혼자가 아니었습니다. 주변에는 저와 똑같은 훈련병들이 그렇게 무거운 발걸음으로 각자의 생활관으로 걸어가고 있었지요.

나중에 부모님에게 여쭤 봤습니다. 어떻게 가셨느냐고. 아버지는 말씀하셨습니다. 절로 눈물이 나서 울며 집으로 돌아갔다고. 이게 말이 되는 일입니까? 입대 장병의 부모님은 '자식을 국가에 보낸 애국자'입니다. 그런 애국자들에게 국가는, 군대는 어떻게 예우하고 있나요? 이런 모습이 과연 애국자들에게 합당한 예우인가요?

아주 사소한 일이지만 그런 사소한 일이 더 가슴 아프게 하는 것입니다. 하물며 부모님의 가슴에 대못을 박으며, 마치 입대 장병이 인질인 것처럼 군이 '갑질'하고 있다고 저는 느껴졌습니다. 이건 아닙니다. 그 악랄한 나치 독일과 일제도 입대 장병의 부모님에게는 깍듯했다고 합니다. 물론 군과 국방부는 입대 장병의 부모님에게 늘 걱정하지 마시라고 합니다. 하지만 제가 본 우리나라 군의 태도는 그렇지 않았습니다. 이래서야 안심하고 믿을 수 있을까요? 입대 장병은 물론 그 장병의 부모님에 대한 예우가 필요합니다. 더 이상, 이래서는 안 됩니다.

# '총 쥔 채로 제자리걸음' 이게 다 무슨 소용인가

이등병 계급장을 달고 있는 신병들이 보입니다. 이제 그들은 더 이상 '훈련병'이 아닙니다. 후반기 교육을 받고 있는 '교육생'으로 신분이 바뀐 것입니다. 보충대 입소 후에는 '장정'으로, 이어 신병 교육대로 옮겨서는 5주간 생활하면서 '훈련병'으로, 그러다가 제가 군에 입대한 2014년에는 다시 2주간 추가 교육을 더 받았는데 이 때는 신분이 '교육생'으로 바뀌는 것입니다. 이때 교육생들의 손에 는 총이 쥐어져 있습니다. 저 역시 마찬가지죠. 그러나 이 훈련만 큼 무의미한 것이 있을까 싶습니다. 바로 총검술입니다.

**'총검' 없이 휘두른 총검술, 도대체 왜?**

총검술은 '총검'과 '개머리판'을 휘두르는 전투 방식입니다. 하지 만 교육생의 총에는 총검, 즉 '대검'이 착검되어 있지 않습니다. 정 말 이상한 상황입니다. 총검술의 가장 기본인 총검이 없기 때문입니다. 모두 갸우뚱했지만 교관은 아무 설명도 없이 그냥 교육 훈련을 진행합니다. 숙달된 조교가 시범을 보입니다. 먼저 이동 자세부터 가르쳤습니다. 총검술 이동 자세라는 것도 어처구니가 없죠. 단독 군장 상태에서 총을 쥔 채로 빠르게 제자리걸음을 합니다. 그 상태에서 천천히 해당 방향으로 몸을 돌리죠. 여전히 발은 제자리걸음으로 긴박하게 뛰고 있습니다. 이게 실전 총검술과 무슨 상관이 있나 싶습니다.

아무튼 훈련은 그대로 진행됩니다. 이후 조교는 갖가지 자세로 총검술 자세를 선보입니다. 그러나 전혀 집중되지 않습니다. 총검이 없는 '총검술'인데 어떻게 집중이 될까요? 총검을 어떻게 휘두르는지 전혀 상상이 되지 않았습니다. 그저 빈총을 요란하게 흔들 뿐. 당연히 교육생들은 제대로 휘두르지를 못했죠. 자신이 원하는 각이 나오지 않자 교관은 주의를 줍니다. 그럼에도 훈련 결과는 나아지지 않습니다. 총검이 없는 총검술이니 당연한 일입니다.

결국 '얼차려'를 받았습니다. 얼차려란 '군의 기율을 바로잡기 위하여 상급자가 하급자에게 비폭력적 방법으로 육체적인 고통을 주는 일'을 의미합니다. 당시 얼차려는 총검술 이동 자세로 집합과 해산을 반복하는 방식이었습니다. 교관의 분이 풀릴 때까지 우리는 미친 듯이 모이고 흩어지기를 반복했습니다. 무거운 소총을 들었기에 더욱 힘들었습니다. 그렇게 얼차려와 훈련이 끝난 뒤 어느 교육생이 온통 땀범벅이 되어 이렇게 속삭이듯 투덜댔죠.

"아, 씨X! 이딴 거랑 실제 전쟁이랑 무슨 상관이야."

왜 총검도 없이 총검술 훈련을 했는지 궁금하실 겁니다. 어느 교육생이 조교에게 들었답니다. 총검으로 다칠 수가 있으니 뺐다고요. 이게 말이 되나 싶었습니다. 실전과 같은 훈련을 표방하던 군이 오히려 보여주기 식 군사 훈련을 하고 있는 겁니다.

## 북한이 총검술 쓰니, 우리도 총검술 써야?

당연히 우리는 불만이 많았습니다. 빈총을 휘두르는 보여주기 식 훈련부터가 시대에 맞지 않는다는 불만이었습니다. 또한 대부분의 교육생들은 총검술 자체가 '구시대적인 바보짓'이라고 생각하고 있었습니다. 그런데 이때, 우리가 떠들던 바로 옆으로 조교가 지나가다 들어왔죠. 얼른 전부 조용해졌지만 이미 조교는 우리들의 수다를 전부 다 들은 눈치였습니다. 큰일 났다는 생각만 들었습니다. 조교는 대뜸 이렇게 말했습니다.

"북한이 총검술을 채택하고 있으니 우리 역시 그에 대항하는 총검술을 익혀야 상대할 수가 있습니다."

사실 조교의 말만 들으면 상당히 그럴 듯한 이야기입니다. 교육생들도 그런 조교의 말에 납득하는 것처럼 보였습니다. 그러자 만족한 조교는 다시 자기가 가던 길을 향해 밖으로 나갔습니다. 하지만 조교가 간 후 분위기는 또 달라졌습니다.

'북한이 총검술을 채택하고 있으니 우리 역시 그에 대항하는 총검술을 익혀야 한다'는 말에 한 교육생이 조용히 빈정댔죠. 그제야저는 그 논리가 잘못된 것임을 깨달았습니다. 아직도 그 말이 기억납니다.

"바보가 바보짓을 한다고 그 바보짓을 따라 할 이유가 있나?"

## 미군처럼 권총을 지급하고 격투기를 가르쳐야

놀랍게도 이런 사례가 훨씬 전에도 있었습니다. 바로 1941년 발발한 태평양전쟁 때의 일이죠. 당시 일본은 미국과 전쟁 중이었습니다. 미군은 월등한 화력으로 일본군이 점령한 섬에 상륙했습니다. 그러자 일본군은 총검 돌격을 강행했죠. 처음에는 미군도 당황했습니다. 함성을 지르며 총검으로 돌격하는 일본군의 모습이 황당했던 겁니다. 이에 미군도 일본군의 총검 돌격에 대항책을 마련했습니다. 미군 역시 일본군처럼 총검 돌격으로 대항했을까요? 아닙니다. 미군은 일본군의 총검 돌격을 따라하지 않았습니다. 오히려 반대였습니다. 병사들에게 권총, 기관총, 산탄총, 화염방사기를 지급한 것이죠. 결과는 어찌 되었을까요? 일본도와 총검 등 날붙이만 들고 달려들던 일본군은 그야말로 처참하게 전멸했죠. 미군은 날붙이나 개머리판 따위보다 총알 등 현대화된 무기의 힘이 훨씬 더 강함을 아는 것이죠.

이뿐만이 아닙니다. 미군은 일본군보다 체격이 월등이 좋았습니다. 거기에 기본적으로 격투기를 연마시켰기에 더욱 유리했죠. 실제로 총검 돌격을 하던 일본군을 미군이 맨손으로 물리친 일도 허다합니다. 즉 돌발 상황에도 충분히 대응할 전투 능력을 갖춘 겁니다.

이와 같은 미군의 대응으로 일본군은 처참하게 무너졌습니다. 그런데 만약 미군도 일본군처럼 똑같이 총검 돌격을 했다면 어땠을까요. 숫자도 많고 체격도 좋은 미군이 이기기는 했을 겁니다. 그러나 미군 역시 피해가 엄청났을 겁니다. 이후에도 미군은 총검술을 지속적으로 축소했습니다. 결국 2011년에 미 육군은 총검술을 폐지했죠. 그러나 이건 병사의 전투력을 약화시킨 것이 결코 아닙니다. 대신에 권총과 격투기를 통해서 근접전 능력을 더 강화시켰습니다. 제가 복무하던 2014년 당시만 따져도 우리 군은 북한보다 34배가 넘는 예산을 쓰고 있었습니다. 또한 국방부는 정훈교육 때 '북한 인민군의 체격이 형편없는 수준'이라고 가르쳤습니다. 우리 국군의 체격이 인민군에 비해 월등하다고 한 것입니다. 이는 사실일 겁니다. 국방부가 거짓말을 하는 것이 아니면요.

그런 조건임에도 국방부는 여전히 총검술을 고집하고 있습니다. 권총을 지급하고 격투기를 가르쳐서 병사들의 전투력과 생존력을 높일 생각이 없는 겁니다. 오로지 북한군처럼 '구시대적인 총검술'에 집착하고 있는 것입니다. 21세기의 우리 군이 20세기에 머물러 있는 북한군과 똑같은 방식으로 대응하고 있는 꼴입니다. 안타까운 일 아닌가요?

# 입으로 총소리 "탕! 탕! 탕!", 어이없는 훈련소

시대가 바뀌면서 모병제에 대한 논의가 뜨겁게 이어지고 있습니다. 물론 과거에도 이런 논의는 있었지만 큰 반응은 없었습니다. 하지만 지금은 조금 다릅니다. 국민을 상대로 한 설문조사에서도 모병제에 대한 찬성 의견이 절반이 넘습니다. 놀라운 변화입니다. 그러나 반대하는 이들도 여전히 적지 않습니다. 그들의 주된 반대 논거는 이렇습니다.

"대한민국은 휴전 상태다. 이런 상황에서 모병제를 도입하면 군인 숫자가 줄어드는데 어떻게 하느냐?"

그들은 국군과 인민군 숫자를 비교하며 이를 근거로 격렬하게 반대합니다. 하지만 저는 모병제를 찬성하는 입장에 가깝습니다. 군대에서 징병제 폐해의 허상을 민낯으로 봤기에 오히려 군대 전역 후 이러한 생각이 더욱 굳어졌습니다. 입대 전에는 인민군을 가장 만만하게 생각했는데 오히려 군 복무 과정에서 우리 군의 현실을 보며 승리를 장담하기 힘들다는 생각마저 들었죠. 그 이유입니다.

## 수류탄을 던지지 못하게 하는 훈련

저는 2013년 10월에 입대했습니다. 306보충대를 거쳐 모 사단의 신병훈련소에 입소했습니다. 훈련 과정은 힘들었지만 유독 제가 긴장하며 기대했던 훈련이 있었습니다. 바로 '수류탄 투척 훈련'이었습니다. 총을 쏘는 것은 밖에서도 할 수가 있지만 수류탄은 그럴 수 없기 때문입니다. 오로지 현역 군인이기에 가능한 훈련, 바로 수류탄 투척 훈련이었습니다. 그런 의미가 있다고 생각한 것입니다.

그리고 마침내, 기대했던 수류탄 투척 훈련의 날이 찾아왔습니다. 먼저 모의 수류탄 투척 교육이 진행됐습니다. 진짜 수류탄을 던지기 전에 모형으로 만든 수류탄을 실제처럼 투척하는 연습이죠. 모의 수류탄 투척에 대한 교육이 끝나고 몇 번 더 연습 기회가 주어졌습니다. 그 다음에는 교관 주관 하의 모의 수류탄 투척 시험.

훈련병 230명 중에서 소수만 그 시험에 합격했습니다. 연습 시간이 너무 짧은 탓이었죠. 그래서 합격한 소수만 '진짜 수류탄'을 던지러 갔습니다. 그렇다면 불합격한 훈련병들은 어떻게 됐을까요?

다른 곳에서 가만히 있었습니다. 정말 말 그대로 '가만히' 있었습니다. 그렇게 가만히 기다리던 중 어느 훈련병이 조교에게 질문했습니다.

"조교님. 저희는 언제 수류탄을 던집니까?"

그때 조교의 답변은 참으로 걸작이었습니다.

"야. 너희 월급보다 수류탄이 더 비싸."

비교적 훈련병들과 격의 없이 지내던 조교의 말에 더욱 놀랐습니다. 그러더니 조교는 씩 웃으며 다음과 같이 말을 이어갔습니다.

"너희 숫자가 200명이 넘는데 다 던질 수 있겠냐? 거기에다가 수류탄 던지다가 사고 생기면 어쩌게? 사고 나면 우리만 피곤해져."

그래서 어떻게 됐을까요? 저를 포함한 대다수 훈련병들은 끝내 수류탄을 던질 기회가 없었습니다. 군인이 될 훈련병에게 수류탄을 던지는 훈련도 시키지 않은 겁니다. 물론 수류탄은 대단히 위험한 무기입니다. 하지만 다른 대상도 아니고 우리는 '군인'입니다.

전쟁이 나면 총을 쏘는 건 기본이고 적을 향해 수류탄도 던져야만 합니다. 그런데 그런 군인을 양성해야 하는 훈련소에서 수류탄을 던지는 훈련 기회조차 박탈한 것입니다. 결국 그날 200명이 넘는 훈련병들은 진짜 수류탄을 만져 볼 기회조차 갖지 못했습니다. 수류탄도 던져 보지 못한 군인! 이게 말이 되는 걸까요? 훈련병 월급보다 더 비싸다는 수류탄을 안전 운운하면서 훈련도 시키지 않는 군대가 정말 군대란 말인지 너무나 한심했습니다. 하지만 이보다 훨씬 더 황당했던 훈련도 있었습니다. 그 어처구니없는 일은 훈련소 입소 5주차가 지나가던 때에 벌어졌습니다.

## 입으로 총소리를 내는 각개전투

훈련 5주차가 되던 날, 이날은 각개전투 훈련이 잡혀 있었습니다. 각개전투란 '병사 개개인이 모의전투를 벌이는 훈련'입니다. 실제 전장에서 병사가 살아남기 위한 훈련이지요. 가장 중요한 군사 훈련 중 하나입니다. 그렇게 긴장 속에서 훈련장에 도착하자 담당 교관의 교육이 시작됐습니다. 교관은 이렇게 말했습니다.

"각개전투는 목소리가 중요하다. 복명복창을 크게 하도록! 실제 전투라고 생각해라. 현재 상황은 고지를 점령한 적군을 격멸하는 훈련이다. 다음은 주의할 점을 전파하도록 하겠다."

훈련병들에게 단단히 주의를 주면서 교관은 연신 여러 가지를 강조했습니다. 상당히 성질이 고약하기로 소문난 교관이기에 저를 비롯한 훈련병들은 모두 긴장했습니다. 그때 이어지는 교관의 말.

"총소리는 입으로 크게 낸다. 성의 없게 총소리를 내면 즉시 얼 차려를 부여하겠다. 알겠나!"

총소리를 입으로 내라는 황당한 강조. 이후 저는 "탕! 탕! 탕!" 하는 총소리를 입으로 크게 외쳤습니다. 다른 훈련병들도 질세라 큰 목소리로 "탕! 탕! 탕"을 외치며 앞으로 돌격했지요. 그렇게 입에서 입으로 "탕! 탕! 탕" 총소리를 외치는 것뿐만이 아니었습니다. '없 는 수류탄'을 던지는 시늉을 하고, '없는 탄창'을 갈아 끼우는 시늉을 하고, 그리고 '없는 대검'을 총에 끼우는 시늉을 하며 우리들은 모두 앞으로 달려 나갔습니다. 도대체 이게 군대인지, 아니면 동네 꼬마들이 골목에서 병정놀이를 하는 것인지 구분이 되지 않는 순간이었습니다. 실제 전투를 벌인다는 각오로 훈련에 임하라고 강조하더니, 동네 꼬마들의 병정놀이나 다름없는 해괴한 일을 시키고 있는 것입니다. 그런데 이런 코미디 같은 각개전투는 거기가 끝이 아니었습니다. 진짜 코미디는 탈환하라는 고지 위에서 벌어집니다.

얼마 뒤 훈련병들은 고지에 진입했습니다. 그리고 총의 개머리판을 단단히 움켜쥐고 백병전에 돌입했습니다. 일제히 함성을 지르며 표적을 향해 달려든 훈련병들. 그런데 이후 어떤 일이 벌어졌을까요? 놀랍게도 훈련병들은 표적판을 때리지 않았습니다. 모두때리는 '시늉'만 격렬하게 했습니다. 저 역시 그랬습니다. 왜 그랬을까요? 훈련 교관이 마지막으로 덧붙인 그 말 때문이었습니다.

"그리고 잘 들어라! 고지 위의 표적이 깨지면 안 된다! 절대 표적을 진짜로 때리지 마라! 때리는 시늉만 해라! 만약 표적이 부서지면 각오해라! 알았나?"

## 훈련병에게 보약을 바치는 소대장

문제는 하나 더 있습니다. 징병제는 대한민국 남성들에게 병역의무를 부과하고 있습니다. 그런데 최근에는 입대할 청년 숫자가점점 줄어들고 있습니다. 이 때문에 징병 기준이 완화되고 있습니다. 즉 손가락과 발가락에 장애만 없으면 대부분 현역 징병 대상입니다. 제가 있던 훈련소의 같은 중대에는 A라는 훈련병이 있었습니다. A는 정신적으로 대단히 불안정했습니다. 혼자 중얼거리거나 각종 기괴한 행동을 일삼았습니다. 발작까지 하는 심각한 수준이었습니다. 당연히 A는 각종 훈련에서 자동 열외 대상이었죠. 그런데 대단히 인상 깊은 사건이 하나 있었습니다. 사격 훈련이 있던 어느 날이었습니다. 훈련병들은 조를 나눠서 차례로 사격장으로 올라갔습니다. 물론 그날도 A는 자동 열외 대상이었습니다. 사격 훈련 중 사고를 일으킬까 우려했기 때문입니다. 그런데 이때 대기 중인 A에게 담당 소대장이 다가가서 뭐 필요한 것이 없냐고 뜬금없이 물었습니다. 어쩌면 의례적인 말이었는데 그때 A는 이렇게 말했습니다.

"소대장님. 제가 몸이 좀 허해서 보약을 먹어야겠습니다."

그 말을 듣고 우리는 모두 마음속으로 웃었습니다. 정말 특이한 녀석이라고 생각했던 것입니다. 그런데 잠시 후 정말 어이없게도 소대장은 그 길로 군대 내 매점인 PX로 달려가는 것 아닌가요. 그러더니 얼마 있다 돌아온 소대장의 손에는 피로회복제가 쥐어져 있었습니다. 소대장은 이후 직접 두 손으로 그걸 따서 A 훈련병에게 먹여 주는 겁니다. 왜 이렇게까지 했을까요? 그 소대장은 복무 기간이 얼마 안 남은 장교였습니다. 남은 기간에 A가 문제라도 일으킬까 봐 이렇게 지극정성으로 모셨던 겁니다. 이게 징병제의 가장 큰 문제점입니다. 징병 기준이 완화되었기에 군대 와서는 안 될 이들까지 전부 군대로 오고 있는 것입니다. 실제로 A와 같은 심각한 수준의 관심병사들을 제 군 복무 기간 동안 적지 않게 봤습니다. 간부들도 군대가 아니라 보육원이 되었다며 불평할 정도입니다. 관심병사들을 관리하는 그린캠프의 책임자인 모 원사는 저에게, 심각한 애들이 전례 없이 많이 오고 있다며 푸념하기도 했습니다.


## 이런 군대가 어찌 전쟁에서 이길까요

형식적인 훈련, 그리고 군 복무 부적격자의 유입. 이런 문제가 벌어지는 가장 큰 이유는 바로 징병제 때문이 아닐까 저는 생각합니다. 육군의 숫자는 무려 50만에 육박합니다. 하지만 출산율이 점점 더 떨어지는 우리나라에서 입대할 자원은 갈수록 줄고 있습니다.

그런데도 군인 숫자를 줄일 생각이 우리나라 군에는 없습니다. 그러니 방법은 하나입니다. 부족한 입대 숫자를 채우고자 아무나 군대에 끌고 오는 것입니다. 이런 잘못된 징병 제도가 군대의 질을 떨어뜨리는 근본적 원인이 됩니다. 우리가 흔히 말하는 '당나라 군대'가 만들어지는 이유입니다. 그렇기에 저는 모병제 도입을 적극적으로 찬성합니다. 이를 통해 신체적으로 검증된 병사들이 철저한 훈련을 통해 '전문화된 군대'가 되어야 우리나라를 지킬 수 있다고 믿기 때문입니다. 물론 앞서 언급한 것처럼 이를 반대하시는 분들도 있습니다. 북한과의 병력 차이를 언급하면서 우리도 그에 대적할 만큼 군인 숫자를 유지하려면 징병제는 불가피하다는 주장입니다. 하지만 현대전은 결코 머릿수가 전쟁을 결정짓지 않습니다.

지난 1991년에 있었던 걸프전이 대표적인 예입니다. 당시 쿠웨이트를 침공한 이라크와, 이러한 이라크를 응징하기 위해 미국을 위시한 다국적군이 전쟁을 벌입니다. 170만 명에 육박하는 대병력을 거느린 이라크는 자신만만했습니다. 더구나 전쟁을 하는 곳이 지형지물에 익숙한 자국이니 홈그라운드의 이점이 있었고 무엇보다 다국적군보다 무려 2배가 넘는 대규모 병력을 가지고 있기 때문이었습니다. 그렇기에 수많은 군사 전문가들도 베트남전쟁처럼 또다시 미국이 패배할 것으로 예상하기도 했습니다. 하지만 결과는 달랐습니다. 현대화된 다국적군의 압승으로 전쟁은 끝났습니다. 미군 사망자는 200명 남짓인 반면 이라크군은 무려 10만 명 이상의 큰 피해를 입었던 것입니다. 당시 세계에서 4번째로 규모가 큰 이라크 군대였으나 비참하게 패배하고 만 것입니다. 이는 더 이상 전쟁이 과거처럼 그저 머릿수 많다고 이기는 것이 아님을 증명하는 사건입니다.

문득 우리 군대의 정훈교육이 떠오릅니다. '6.25전쟁에 참전한 중공군은 머릿수만 많았지 전문성은 전혀 없는 군대'라는 것을 늘 강조하는 내용이 나옵니다. 그 말이 현재 우리나라 군대에 고스란히 적용되고 있습니다. 한국군에게 시급한 것은 머릿수가 아닙니다. 그렇기에 지금 절실한 것은 모병제를 통한 전문성 강화입니다. 더 이상 늦출 수 없는 과제라고 저는 주장합니다. 이기는 군대를 만들려면 말입니다.

# 자대를 가다

7주간의 신병교육대를 모두 마치고 이제는 자대로 떠납니다. 마치 고등학교 졸업식을 보는 것과 같습니다. 연락처를 교환하는 교육생들도 있으며 소대원들과 눈물을 흘리며 아쉬워하는 교육생들도 눈에 띕니다. 어쩌면 고작 7주밖에 안 되는 인연이지만 그곳에서의 느낌은 시간을 초월하기 때문입니다. 가장 힘들 때, 외로울 때 누구보다 힘이 되었고 의지가 되었던 사람들이기 때문입니다.


### 신병교육대가 그리워질 것이다?

그야말로 '애증의 관계'였던 조교와 분대장 조교들도 마찬가지입니다. 교육생들은, 7주간 감사했다며 인사했고 그들 역시, 힘든데 잘 따라왔다며 위로를 전해 줍니다. 그렇게 조교들과 분대장 조교들은 교육생들과 악수를 나누며 살갑게 대화를 나누었죠.

그런 인사가 끝난 후 모두들 훈련소를 떠나 자대로 갑니다. 자대는 '전역할 때까지 복무하는 자신의 부대'입니다. 특별히 사건사고가 없는 한, 그 부대에서 계속 복무를 하다가 보통 전역을 하는 곳입니다. 한편 자대를 가면 PX(부대 내의 마트)도 이용할 수 있습니다. 주말에는 낮잠도 잘 수 있습니다. 그야말로 최고입니다. 왜 그럴까요? 신병교육대에서는 PX는커녕 낮잠도 잘 수가 없습니다. 규정에 제한은 없는데 관행적으로 그렇게 합니다. 그런 면에서 자대는 천국입니다. 교육생들은 그런 사실을 알기에 모두 들떠 있었습니다. 그런데 이때 한 조교가 의미심장하게 말했습니다.

"너희, 자대 가면 좋을 것 같지? 지금이 좋을 때다. 여기가 그리울 걸?"

그 발언에 우리는 갸웃거렸습니다. 매일같이 훈련을 반복하고 또 밥도 제대로 나오지 않는 훈련소. 그러면서도 PX조차 이용할 권리를 제한하는 곳이 신병교육대입니다. 이렇게 자유시간도 제한하는 신병교육대를 우리가 그리워할 거라고요? 천만의 말씀입니다.

그래서 우리들은 조교가 왜 그 말을 했는지 금세 까먹었습니다. 모두가 '신병교육대보다는 자유로운 자대'라는 단꿈에 젖은 것이죠. 그런데 아니었습니다. 조교가 왜 그런 말을 했는지 알게 되는 데는 그리 시간이 오래 걸리지 않았습니다. 자대에 도착한 저는 깨달았습니다. 신병교육대에서는 100명의 동기생이 있었습니다. 그러나 자대에서는 그러한 동기 '대신' 100명의 선임이 순식간에 생겼습니다. 진짜 '계급사회'로 온 겁니다. 신병교육대는 간부, 조교를 제외하면 전부 평등했습니다. 같은 군번의 훈련병(교육생)끼리는 계급 서열이 생길 리 없으니까요. 그러나 여기 자대는 다릅니다. 신병교육대에서 높아 보이던 '일병' 계급장도 여기서는 '일병 나부랭이'에 불과합니다. 신병교육대에서 우리가 자랑스럽게 달고다니던 '이등병' 계급장도 자대에서는 '새까만 막내'에 불과합니다.

## 100명이 넘는 선임이 생기다

자대에 도착하자 수많은 선임들이 우리를 바라봅니다. 전부 계급장의 작대기가 3개, 4개씩입니다. 상병과 병장. 줄여서 '상병장'. 고작해야 이등병에 불과한 우리들에게는 그야말로 '경이로운' 존재들이죠. 이후 우리는 행정보급관, 통칭 '행보관'에게서 각자의 생활관을 배정받았습니다. 대체로 전입 신병들은 2주간의 대기 기간 (적응 기간)을 가집니다. 이때는 근무에 투입되지 않고 부대상황을 살피며 적응하는 기간입니다. 즉 2주간은 그냥 편히 쉬라는 거죠. 하지만 현실은 그렇지 않습니다.

전입 신병은 배속된 소대·분대에서 바로 앞의 선임 병사가 따라

붙습니다. 이른바 '맞선임'이라고 부르죠. 이 맞선임은 전입 신병이 부대 생활을 잘하도록 도와주는 존재로 알려져 있습니다. 하지만 반대로 전입 신병을 무지막지하게 괴롭히는 경우도 아주 많죠. 제가 복무하던 때에는 1개월 단위로 선임·동기·후임을 구분했습니다. 즉 1월에 입대했으면 1월 1일부터 1월 31일까지는 서로 동기인 것입니다.

같은 학년들인 학교, 반 내에서도 괴롭힘이 있습니다. 하물며 계급사회인 군대, 그것도 선임이 득실대는 자대는 어떨까요? 한두 명이라도 사이 나쁜 선임이 있으면 정말로 부대 생활이 고달파집니다.

한편 제가 자대 전입한 당시에는 '동기 생활관' 제도를 운영하고 있었습니다. 이전에는 1개 소대 30여 명이 함께 생활하는 '내무반'이었는데 후임 가혹행위 등 부조리 문제가 심각해지자 이후 동기끼리만 생활하는 '동기 생활관' 제도로 바뀌었다고 합니다. 또한 모두가 한 침상에서 자던 구조를 개인별 침대 구조로 개선하고 거주 인원 역시 30여 명에서 9명만 생활하는 구조로 나름 쾌적하게 바꾸었다고 합니다. 그러나 문제점은 또 있었습니다. 아무래도 동기의 숫자가 부족할 수밖에 없는 구조인지라 말은 동기 생활관인데 현실적으로는 개월 수가 별로 차이 나지 않는 선, 후임이 같은 생활관에 남기도 했습니다. 또한 동기 생활관에서 따돌림 문제가 발생하기도 하죠.

그런데 이런 문제보다 더 큰 문제는 따로 있었습니다. 이등병들 끼리만 모인 생활관은 다른 선임 생활관에게 가장 만만한 존재로 인식된다는 것입니다. 신병이 새로 전입했다는 소식에 선임병들이 우르르 몰려왔습니다. 마치 동물원에 원숭이 구경하러 온 듯한 분 위기였죠. 그때 제가 처음 본 선임병들은 진짜 군인 같지가 않았습 니다. 바지 주머니에 손을 쑤셔 박고 껄렁껄렁하게 걸어오고 침을 찍찍 뱉는 모습. 속된 말로 '양아치' 같았습니다. 그러면서 신병들 에게 겁을 주거나 장난을 쳤죠. 사실 이 정도 선임들은 '착한 수준' 입니다. 진짜 나쁜 선임들도 봤습니다.

## 어느 양아치 선임병

전입 신병들만 모인 '이등병 생활관'은 서로 챙겨주는 편입니다. 가장 높은 선임이 2개월 차이였죠. 개월 수 차이가 별로 나지 않으 니 서로가 존중해주는 분위기입니다. 즉 선임은 선임답게, 후임은 후임답게 존중하는 편이죠. 그러나 역설적으로 가장 높은 선임도 '이등병'이라는 말입니다. 즉 다른 생활관이 보기에는 '만만한 것들 의 집합'이었습니다. 그래서 일부 선임병들은 그런 이등병에게 종 종 횡포를 부리기도 했습니다.

대표적인 케이스가 A 상병입니다. A 상병은 전형적인 양아치입니다. 늘 삐딱하게 걸어 다닙니다. 흡연을 즐기는 그는 후임병들에게서 자주 담배를 뺏어 피웠죠. 또한 후임들의 생활관을 들락날락하면서 자기 필요한 것들을 뺏어가는 일도 잦았습니다. 그래서 후임들은 그를 매우 싫어했습니다. 그러나 A 상병은 전혀 개의치 않았죠. 딱 이런 마인드였습니다. '너희가 그래 봐야 선임인 나한테 어쩔 건데?' 그런 A 상병에게 우리 같은 '이등병 생활관'은 참 만만하게 느껴졌을 겁니다. 그러던 어느 날이었습니다. 새로 전입 온 신병은 혼자 부대를 돌아다니면 안 됩니다. 반드시 다른 병사와 붙어서 동행하여 움직여야 합니다. 스무 살이 넘은 성인을 애 취급하는 것도 참 웃긴 일입니다. 부대를 돌아다니다가 길이라도 잃을까 봐 그러는 걸까요? 참 이해하기 힘든 일들뿐입니다. 그래서 대부분의 신병들은 그냥 생활관에 있습니다. 부대를 돌아보고 싶어도 혼자는 갈 수 없으니까요.

그날도 그랬습니다. 다른 이등병 선임들이 업무로 생활관을 비워 혼자 남아 있던 때였습니다. A 상병이 기웃거리며 생활관으로 들어왔습니다. 마치 먹이를 노리는 하이에나 같은 모습이었죠. 그는 대뜸 혼자 있는 저에게 "라면 있냐?"라며 물어 왔습니다. 군대에서는 일정 기간마다 한 번씩 병사들에게 라면과 음료 등을 개인별로 보급합니다. 마침 얼마 전에 그 보급이 나온 것입니다. 그래서 저는 "네. 있습니다."라고 답했습니다. 그러자 그는 아무렇지도 않게 달라고 제게 말하더군요. 전입 온 지 얼마 되지 않은 신병이기에 저는 멋모르고 그냥 건네 줬습니다. 그러자 당연하다는 듯 받아든 A 상병은 이어 옆 관물대에 있던 과자까지 자기 손으로 꺼냈습니다. 그러더니 이내 생활관 밖으로 나갔습니다.

한편 얼마 후에 업무를 마치고 돌아온 생활관 선임은 자기 관물대에서 과자가 없어졌음을 알아차렸습니다. 저는 "아까 A 상병님이 가져가셨습니다."라고 말했죠. 그러자 선임은 한숨을 푹 내쉬며 한탄하듯 말했습니다.

"A 상병, 이 새끼 또 가져갔네!"

비단 A 상병만의 이야기가 아닙니다. B 상병, C 상병 등 여러 선임들도 비슷했죠. 후임 생활관에 들어와서 물건을 빌려 달라느니, 먹을 것을 달라느니 하며 무단으로 가져갑니다. 갈취가 따로 없었습니다. 청소시간에 생활관에 있는 대걸레를 마음대로 가져가서 쓰는 등 셀 수 없이 많은 일들이 있었죠. 동기들만 생활하는 신병교육대에서는 상상도 못할 일들입니다. 물론 신병교육대에서는 조교들이 있습니다. 하지만 조교들은 훈련병들을 엄격하게 대할 뿐 갈취하는 일은 하지 않았습니다. 그러나 자대에서는 선임들이 별의별 부조리를 다 하는 것이죠. 물론 이들도 변명합니다. 주로 이런 레퍼토리로요.

"야! 옛날에는 더 했어, 새꺄! 불평하지 마."

옛날에는 더 했으니 불평하지 말라고 윽박지르는 이기적 선임들. 물론 선임 전체가 이런 짓을 했다는 것은 절대 아닙니다. 몇몇이 그랬다는 거죠. 그러나 몇몇임에도 불구하고 불합리한 계급 체계로 그것이 개선되지 못했습니다. 따지고 보면 웃기는 일입니다. 조금 일찍 들어왔다고 물건 뺏어가고 윽박지르고. 길어야 1년 9개월 정도인 육군 의무 복무 기간 중에 '내가 군 생활을 더 했다'고 거들먹거리는 선임들의 행위는 유치찬란한 일이 아닐 수 없습니다. 하지만 그걸 또 암묵적으로 인정하는 게 '군대'입니다. 가장 백미는 병장들이었습니다. 동기 생활관을 유지하다 보면 어느새 생활관 인원 전체가 병장이 되기도 합니다. 그런 생활관은 아무도 터치하지 못하죠. 병사 중에서는 최고참이니까요. 간부들도 눈감아 줍니다. 전역일이 얼마 남지 않은 인원들이니까요. 특히 제가 복무했던 2013년에는 이런 게 더 심했습니다.

저녁식사를 마친 뒤에 생활관에서 모두 쉬고 있을 때입니다. 이때 방송에서 소대별로 1명씩 식당으로 가라고 방송이 나왔습니다. 우리 생활관 대다수가 '소대별 막내'였기에 뛰어 나갔죠. 이런 경우에는 암묵적으로 '막내'가 나가야 합니다. 병영식당에 도착하니 병장들이 기다리고 있었습니다. 바로 취사장 청소를 맡은 병장의 생활관이 부른 겁니다. 종종 병장의 생활관은 전역자, 휴가자로 인원이 부족할 때가 있습니다. 그러나 이 생활관은 당시 9명 전부가 휴가자 없이 모두 생활관에 있었습니다. 그런데 왜 부른 걸까요? 청소하기 싫었기 때문입니다. 결국 그 병장 9명은 우리에게 식당 청소를 떠넘기고 유유히 밖으로 나갔습니다. 그때만큼 그들이 얄밉고 또 불합리하다는 생각이 들었던 적이 없습니다. 결국 우리는 그날 저녁 내내 식당 청소를 해야 했습니다. 2시간의 개인 정비시간(휴식시간)을 모두 날린 것입니다. 그때 비로소 잊었던 그때 그날, 조교의 말이 이해가 갔습니다.

'이래서 동기들만 가득했던 신병교육대를 그리워한다는 말이었구나.'

# 11편

# 물도 마음대로 못 쓰는 군대

무더운 여름. 가만히 있어도 땀이 흐릅니다. 특히 군대에서는 더욱 덥습니다. 두꺼운 전투복 차림이지만 '군인의 품위 유지' 때문에 올리지도 못하는 전투복 상의 소매. 나중에 사단 본부 차원에서 "전투복 소매를 올려도 된다."는 지침이 떨어지니 그제야 소매를 올릴 수 있었습니다. 물론 그 전에도 병사들 몇몇은 몰래몰래 소매를 올리고 다니기도 했습니다. 더우니까요. 간혹 어떤 간부들은 그런 병사들을 지적합니다. 허락도 없는데 왜 멋대로 소매를 올리느냐고. 참고로 그 병사들은 땡볕에서 야외 작업을 하던 병사들이고 간부들은 에어컨이 빵빵하게 나오는 사무실에서 근무합니다. 참 야박하다는 생각이 들지 않을 수 없습니다.

## 화장실 변기 물도 내리지 못하는 부대

이렇게 더운 날에 샤워도 못하면 어떨까요? 최악이지 않을까요?

제가 복무했던 부대가 딱 그랬습니다. 샤워는 고사하고 빨래도 하지 못했습니다. 심지어 화장실 변기도 내리지 못했을 정도죠. 그만큼 부대 내 단수로 인한 물 부족 고통이 매우 심각했죠. 제가 복무 중인 부대는 상수도가 없었습니다. 그래서 부대 내 물탱크에 물을 저장하고 그걸 끌어다가 쓰는 방식이었죠. 당연히 문제가 컸습니다. 물이 부족하다며 툭하면 부대 측에서 단수 조치가 이뤄졌습니다. 물을 많이 쓰게 되는 여름철에 더욱 심했습니다. 여름이니 물을 많이 쓸 수밖에 없는데 역설적으로 물을 많이 쓴다며 단수를 하면 어찌 될까요? 게다가 부대 내 생활 인원도 많습니다. 대대 인원 외에도 인접 소부대, 상급 부대도 전부 같은 사정인지라 전부 우리 부대의 물탱크에서 물을 끌어다가 같이 써야 했습니다. 그러다 보니 사람이 많은 만큼 물도 더 많이 사용할 수밖에 없었고 그만큼 빨리 물이 사라지는 것입니다.

하지만 사라지는 속도만큼 보충해 줘야 할 물이 오지 않았습니다. 물탱크의 물을 보충해 주기 위해서는 인근 소방서에서 소방차가 공급해 줘야 합니다. 그러나 물탱크에 물이 떨어져도 물을 공급해 줄 소방차가 오지 못했습니다. 소방서가 그렇게 한가한 곳이 아니니 당연한 일이었습니다. 하지만 우리로서는 정말 미칠 노릇이죠. 땀범벅이 되는 한여름에도 씻지 못하는 건 기본입니다. 속옷을 갈아입고 싶어도 불가능합니다. 빨래를 하지 못하니 그렇습니다.

속옷뿐만 아니라 전투복도 마찬가지입니다. 물이 없어서 세탁기를 돌릴 수 없는 것입니다. 여기서 이런 반박을 하시는 분도 계실 겁니다. 편하게 세탁기로 빨래하지 말고 손으로 하라고요. 물론 병사들은 착실합니다. 누가 알려 주지 않아도 스스로 손빨래를 합니다. 하지만 그조차도 '최소한의 물'은 있어야 합니다. 그 물도 없습니다. 그 참담한 사연은 뒤에 또 설명하겠습니다.

한편, 그렇다고 물이 아예 뚝 끊기는 건 아닙니다. 저녁 무렵에 아주 조금, 혹은 주말에 잠깐 나오기는 했습니다. 이때가 씻거나 빨래를 할 유일한 기회입니다. 하지만 나 혼자만 있는 게 아닙니다. 중대원 100여 명도 마찬가지죠. 그들도 목마르게 기다리던 순간입니다. 샤워는 그나마 괜찮습니다. 서로 빨리 빨리 씻고 나가면 됩니다. 뒷사람을 위해서죠. 물이 끊기기 전에 급하게 씻고 나갑니다. 문제는 빨래입니다. 세탁기 수는 고작 3~4대. 이걸로 100명이 훨씬 넘는 사람들이 빨래를 해야 합니다. 거기에 빨래를 하려면 기본 1시간은 소요됩니다. 그것도 1인당 1시간씩입니다. 개인 빨래 양도 어마어마하죠. 그만큼 많이 쌓였으니까요. 결국 대다수는 세탁기를 이용하지 못합니다.

그래서 어쩔 수 없이 손빨래로 해결합니다. 아시는 것처럼 손빨래는 깔끔하게 빨아지지 않습니다. 흙먼지가 날리는 야전에서 활동하는 군인이기에 더더욱 힘들죠. 아무리 짜도 땟물이 계속 흘러

나옵니다. 그래도 물만 나오면 다행입니다. 문제는 빨래를 하는 와중에 물이 끊기는 경우입니다. 그런 일이 왕왕 있었습니다. 결국 절대 다수는 제대로 된 빨래를 하지도 못합니다. 세제가 없어 빨래를 못한다는 말은 들었어도 물이 없어서 빨래 못하는 경우는 정말 군대에서 본 것이 처음이었습니다.

이 때문에 부조리들도 생겨났죠. 병사들은 세탁을 할 때 빨래를 가득 넣은 세탁망을 각자의 순서에 따라 세탁기 위로 올려 둡니다. '대기자'라는 표시입니다. 헌데 여기서 부조리가 생깁니다. 주로 상병 이상의 선임들이 그랬죠. 먼저 와서 놓은 후임병의 빨래망을 슬쩍 치워 버리고 대신 그 자리에 자신의 빨래망을 올려놓는 거죠. 시치미 뚝 떼고요. 그나마 빨래망을 자기 다음 순번으로 치워 주면 최소한의 양심이라도 있는 겁니다. 아주 고약한 선임들의 경우는 먼저 놓여 있던 후임병의 세탁망을 아예 구석으로 집어 던지기까지 합니다. 그 순간 후임의 빨래망은 순번에서 영원히 사라진 겁니다. 그러면 그 후임병은 그 날 빨래하기는 틀린 겁니다. 당시 일병에 불과한 저희 생활관에서도 그렇게 새치기 당한 후임병이 적지 않았습니다.

이뿐만이 아닙니다. 심지어 대, 소변도 보지 못합니다. 양변기에 내릴 물이 없으니까요. 정말 최악의 고역 중 하나입니다. 그러다 보니 '참 더러운' 그 일도 군대 추억으로 남았습니다. 단수된 화장실에서 누군가 볼일을 보고 그냥 가버린 것입니다. 하지만 '뛰는 놈 위에 나는 놈'이 있었습니다. 그렇게 볼일을 보고 물도 내리지 않은 변기에 또 누군가가 그 위로 볼일을 보고 간 것입니다. 생리 현상 이니 어쩔 수 없는 일. 하지만 너무도 더러운 일이었습니다. 2014 년 당시, 제가 근무한 부대에서 살아가던 군인 모습입니다. 이렇게 제가 근무하던 부대에서는 여름마다 물 때문에 고생했습니다. 씻 지도 못하고, 빨래도 못하고, 심지어 볼일 처리도 못하는 비위생적 인 환경. 이런 고통은 2015년 부대 상수도 공사가 끝날 때까지 반 복됐습니다. 제 계급이 상병 말에서 병장 초를 지나가던 때입니다. 마침내 그토록 고대하던 부대 내 상수도 공사가 끝난 것입니다. 제 가 부대로 전입 온 지 1년 반 됐을 때입니다. 마침내 물과의 전쟁이 종식된 역사적인 일이었습니다.


## 왜 부대는 단수 문제를 방치했을까?

그렇다면 왜 부대에서는 이런 물 문제를 오랫동안 방치했던 걸 까요? 단수는 만성적이고 고질적인 문제입니다. 이로 인해 병사들 이 고통 받는다는 걸 이미 부대 간부들도 확실히 알고 있었습니다. 그런데도 상수도 공사는 늘 부대에서 뒷전으로 밀려 있었습니다. 서두르면 될 일인데도 말입니다. 답은 간단합니다. 간부들이 생활하는 데는 전혀 지장이 없었거든요. 간부들은 대부분 부대 밖 영외 숙소에서 거주했습니다. 즉 일반 가정집에서 살고 있으니 부대 내 단수로 인한 고통을 거의 몰랐던 것입니다. 거기는 상수도로 연결되어 있으니 언제든 수도꼭지만 틀면 물이 콸콸 나왔을 것입니다. 영내 거주 간부, 즉 영내 간부숙소(BOQ)에 사는 간부들도 마찬가지입니다. 물론 여기에도 상수도는 없지만 부대 내 물탱크 사용 순서가 제일 먼저였기 때문에 물에 대한 부족을 느낄 일이 없었습니다. 부대 내 물탱크가 간부숙소와 대대장실 화장실로 우선 연결되어 있으니 말입니다. 그러니 부대 내 병사 화장실은 물이 끊겨도 이들 간부숙소와 대대장실에서는 물이 계속 나온 것입니다. 물을 쓰는 것조차 장교와 사병들 사이에 차별이 있는 겁니다.

그런데 이런 상황에서 그동안 물 부족에 관심 없던 부대 측에서 갑자기 상수도 공사를 서두르기 시작했습니다. 왜 그랬을까요? 재미있는 사연이 숨어 있었습니다. 2014년의 일입니다. 이 해에 전례가 없을 정도로 물이 부족해진 것입니다. 대대 내에 먹을 물조차 나오지 않은 것입니다. 결국 그 여파가 영내 간부숙소에도 미쳤습니다. 그들도 이제는 불편함을 느끼게 된 것입니다. 그러자 이전까지 진전이 없던 부대 내 상수도 공사에 박차가 가해졌습니다. 간부들에게 피해가 오니까 신속하게 행동한 것입니다. 만약에 그때도 간부숙소에 여전히 물이 나왔다면 어땠을까요? 분명 제가 전역할

무렵까지도 상수도 공사는 지지부진하지 않았을까 싶습니다.

놀라운 일은 또 하나 있습니다. 제가 있던 대대 근처에는 상급 부대의 본부도 있었습니다. 근처가 아니라 한 울타리 내에 상급 부대본부가 있는 거죠. 이 상급 부대는 제가 있던 대대의 물탱크를 함께 공유했습니다. 그래서 대대 내에서는 불만이 많았습니다. 대대원끼리만 물을 써도 부족한데 본부에서도 물을 끌어가니까요.

사실 저는 별로 신경 쓰지 않았습니다. 물을 끌어가더라도 저쪽역시 단수 고통이 심하리라 여겼기 때문입니다. 병사 숫자도 우리보다 훨씬 적으니 끌어가는 양도 별로 없다고 판단했습니다. 그런데 나중에 알게 된 사실은 그야말로 충격적 배신이었습니다. 사실을 알게 된 것은 야전 훈련 중 입게 된 부상으로 상급 부대 의무대에 입실하면서였습니다.

의무대로 입실했는데 아침에 샤워도 할 수 있다는 겁니다. 덕분에 저도 샤워를 하러 갔습니다. 그리고 틀어 본 상급 부대 목욕탕수도꼭지. 정말 충격 받았습니다. 그야말로 뜨거운 물이 콸콸 쏟아지는 것 아닌가요. 대대에서는 찬물도 겨우 쓰던 때입니다. 반면주말에만 특정 시간에 뜨거운 물을 틀어 줬는데 상급 부대는 평일낮에도 뜨거운 물을 마음껏 쓰고 있는 겁니다.

탄식이 절로 나왔습니다. 예하 부대는 찬물도 아껴 쓰는 판국에상급 부대는 뜨거운 물을 마음껏 쓰고 있다니. 그랬습니다. 고위 간부들이 근무하는 상급 부대, 영외 거주 간부들에게는 물 부족이란 단어가 피부에 와 닿지 않는 겁니다. 그래서 그동안 예하 부대 상수도 공사에 관심이 없었던 것입니다. 이것이 현실입니다. 이런 불평등을 합리화한다면 과연 병사들이 이해할까요?

그러다 보니 한번은 이런 적이 있습니다. 단수가 지속되었을 때 결국 병사들이 불평했습니다. 너무 심한 것 아니냐며 간부에게 개선해 달라고 요구한 것입니다. 그때 어느 간부가 내놓은 답변은 너무 어처구니없었습니다. 그는 이렇게 호통쳤습니다.

"야! 군인들이 뭐 이리 불평이 많아! 전쟁 때도 씻고 살래?"

그렇게 단호하게 말하는 간부. 말하면서도 스스로 멋지다고 생각했을지 모릅니다. 하지만 그렇게 말하는 간부의 몸에서는 우리와 달리 쾌적한 샴푸 냄새가 물씬 풍겼습니다. 병사들은 입을 다물었습니다. 하지만 그건 그 간부가 옳아서, 혹은 그 간부의 생각에 동조해서 그런 것이 아닙니다. 그냥 '계급장'의 권력 때문이었습니다.

최근에는 일선 부대의 상황이 많이 좋아졌다고 합니다. 그러나 인지하셔야 합니다. '예전보다' 좋아진 것이지 '사회와 비교해서' 좋아진 것은 절대로 아니라는 사실 말입니다. 지금 이 시간에도 50만 명이 넘는 일반 병사들은 흙먼지와 뒤엉키며 국토 수호의 책임을 다합니다. 그런 병사들에게 필요한 것은 '예전보다 좋은 환경'이 아닌 '사회만큼 좋은 환경'입니다. 사회보다 더 좋은 것은 욕심내지 않겠지만 적어도 그 수준의 환경만큼은 보장해 줘야 합니다.

열악한 환경은 병사를 강하게 만들지 않습니다. 오히려 병들게 만듭니다. 강한 전투력은 '가혹한 환경'이 아닌 '최고의 환경'에서 나오기 때문입니다. 이게 상식 아닌가요?

# 군대에서 '아주 더러운' 그것

화장실 '변기' 하면 어떤 이미지가 떠오르시나요? 대부분 '더러운' 이미지를 떠올리실 겁니다. 아무리 깨끗하게 닦아도 변기가 더럽다는 이미지는 바꾸기 힘들 겁니다. 그런데 변기보다 더 더러운 것이 있다면 어떠신가요? 심지어 그것을 사람 입에 대고 사용해야 한다면 더욱 그러실 겁니다. 바로 병사들이 훈련 중 물을 마시는 데 쓰는 '수통' 이야기입니다.

## 변기보다 더러운 수통의 비밀

군대에서 수통은 꼭 필요합니다. 평상시에 쓰지 않더라도 야전 훈련 때 반드시 사용합니다. 이유는 간단합니다. 야전 훈련(야외 훈련) 시에는 컵을 쓰지 못하니까요. 컵을 쓸 여유도 없죠. 움직이기 바쁜데 컵을 들고 다닐 병사들이 어디 있을까요? 저 역시 수통을 사용했죠. 수통은 훈련 시에 전투 장구류에 매달고 다녀서 휴대성이 좋습니다. 다만 덜렁덜렁 흔들려서 수통이 빠지는 경우도 흔하죠.

ATT(대대 전술 훈련) 때의 일입니다. 매우 무더운 여름날의 야외 훈련이었습니다. 씻을 물은 고사하고 마실 물도 부족했습니다. 다행히도 저는 수통에 마실 물을 가득 담아서 훈련에 참여했습니다. 시원하지도, 또한 넉넉하지도 않은 물이지만 그래도 목을 축일 정도는 됩니다. 너무 더워서 정신없이 그 물을 벌컥벌컥 마셨습니다.

이때 행정보급관이 절 바라봤죠. 행정보급관(행보관)은 보통 경력이 10~20년 정도 되는 상사들입니다. 통상 군대에서 잔뼈가 굵은 베테랑이죠. 특히 이 행보관은 원사 진급을 앞둔 최선임 상사였습니다. 베테랑 중의 베테랑이라는 말씀입니다. 그런 행정보급관이 저를 굉장히 측은하게 바라보더니 이렇게 말했습니다.

"충열아, 넌 수통을 믿을 수 있니?"

무슨 말인지 도통 이해가 가지 않았습니다. 의미를 파악하지 못한 겁니다. 수통은 멀쩡했습니다. 구멍이 뚫린 곳은 없었죠. 다만 한 가지 문제는 있었습니다. 물에서 이상한 냄새가 나고 맛도 조금 이상했습니다. 그러나 당시에는 그걸 따질 겨를이 없죠. 마실 물도 부족한 마당에 물에서 냄새가 나니 안 나니 따질 여유가 없으니까요. 이는 저뿐만 아니라 다른 동료 병사들 역시 마찬가지였습니다. 이제 막 군대에 온 이등병들은 대부분 수통에 물을 담아 와 훈련 중에 한 모금씩 마셨습니다. 반면 선임병들과 간부들은 그렇지 않았습니다. 수통 대신 재활용으로 버려지는 음료수 페트병에 물을 담아서 그것으로 마시더군요. 갸우뚱했습니다. '부피가 커다란 페트병을 왜 불편하게 가져왔을까' 하고 말입니다. 생각해 보니 간부 중에서 수통을 쓰는 사람은 보지 못했습니다. 혹여 수통으로 물을 마시는 간부들이 있다면 다른 하나가 있었습니다. 우리 것과 많이 다른 새 수통이었다는 점입니다.

뭔가 이상하다는 느낌이 싹 왔죠. 그래도 어쩌겠습니까? 훈련 중이라 신경 쓰지 못하죠. 냄새가 나도 그냥 마셨습니다. 목이 마르니까요. 그런데 훈련을 다녀오고 나서야 그 이유를 알았습니다. 중대 행정병으로 근무하던 저는 늘 행정반에 있었죠. 그날도 다른 행정병과 함께 업무 중이었습니다. 이때 한 의무병이 다가왔죠. 생판 처음 보는 의무병이었습니다. 알고 보니 상급 부대인 여단 소속 의무병이었습니다. 해당 의무병은 행정반 간부에게 보고하며 방문 용무를 말했습니다. 그 용무는 바로 수통 검사였습니다. 다만 병사들이 수통을 가지고 있는지 여부를 검사하는 것이 아니라 수통의 위생 상태를 조사하는 것입니다.

우선적으로 행정반에 있던 우리들의 수통부터 검사받았습니다.

의무병은 도구를 갖고 검사를 시작했습니다. 간단합니다. 수통 내부의 세균 검사를 하는 거죠. 별일이 있겠나 싶었죠. 그렇게 제가 자신한 데는 이유가 있었습니다. 얼마 전에 수통을 깨끗이 씻어 놨거든요. 다른 병사라면 몰라도 저는 별다른 걱정이 없었습니다.

그러나 이 여유 있던 자신감은 이내 산산조각이 났습니다. 의무병은 심드렁한 표정을 지었습니다. 궁금해진 간부가 의무병에게 물어봤습니다. 결과가 어떠냐고요. 그러자 의무병은 말했습니다.

"세균이 변기만큼 검출됐습니다. 아니, 변기보다도 더 많은 수치입니다."

이어 다른 병사들의 수통도 검사했습니다. 결과는 암담했습니다. 대다수 병사들의 수통은 '변기보다 세균이 많은' 수준이었죠. 그런데 더 놀라운 것은 위생병의 다음 말이었습니다. 이러한 결과가 특별히 우리 부대에서만 확인된 것이 아니라는 설명이 그것이었습니다. 의무병의 말에 따르면 상당수 부대에서 사용하는 수통 위생 상태가 우리와 비슷하다는 것이었습니다. 정말 충격이었습니다. 우리들의 수통 모두가 변기보다 더 더럽다니. 그제야 그때 저를 보고 한 행정보급관의 말이 이해가 됐습니다. 정말 구역질이 났죠. 그렇게 더러운 수통에 우리들은 물을 담아서 마셨던 겁니다.

만약 식당의 컵이 이 정도로 더러웠다면 영업정지는 물론이고 매스컴에도 대대적으로 보도됐을 겁니다.

그렇다면 군대는 어떨까요. 이 일이 있고 얼마 후에 부대에서 회의를 거쳐 개선책이 나왔습니다. 부대에서 내놓은 해결책은 이랬습니다. 청소용 솔을 각 생활관마다 지급한 후 수통 청소를 깨끗이 하라는 지시였습니다. 아니나 다를까. 병사들은 그 지시를 듣고 대부분 코웃음을 쳤죠. 어느 병사는 이렇게 말했습니다.

"붕신들 아냐? X같이 다 낡아빠진 수통이 문제지."

## '1945년 수통'을 쓰는 2015년 병사들

근본적인 문제는 '수통 자체'입니다. 만든 지 50년, 60년이 된 수통들이 즐비합니다. 심지어 1950년 6.25전쟁 당시 사용했던 수통을 지금까지 그대로 쓰고 있는 것도 있었습니다. 쉽게 말해서 6.25전쟁에 참전했던 할아버지가 쓰던 수통을 제 아버지가 썼고 다시 그 수통을 손자인 제가 물려받아 쓰고 있는 꼴입니다. 무슨 가보도 아니고, 소모품인 수통을 이렇게 쓰는 나라가 어디 있을까요? 이런 유물급에 속하는 수통은 당장 군사박물관으로 가야 마땅할 일입니다. 하지만 이런 수통들이 여전히 병사들에게 지급되어 사용

되고 있는 것입니다. 이런 사실을 처음 아는 분들은 당연히 놀라실 겁니다. 저 역시 군대에 가기 전에는 믿지 않았죠.

그래서 이런 일도 있었습니다. 행정병들은 자신의 일이 끝나고도 다른 행정병의 일을 도와줍니다. 저 역시 그랬습니다. 그날은 군수 물자 창고를 담당하는 행정병을 도와줬죠. 구체적으로는 수통의 재물 조사였습니다. 즉 중대 내에 수통이 얼마나 남았는지를 파악하여 기록하는 것입니다. 따라서 수통 중에서 사용 가능한 것과 폐기 처분해야 하는 수통을 구분하는 일을 했습니다. 살펴보니 전역자들이 남기고 간 수통들이 대다수였죠. 먼저 우리는 수통의 제작연도를 확인하고 이를 구분하기로 했습니다. 여기서 저는 경악을 금치 못했죠. 수통들이 죄다 1950년대와 60년대에 생산된 것들이었습니다. 참고로 제가 쓰던 수통은 그나마 최신식이었습니다. 그래서 1980년대 생산품. 1993년에 태어난 저보다도 더 나이가 많은 수통을 쓰고 있는 것입니다. 그런 낡은 수통 중에서 사용 가능한 것들과 폐기 처분할 것들을 구분해야 합니다. 저는 같이 작업하는 행정병에게 물었습니다.

"야, 이거 전부 폐기 처분해야 하는 것 아니야?"

그러자 동기였던 행정병은 이렇게 답변했습니다.

"아냐. 구멍 뚫린 것만 폐기 처분하래. 그러니까 수통 중에서 구멍 뚫린 것만 확인해 줘."

정말 충격과 공포였습니다. 당장 고물상에 보내도 무방한 것들을 또 사용하다니요. 그래도 별 수 있나요? 시키는 일만 해야지요. 저와 동기 행정병은 열심히 수통을 골라냈습니다. 그런데 참 특이하게도 오래된 것들이 튼튼하기도 했습니다. 낡았지만 또 구멍 뚫린 것은 그리 많지 않았기 때문입니다. 화장실 변기보다도 세균은 더 많이 득실거리지만 겉으로는 멀쩡한 수통들이었습니다. 그러던 중에 정말 놀라운 걸 발견했습니다. 문제의 수통은 그냥 봐도 뭔가 특이했습니다. 다른 수통들과 미묘하게 구분됐죠. 모양도 조금 다르고 내뿜는 분위기 역시 범상치 않은 것이었습니다. 그래서 제작 연도를 확인하기 위해 저는 수통의 바닥을 살펴봤습니다. 그렇게 해서 제가 확인한 숫자. 그야말로 숨이 딱 멎었습니다. 'U. S. 1945'
무려 1945년에 사용된 미군 수통입니다. 예비역들은 종종 이런 농담을 합니다. "수통에서 노르망디(노르망디 상륙작전, 1944년)의 물맛이 느껴진다."라고 말이죠. 저는 그때까지 이 말을 '허풍'이라고 생각했습니다. 하지만 놀랍게도 그건 사실이었습니다. '현실은 픽션을 능가한다'는 말이 떠오르는 순간이었습니다. 어느 부대에서는 한문으로 적혀진 일본군 수통을 우리 군이 쓰고 있다는 소문도 나돌았습니다. 예전 같았으면 '루머'라고 여겼겠으나 그 소문도 사실일지 모른다고 저는 생각합니다. 한편 전역 후에 보니 군대 수통 문제는 언론에 많이 보도되면서 이슈가 되기도 했습니다. 진실을 아는 예비역들은 고개를 끄덕였고 군대를 가지 않은 이들은 더럽고 끔찍하다고 했습니다.

그러다가 우연히 본 모 신문 기사를 보며 저도 할 말을 잃었습니다. 19대 국회 국정감사 때 국방위 소속으로 당시 새누리당 의원이었던 사람의 발언입니다. 수통 위생 문제가 논란이 된 후 새로운 수통을 지급하자는 안건이 제기되자 그는 이렇게 말했습니다.

"군수품을 자꾸 새 것으로 줘야 한다고 말하지만 저는 그렇지 않다고 봅니다. 수통에 구멍도 나지 않고 사용만 할 수 있으면 50년이 됐든 100년이 됐든 무슨 상관입니까?"

미필도 아닙니다. 그는 육군사관학교를 나와 고위 장성을 지낸 사람입니다. 그런 엘리트 군 장성 출신이 이런 망언을 한 겁니다. 만약 그의 아들이 세균 득실득실 거리는, 변기보다도 불결한 수통으로 물을 마신다면 어땠을까요? 그럼에도 이런 망언을 했을까요? 병사들은 특별한 대우를 요구하는 것이 아닙니다. 사람다운 대우만이라도 해 달라는데 이게 정말 어려운 건가요?

# 13편

# 가난한 군인은 면회 못하는 이유

병사들은 휴가 외에도 외출과 외박이 있습니다. 모르시는 분들은 이렇게 생각하실 겁니다. 휴가처럼 길지는 않더라도 외출·외박으로 자유롭게 놀 수 있지 않느냐고요. 그러나 다릅니다. 자유롭게 오고갈 수 있는 휴가와 달리 외출·외박은 전혀 자유롭지 않습니다. '위수지'를 벗어날 수 없기 때문입니다. 위수지라는 단어가 생소한 분이 있을 겁니다. 위수지란 '부대가 주둔하는 장소'를 말합니다. 휴가와 달리 외출·외박은 특정 지역을 벗어날 수 없습니다. 즉 자기가 속한 부대의 특정 지역 안에서만 위치해야 하고 그 지역 안에서 먹고 자야 하는 강제적 속박입니다. 그런데 군 복무를 한 이들이 가진 불만 중 하나가 바로 이것입니다.

## '군인 요금'을 들어 보셨나요?

외출·외박은 보통 주말(토/일)에만 나갈 수가 있습니다. 때로는 주말과 별개로 휴일에도 나갈 수 있습니다. 물론 사전에 신청해서 지휘관의 허락을 받아야만 가능한 일이지만요. 따라서 병사들은 주말에 특정 지역으로만 무더기로 나갑니다. 여기서 고질적인 문제가 있습니다. 위수지 내 어디를 가도 모두 가격이 너무 비쌉니다. 뭘 사 먹으려고 해도 전부 비싸죠. 더구나 개중에는 신용카드를 안 받는 곳도 있었습니다. PC방은 더욱 기가 찼죠. 1시간에 1,500원. 회원 가입을 해도 1,400원 남짓입니다. 보통 수도권 내 다른 PC방은 이렇게까지 비싸지 않습니다. 회원 가입을 하면 통상 1,000원 수준입니다. 위수지 내 PC방을 대입하면 무려 40%에서 최대 50% 이상 더 비싼 것입니다.

이런 폭리는 명백히 외출·외박 나온 군인들을 노리는 것입니다. 주말마다 군인들로 가득해지니 '배짱 장사'를 하는 겁니다. 그러나 자유롭게 나가기가 힘든 병사 신분의 군인들은 울며 겨자 먹기 식으로 이러한 장사꾼들의 배짱 장사에 희생될 수밖에 없습니다. 어렵게 외출·외박을 나가서 아무 것도 안 하다가 부대로 돌아가기는 억울하니까요. 2015년 당시 병사 월급이 10만 원대였습니다. 결국 한 번의 외출·외박을 나가서 그 달의 월급 전부를 쓰는 일은 그리 어려운 일이 아니었습니다. 기본적인 소비만으로도 그랬습니다.

그나마 제가 복무했던 곳은 '군인 요금'까지는 없었습니다. 군인 요금이 뭐냐고요? 강원도 최전방 지역에는 군인 요금이라고 불리는 가격이 따로 있었다고 합니다. 군인 요금. 얼핏 들으면 군인들에게 무슨 할인 혜택이라도 주는 것처럼 생각될 수 있습니다. 수도권에서는 종종 그런 일도 있으니까요. 그러나 아닙니다. 오히려 그 반대입니다. 군인이라고 더 받는 것입니다. 그것도 외박·외출이 많은 주말이면 거의 2배로 가격을 올리는 곳도 있었습니다. 강원도 최전방에서 누구보다 고생하는 군인들에게 과연 이럴 수 있나 싶습니다. 하지만 잇속에 눈이 먼 장사꾼들은 끄떡도 하지 않습니다. 외출·외박을 나온 병사들은 어차피 부대가 위치한 위수지역을 벗어날 수 없다는 것을 아니까요. 만약 위수지를 벗어나 다른 지역으로 이동하는 순간 자신도 모르는 가운데 '탈영'이 되는 것입니다. 그러니 장사꾼들이 이런 배짱 장사를 하는 것입니다. '너희가 가 봐야 어딜 가겠냐' 딱 이런 심보죠.

위수지는 정말로 문제입니다. 힘없고 돈 없는 병사들을 더 괴롭히는 수단이기 때문입니다. 저 역시 다르지 않았습니다. 군 복무 중 분기별로 부모님이 면회 외박을 오셨습니다. 그때마다 위수지를 벗어날 수 없어 부대에서 가까운 모텔을 이용했습니다. 그런데 하루 밤을 보내는 방 값이 무려 10만 원입니다. 다른 지역 같으면 보통 4만 원이면 충분한 수준의 방이었는데 2배가 넘는 숙박비를 부르는 것입니다. 호화로운 곳도 아닙니다. 평범한 원룸 모텔이었고 컴퓨터 1대와 텔레비전, 그리고 에어컨만 있는 지극히 전형적인 방이었습니다. 방 크기도 두 사람이 자는 침대 하나뿐이었습니다. 그런 곳에서 부모님과 제가 하루 밤을 보내는데 기가 차더군요. 거기에 더 황당한 것은 모텔 주인의 거만한 태도였습니다. 모텔 주인은 제게 부대 행정반 번호를 물었습니다. 숙박을 하는데 왜 부대 행정반 번호를 묻는지 궁금했던 제 아버지가 이유를 묻자 주인은 짜증스러운 말투로 퉁명스럽게 이렇게 말했다고 합니다.

"군인들이 사고 치면 전화하려고요. 왜요? 아저씨가 대신 물어줄 거예요?"

이게 현실입니다. 말로는 그렇지 않다고 하지만 위수지 지역 주민들은 군인들에게 고마운 마음을 가지고 있지 않습니다. 오히려 병사들을 만만하게 보고 그저 '돈 쓰는 지갑' 정도로만 여기는 것이 현실입니다. 다른 병사들에게 들은 말로는 아예 '갑질'까지 하는 장사치들도 있다고 합니다. 하루 일당 몇 천 원 받는 병사들에게 이러고 싶습니까? 공짜로 놀러가는 것도 아니고 돈 쓰러 오는 병사들에게 이렇게 할 수 있나요?

결국 위수지 제도가 문제입니다. 위수지의 근거는 유사시 상황에서 병사들의 신속한 부대 복귀를 전제로 만든 것입니다. 그러나 이것은 과거 교통시설이 발달하지 못했던 시대에나 필요한 개념입니다. 지금은 다릅니다. 대한민국 전 국토, 어디나 빨리 갈 수 있습니다. 사실상 반나절 생활권이 형성됐죠. 따라서 위수지 개념은 더 이상 무의미합니다. 더구나 육군과 달리 공군, 의경의 경우는 외출·외박 때도 자유롭게 어디든지 오갈 수 있습니다. 오로지 '육군만' 부대 근처를 벗어날 수 없도록 위수지 개념을 튼튼하게 유지하고 있습니다. 같은 군인인데 왜 해군, 공군은 아니고 육군 병사만 이런 차별을 받아야 하나요?

한번은 이런 일도 있었다고 합니다. 강원도 전방인 양구지역 부대에서 위수지 지역을 확대할 것을 검토했다고 합니다. 즉 외출·외박을 나온 병사들이 양구를 벗어나 춘천까지 나가서 외출·외박을 할 수 있도록 조치하는 계획이었습니다. 그러자 부대 인근의 상인들이 전부 들고일어나 반대했다고 합니다. 위수지를 확대하면 다른 지역으로 군인들이 빠져 나가니 안 된다는 반대였습니다. 이는 기존의 상권이 경쟁력이 없음을 공언하는 겁니다. 경쟁력이 있다면 위수지를 확대하건 말건 무슨 상관이 있을까요?

경쟁력 없는 시설에 불친절한 서비스, 그리고 어처구니없는 바가지 가격 등 없어져야 할 세 가지 추태는 그대로 두면서 그저 위수지 하나만 무기 삼아 언제까지 병사들을 농락하겠다는 것인지 묻고 싶습니다. 정말이지 면회 오시는 부모님에게 왜 이런 문제로 아들인 우리들이 미안한 마음까지 가져야 하는지 말입니다.

그래서 한번은 부모님에게 더 이상 면회를 오시지 말라고 한 적도 있습니다. 먼 길 오시는 부모님에게 바가지 가격과 더불어 불친절까지 느끼게 하고 싶지 않아서 그랬습니다. 그래서 저는 제가 복무했던 그 지역이 지금도 싫습니다. 물론 부모님은 그 후에도 계속 면회를 오셨지요.

그런데 정말 심각한 일은 따로 있습니다. 집안 사정이 그리 여유롭지 못한 병사들의 사연입니다. 경제적으로 어려운 병사의 부모님은 면회를 오고 싶어도 쉽지 않습니다. 도시에서 월세 방을 전전하시거나 산골에서 농사짓는 분들의 경우는 더욱 그렇습니다. 그런 분들은 부대까지 오는 차비도 부담스럽습니다. 그런데 이런 분들에게까지 바가지 가격으로 후려친 숙박비와 식비를 부담시키면 어떻게 될까요. 그래서 군 복무 중에 부모님이 면회 오지 않는 병사들도 적지 않았습니다. 찾아오지 않는 것이 아니라 못 오는 겁니다. 통탄스러운 현실이 아닐 수 없습니다. 한 번 면회에 군인 월급 몇 개월 치가 들어갈 정도로 많은 비용이 들어가니 그럴 수밖에 없는 일입니다. 그런 사연 하나 하나를 저는 잊을 수가 없습니다. 이게 옳습니까?

## 위수지를 깨는 '점프'를 아십니까?

그러다 보니 비싼 바가지요금을 피하기 위한 편법도 생겼습니다. 위수지 이탈, 일명 '점프(Jump)'죠. 외출·외박을 나온 병사들이 종종 쓰는 편법인데 몰래 위수지를 이탈하여 숙박하는 겁니다. 부대가 없는 지역으로 가면 확실히 숙박비도 싸고 PC방 사용료나 식비도 싸기 때문입니다. 서비스 역시 다릅니다. 너무나 좋습니다.

이러한 점프는 병사들만 하는 행위가 아닙니다. 영내 거주하는 간부들도 마찬가지입니다. 장교들도 그랬습니다. 솔직히 군부대가 주둔할 만큼 낙후된 지역에서 뭐 하러 돈을 쓰겠습니까? 군인에 대한 배려나 대우도 없이 바가지 가격만 후려치는데, 당연한 일입니다.

그래서 저는 이른바 '점프'를 하는 병사나 간부를 욕해서는 안 된다고 생각합니다. 오히려 시대착오적인 위수지를 여전히 고집하는 군과 그에 편승해서 바가지 가격을 후려치는 지역 상인들의 잘못을 더 많이 비판하고 싶습니다. 혹자는 이렇게 말하기도 했습니다. 만약 위수지를 설정하지 않으면 탈영하지 않겠느냐고요.

네. 분명히 말씀드립니다. 그건 잘못된 생각입니다. 위수지가 없으면 탈영이 생긴다고요? 그런 식이라면 휴가를 내보내면 탈영이 생긴다는 소리입니다. 정말로 탈영할 마음이 있다면 부대 내에서도 탈출합니다. 삼엄한 최전방이 아닌 이상 부대는 의외로 허술한 구역들이 많습니다.

오히려 어디를 놀러가건 '제 시간에만 복귀하면 그만'입니다. 어디를 가든 법령만 위반하지 않으면 되는 것 아닌가요? 만약 그렇지 않다면 위수지 개념이 없는 의경과 공군은 탈영자로 가득해야 마땅합니다. 이들은 외박 시 어디든 자유롭게 다닐 수 있으니 말입니다.

이런 문제는 정말 고질적입니다. 정말 개선되어야 합니다. 그러나 아직까지도 개선되지 않고 있습니다. 지하철, 고속버스만 타면 어디든지 금방입니다. 그런데도 여전히 육군은 위수지에 집착합니다. 지역 주민의 반발 때문이라고 하지만 병사들의 반발은 왜 무시합니까? 언제까지 우리 병사들의 불만은 무시되어야 합니까?

시대착오적인 위수지 통제는 이제 없어져야 합니다. 병사들의 이익을 위한 제도로 거듭나야 옳습니다. 좋은 곳에서 휴식을 취할 권리가 병사에게도 있음을 알아야 합니다. 또한 위수지 같은 목줄이 없어져야 지역주민들도 우리 같은 '손님'을 뺏기지 않으려고 병사들에게 더 잘하지 않을까요? 더 이상 군인들이 '걸어 다니는 지갑'으로만 보이지 않고 '사회인들과 똑같은 손님'으로 대우받는 날이 오기를 기대합니다. 이게 정말 큰 욕심입니까?

# 군의관은 '돌팔이'?

사회에서 아프면 병원에 갑니다. 의사에게 진찰을 받죠. 군대도
그렇습니다. 아프면 의무대로 갑니다. 가서 군의관에게 진찰을 받
죠. 그러니 군의관은 병사들에게 있어 정말 중요한 존재입니다. 사
회에서야 병원과 의사가 많으니 마음에 드는 의사를 찾아갈 수 있
지만 군에서는 그렇지 않습니다. 선택이고 뭐고 길은 딱 하나밖에
없으니 더욱 그렇습니다. 특히나 전시에 군의관은 군인의 생사를
결정합니다. 전투와 같은 급박한 상황에서 어떻게 진료를 하느냐
에 따라 목숨이 결정됩니다. 꼭 전시가 아니더라도 군인은 많이 다
칩니다. 훈련 중에도 다치고 일상적인 작업 중에도 다칠 수 있습니
다. 그만큼 몸을 많이 쓰는 직업이 군인입니다. 그래서 군의관은
누구보다 유능해야 합니다. 그런데 이런 군의관이 병사들 사이에
서는 신뢰받지 못합니다. 신뢰받아야 할 군의관이 '가장 믿지 못할
돌팔이'로 여겨지고 있는 것이 현실입니다. 군 병원과 군의관이 오
히려 또 다른 병을 만들거나 작은 병에도 목숨을 잃게 하는 위험한

존재로까지 병사들에게 인식되어 있습니다. 이를 누가 아니라고 자신 있게 말할까요?


## 가장 믿어야 할 군의관, 왜 돌팔이로 불릴까?

군의관이라는 존재가 왜 이렇게까지 되었을까요? 거기에는 그만한 이유가 있습니다. 군대에서 제가 실제로 경험한 이야기입니다. 군대에서 아프면 정말 '고난'입니다. 사회에서야 쉬면 그만이죠. 그러나 군대는 그럴 수 없습니다. 쉬고 싶어도 쉴 틈이 없지요. 대한민국 군대는 장비를 활용하지 않습니다. 오로지 병사들의 인력에 의존하죠. 또한 각종 사역(使役)을 해야 합니다. 사역은 쉽게 말해 작업을 뜻합니다. 솔직히 말해 군인이지만 복무 기간 중 총보다 더 많이 잡는 것이 삽자루입니다. 전쟁을 대비하는 군인이지만 어느때는 막노동을 하는 잡부를 하러 군대 왔나 싶은 착각도 듭니다. 한편 사역에 필요한 사람이 늘 부대에서는 부족합니다. 따라서 작업 중 다쳐도 빠지기가 쉽지 않습니다. 여기에 군의관들의 무능함이 상황을 더 나쁘게 합니다. 예비역들은 종종 농담을 합니다. 군대에서 아프면 군의관이 어떻게 해주는지요.

"아픈 곳에 빨간약 발라 주겠지."

참 웃기고도 슬픈 일입니다. 우리 아버지 세대, 그리고 할아버지 세대 때의 부실한 군 의료체계 문제가 손자 세대인 지금까지도 거의 달라지지 않았다는 이야기입니다. 아프다고 해도 제대로 된 치료를 해 주지 않고 그냥 돌려보냅니다. 치료 시간보다 대기 시간이 더 길고 그러다가 결국 아무 치료도 받지 못하고 그냥 부대로 복귀하는 일도 왕왕 있습니다. 결국 병사는 제대로 된 치료도 받지 못한 채 다시 아픈 몸을 이끌고 사역을 하러 가기도 합니다. 급박한 전시 상황도 아닙니다. 평시입니다. 그럼에도 이따위로 하고 있습니다. 이런 상황에서 과연 전쟁이 났을 때는 어떻게 할까요? 단언컨대, 예상하시는 그대로일 것입니다.

군 생활을 하면서 기억에 남는 일들이 있습니다. 신병교육대의 군의관은 정말 '대충 대충'입니다. 오죽하면 훈련병들이 '마음의 편지(소원수리)' 시간에 단체로 군의관을 상대로 한 민원을 적었을까요? 물론 군의관에게 치료는 지겨운 일상의 업무겠지만 정말 아파서 힘들어 하는 훈련병을 앞에 두고 그야말로 '대충 대충' 대하는 태도를 보며 많은 이들이 화가 난 것입니다.

자대 전입 후에도 크게 바뀌지는 않았습니다. 제가 속한 부대의 군의관은 정말로 불성실했습니다. 다만 이 군의관에게 딱 하나 좋은 점은 있었습니다. 외진(외래진료)을 많이 보내줬다는 겁니다. 군대에서는 각 부대별로 군의관이 배치되어 있습니다. 그러나 이 군의관들은 한계가 있습니다. 사회에서 고작 의대를 졸업했거나 인턴 경험이 전부인 그야말로 '초짜' 의사들인 겁니다. 그러니까 '진짜 의사'는 아닙니다. 그래서 자기보다 상대적으로 경험이 많은 사단 의무대 군의관이나 국군청평병원 등으로 아픈 병사들을 외진 보냅니다. 보통은 사단 의무대로 많이들 보내죠. 그런데 문제는, 가 봐야 큰 차이가 없다는 겁니다. 사단 의무대 군의관들도 다 거기서 거기니까요. 결국 제대로 된 진료를 받으려면 국군청평병원까지 가야 합니다.

그런데 이 국군청평병원, 굉장히 까다롭습니다. '정말 크게 다친 것'이 아니면 가기 힘들죠. 허락을 내 주더라도 가기가 힘듭니다. 육군 전체가 50만 명에 육박합니다. 군대는 아픈 사람이 엄청나게 많습니다. 그런데 국군청평병원은 한 곳입니다. 육군이 50만 명이니 아픈 사람이 적어도 수천 명에 달할 수밖에 없습니다. 어떻게 될까요? 방법은 없습니다. 그저 하염없이 기다리는 것뿐입니다. 저 역시 아프다고 말한 지 거의 한 달 지나서야 겨우 국군청평병원에서 진료를 받을 수 있었습니다.

한번은 야외 훈련을 나갔을 때의 일입니다. 그 전부터 기침이 심했습니다. 그러나 훈련에 빠질 수 없었습니다. 아프더라도 심하지 않으면 열외가 없기 때문입니다. 훈련 인원은 상급 부대에 보고됩니다. 그래서 되도록 많이 보내려고 합니다. 참고로 '아픈 정도'는 지휘관이 판단합니다. 의사도 아닌 지휘관이 아프냐고 묻고, 그냥 자기가 '아픈 정도'를 주관적으로 판단해서 결정하는 것입니다. 합리적이라고 생각할 수 없는 주먹구구식 관행입니다. 그래서 기침을 계속하던 저도 지휘관의 '괜찮다'는 판정을 받고 나간 것이고요.

나가니까 정말 미치겠더군요. 심한 두통과 멈추지 않는 기침. 더구나 훈련 당일, 비는 오는데 기침은 그치지 않았습니다. 비유하자면 기관총 수준으로 연달아 기침이 터졌습니다. 목이 찢어질 정도로 아팠습니다. 그제야 저의 아픈 정도를 판단했던 지휘관이 다시 관심을 보이더군요. 그렇게 해서 겨우 허락을 받아 야전 의무 텐트로 갈 수 있었습니다. 그리고 다시 기침과 고열을 확인받아 상급 부대 의무대로 실려 갔습니다. 후송된 저는 곧바로 입실까지 했습니다. 그런데 체온을 재어 보더니 정상이라고 합니다. 솔직히 저는 믿을 수가 없었습니다. 머리가 굉장히 지끈거리고 열이 있었거든요.

여하튼 몸이 너무 아파서 누워 자고 있었습니다. 이때 누군가 의무대로 와서 입실자들을 살폈죠. 의무병이 대하는 태도를 보면 그는 꽤 높은 장교인 듯합니다. 훈련 중이었으니 아마도 여단장이나 최소 소령 이상의 영관급 장교로 추측됩니다. 장교는 유독 기침이 심한 제 주변으로 걸어 왔죠. 그러더니 발소리와 함께 다가온 그는 제 상태를 의무병에게 물어 봤습니다. 의무병은 "체온은 정상입니다."라고 대답했죠. 그러자 장교는 눈을 감고 누워 있는 제 이마에 손을 갖다 댔습니다. 그러더니 혀를 차면서 이렇게 말하더군요.

"이렇게나 뜨거운데 체온이 정상이라고? 순 돌팔이들이구먼….."

## 부상자 떠넘기는 군 병원, 전쟁 때는 어쩌려고?

이후 저는 1주일 넘게 입실했습니다. 상급 부대 군의관은 '천식 의증'이라고 진단했습니다. 이른바 '천식'으로 의심되는 증상이라 고요. 저는 충격을 받았습니다. 군에 입대할 때만 해도 징병검사 시 제 몸은 아무런 문제가 없었으니까요. 그런데 군대 와서 천식에 걸렸다는 생각이 들었습니다. 이후 사단 의무대를 거쳤고 국군청 평병원 외진을 허락받았죠. 엄청나게 기다렸습니다. 그 와중에 또 문제가 있었습니다. 이전에 훈련을 나갔다가 귀를 다친 것입니다. 그 다음부터 귓속이 이상했죠. 들렸다 안 들렸다 하는 겁니다. 이 것 역시 사단 의무대에서도 치료해 주지 못했습니다. 외진을 가라 고만 했습니다. 역시 국군청평병원입니다.

오랜 시간 기다린 끝에 겨우 국군청평병원에 갔습니다. 먼저 귀 를 진단받았죠. 이비인후과 군의관은 말하더군요. 귀에 상처가 나 서 피딱지가 굳은 거라고요. 진료도 매우 간단했습니다. 어느 진공 기구를 통해 피딱지를 빨아들여서 이물질을 꺼낸 것입니다. 그러자 그동안 들리지 않던 소리가 들렸습니다. 고작 몇 초 만에 끝난 일입니다. 이런 간단한 진료를 일선부대의 의무대는 전혀 하지 못한 겁니다. 그리고 이런 간단한 진료를 위해 저는 또 거의 몇 달이나 고생하며 기다린 겁니다. 그러다 보니 '만약 전쟁이 나서 부상자들이 속출하면 어떨지' 생각해 봤습니다. 평시에도 이 지경이니 전쟁 때는 어떨까, 제대로 된 치료를 받지 못해 죽는 병사들이 속출하지 않을까 걱정된다면 지나친 걱정일까요?

문제는 다음이었습니다. 천식의증 진단을 받은 저는 천식에 대해서도 군의관에게 문의했습니다. 군의관은 여러 증상을 묻고 이렇게 말했습니다.

"여기에는 전문적인 기구가 없단다. 수통으로 가렴."

국군청평병원에는 전문 기구가 없으니 또 외진을 가라는 겁니다. 군의관이 말한 '수통'은 국군수도통합병원의 약칭입니다. 국방부 소속 의료기관 중에서 가장 좋은 병원이며, 무엇보다 민간인 의사들이 즐비한 곳입니다. 즉 '진짜 의사'들이 근무하고 있는 곳이죠. 그래서 믿을 만하다는 생각이 들었죠. 하지만 문제가 있습니다. 가고 싶어도 누구나 쉽게 갈 수 없는 영역이라는 것입니다.

## 천식 판정, 그러나 반전

저 역시 그때까지 단 한 번도 가 보지 못한 '수통'. 그래서 이후 매일같이 의무병을 찾아가, 제대 전에 꼭 진료 받을 수 있게 조치해 달라고 매달리고 사정한 것이 엊그제 같습니다. 그래서 어찌 되었을까요? 말년 휴가(3차 정기 휴가) 가기 하루 전, 그러니까 군 복무 전역을 10여 일 남긴 그때서야 저는 겨우 수통에 갈 수 있었습니다. 조르고 조른 지 무려 석 달이나 걸린 일이었습니다.

그렇게 해서 가 본 국군수도통합병원은 정말 컸습니다. 가 보니 육군 외에도 해군, 공군, 해병대, 심지어 특전사 군인들도 보였죠. 전군의 환자들이 모두 모인 곳입니다. 그만큼 또 병원에 가서도 치료 순서를 많이 기다려야 했습니다. 그저 하염없이 기다렸죠. 정말 오랜 시간이 걸렸습니다. 마침내 제 차례가 왔습니다. 군 복무 중 처음으로 보는 민간 의사입니다. 솔직히 '감격'했습니다. '이제 아픈 몸을 치료받을 수 있겠구나' 안심도 되었고요.

이후 저는 제 증상에 대해 의사에게 설명한 후 의무병의 안내에 따라 어느 진료방으로 따라갔습니다. 그 방에는 천식유발기구가 있었습니다. 이어 의무병의 안내에 따라 기구를 입에 댄 상태에서 숨을 들이쉬었다가 내쉬었습니다. 기침이 콜록콜록 나왔습니다. 갑자기 의무병의 표정이 엄청나게 굳어졌습니다. 대단히 심각한 표정입니다. 저는 조심스럽게 물어봤습니다. 상태가 심각하냐고요. 의무병은 말했습니다.

"저, 천식 양성 판정이 나왔습니다. 천식이십니다."

하늘이 무너지는 충격이었습니다. 징병검사 때도 멀쩡했습니다. 군대에서, 그것도 전역을 며칠 앞둔 말년 병장인데 천식 판정을 받은 겁니다. 천식 진단을 받으면 대부분 의가사 전역을 합니다. 그러나 저는 싫었습니다. 진단 받은 바로 다음날이 말년 휴가 시작일입니다. 사실상 군 복무를 끝냈는데, 이제 와서 천식 진단이라니…. 억울하다는 생각만 들었죠. 다행히 저는 의가사 제대가 아닌 만기 전역을 할 수 있었습니다. 복무 기간이 얼마 남지 않았기에 가능한 일이었습니다.

한편 그렇게 해서 전역한 후 저는 아버지와 함께 다시 민간 병원으로 진료를 받으러 갔습니다. 군 병원에서 천식 진단을 받았다고 하니 아버지가 다시 민간 병원에서 진찰도 받고 그에 따른 치료도 하자고 하신 겁니다. 찾아간 병원의 김태성 원장님은 아버지와 매우 절친한 사이였습니다. 그분은 저를 정밀하게 진단해 주셨죠. 긴장된 순간, 저도 모르게 손에 땀이 났습니다. 과연 얼마나 심각한 상태일지 두려웠기 때문입니다. 이제 대학 복학도 하고 또 사회 진출을 위해 준비할 것도 많은데 혹여 병이 깊어 어려운 상황이 되면 어쩌나 두려운 것이 솔직한 심정이었습니다. 그렇게 긴장과 두려움의 시간이 얼마간 지난 후, 마침내 결과가 나왔습니다. 아버지는 병원장님께 여쭤 봤습니다. 그러자 병원장님은 상쾌한 어조로 이렇게 말씀하셨죠.

"천식? 아니야. 엄청 멀쩡해!"

알레르기에 심한 감기를 천식으로 착각한 것 같다는 말씀이었습니다. 안도를 넘어 헛웃음마저 나왔죠. 그래서 떠올랐습니다. '이래서 군대 군의관들을 믿지 못하는 거구나.'

어이가 없을 따름입니다. 그 후 지금까지 저는 아무 문제없이 사회생활을 잘하고 있습니다. 오진 때문에 절망했다가 오진으로 밝혀져 희망을 찾은 것입니다. 물론 이런 오진은 민간 의사들도 합니다. 그러니 민간 의사들보다 경험이 부족한 군의관들은 오죽할까요? 이건 큰 문제입니다. 병사들이 가장 믿고 의지해야 할 군의관이 돌팔이로 여겨지니까요. 미국 같은 경우는 국방의학전문대학원을 설립해서 군의관을 전문적으로 양성하고 있다 합니다. 따라서 군의관 수준도 민간 의사에 견줘서 부족하지 않다고 합니다. 우리 군도 이래야 합니다. 미군처럼 믿을 수 있는 군의관을 양성해야지, 병사들이 불신하는 '돌팔이'가 진료를 담당하는 시대는 이제 끝내야 합니다. 징병할 자원이 부족하다는 타령보다 징병한 군인이 단 한 번도 죽거나 다치지 않도록 하는 것이 더 중요합니다. 나중에 태어날 제 아들도 군에 가서 저와 같은 일을 경험할까 두려운 이유입니다.

# 전역하는 날도 머리 빡빡 밀라는 간부

모든 병사들에게는 꿈이 있습니다. 가깝고도 먼 미래. 오지 않을 것만 같은 '그것'이지요. 육군 병사들 기준으로 이 꿈을 이루기 위해서는 1년 9개월이 필요합니다. 해군 병사들은 1년 11개월입니다. 그리고 공군 병사들은 무려 만 2년이나 기다려야 하지요. 우리 모두가 입대하는 그날부터 꿈에 그리는 바로 그것, '만기 전역'입니다.

그래서 육군 병장들은 8박9일짜리 3차 정기 휴가를 최대한 아껴 둡니다. 여기에 그치지 않습니다. 훈련 등을 잘해서 받게 되는 포상 휴가를 함께 쓰기도 합니다. 이유는 한꺼번에 묶어서 말년 휴가를 나가기 위해서입니다. 이렇게 되면 전역일을 심리적으로 앞당기는 효과가 있기 때문입니다. 전역 전날까지 휴가를 가니 사실상 전역한 것처럼 심적 자유를 느낄 수 있는 것입니다. 뿐만 아닙니다. 휴가를 받으면 전역 준비를 미리 할 수 있습니다. 대학을 다니다 입대한 사람들은 복학 준비를 하고, 또 직장을 다니다 온 이들은 복직 준비를 할 수 있습니다. 일부는 또 이런 경우도 있습니다. 전역을 앞두고 야외 훈련이 예정되어 있으면 이때 휴가를 써서 빠지는 경우입니다. 어차피 병사들에게 중요한 건 '사회'이니까요. 물론 간혹 가다 직업군인을 꿈꾸는 이들도 있습니다. 하지만 이런 사람은 별로 보지 못했습니다. 100명 중 고작 2~3명 정도였지요.

## 전역하는데 머리 빡빡 밀라고?

그런데 이렇게 내심 전역 준비로 바쁜 병사들에게 끝까지 간섭하는 간부들이 있습니다. 그러한 사례 중 하나입니다. 전역이 얼마 남지 않은 병장이 있었습니다. 저는 그때 일병이었습니다. 군대에서는 종종 두발 검사를 실시합니다. 중대장이나 당직사관이 검사를 하죠. 상대적으로 머리가 긴 병사들을 찾아냅니다. 그리고는 저녁점호 전까지 이발을 하라고 특별 지시를 합니다. 어쩔 도리가 없죠. 잘라야죠. 하지만 여기서 문제가 있습니다. 전역일이 얼마 남지 않은 병장들이 그런 경우입니다. 이제 얼마 후면 말년 휴가(3차 정기 휴가)를 나가는 사람입니다. 간부로 지원할 생각도 없고 사회 복귀와 학교 복학을 준비하는 사람들입니다. 응당 이런 병장들은 빼 줘야 합니다. 그런데 당시 간부는 이런 논리로 삭발을 강요했습니다.

"전역일 얼마 안 남았으면 민간인이야? 군인이면 군인답게 머리를 잘라야지. 잔말 말고 깎아!"

얼핏 들으면 맞는 말 같습니다. 그러나 이건 '망언'입니다. 전역일이 얼마 남지 않은, 그래서 곧 있으면 사회로 복귀하는 말년 병장들을 빡빡머리로 밀겠다는 심보는 도대체 뭘까요? 끝까지 골탕을 먹이겠다는 것 외엔 달리 해석될 여지가 없습니다. 머리가 짧은 군 전역자는 사회에서 볼 땐 또 다른 위화감의 대상입니다. 사회 활동에 지장이 생길 수밖에 없습니다. 더구나 20대 초반의 젊은 청년 입장에서 외모는 아주 중요한 경쟁력 아닙니까?

웃기는 일은 여기서 끝나지 않습니다. 간부와 병사들의 두발 기준입니다. 그 기준이 다릅니다. 간부는 사회로 따지면 스포츠머리, 병사는 길어야 거의 삭발 수준입니다. 어느 부대는 아예 삭발입니다. 이렇게 머리카락 길이조차도 간부와 병사를 차별하는데 정말 병사들은 불만이 없을까요? 만약 그 간부도 전역을 앞뒀는데 대대장이 "군인답게 병사처럼 빡빡머리로 자르게!"라고 하면 어떨까요. 앞에서는 동의하더라도 뒤에서는 분명 욕을 할 겁니다. 당연한 반응입니다.

계급이 깡패라고, 결국 병장들은 전부 머리를 깎았습니다. 깎는 와중에도 "개XX, 나중에 길 가다가 보이면 죽여 버린다!"라고 씩씩

됐죠. 수많은 병장들이 그렇게 머리 깎이는 걸 봐 왔습니다. 이 머리 깎는 문제는 '마음의 편지(소원수리)'에도 단골로 등장합니다. 저도 비슷했습니다. 전역할 때가 왔습니다. 분명 이대로 가면 저 역시도 전역을 앞두고 삭발하라는 지시를 받을지 모를 일입니다. 그래서 생각해 낸 묘안입니다.


## 유능한 대대장님의 '센스'

말년 휴가에서 복귀하자마자 저는 제일 먼저 음료수를 샀습니다. 그리고 그간 친하게 지내던 간부들에게 일일이 인사드리며 음료수를 돌렸습니다. 간부들은 전부 흐뭇하게 웃으며 제 전역을 축하해 줬습니다. 모두 좋으신 분들이죠. 그리고 최종적으로 도착했습니다. 이른바 '완벽한 전역'을 위해 주도면밀하게 찾아간 그곳, 바로 대대장실입니다. 전역을 앞두고 새로 오신 대대장님은 성격이 굉장히 좋았습니다. 또한 유능했죠. 꼼꼼하면서도 병사들을 배려하는 마음이 앞서는, 그야말로 진짜 '대한민국 육군 장교'였습니다. 그동안 여러 지휘관들을 봐 왔지만 영관급 이상 장교 중에서 이처럼 훌륭한 대대장은 처음이었다고 해도 과언이 아닙니다.

저는 먼저 대대장님에게 경례를 올리며 준비해 간 음료수를 조심스럽게 내밀었습니다. 그리고 내일이 전역일임을 신고했죠. 대대장님은 흐뭇한 웃음을 지으며 제게 덕담을 했습니다. 그동안 고생 많았다고요. 당번병도 지켜보면서 미소를 지었죠. 훈훈한 분위기였습니다. 바로 그때였습니다. 저는 슬쩍 대대장님에게 말했습니다.

"대대장님. 제가 복학을 앞두고 있습니다."
"어, 그래?"

기회를 놓치지 않고 이어서 말했습니다.

"복학 때문에 그러는데, 내일 머리 안 깎고 나가도 되겠습니까?"
"그래. 대학생이 빡빡이처럼 있으면 여자친구도 못 사귀지. 그간 고생 많았다. 그렇게 해."

허락을 받았습니다. 이후 대대장님에게 인사를 하고 나온 저는 뛸 듯이 기뻤죠. 펄쩍펄쩍 뛰면서 이리저리 돌아다녔습니다. 이제 내일이면 끝이니까 아쉬운 마음에 마지막으로 부대 이곳저곳을 돌아다녔습니다. 이렇게 제 나름대로 부대와의 이별식을 가진 겁니다.

그리고 다음 날입니다. 비가 오는 관계로 점호는 간단히 중대 내에서 끝냈습니다. 이제 저는 저 부대의 정문만 나서면 그만입니다.

그래서 마지막으로 전역증을 받기 위해 행정반으로 갔습니다. 그 때였습니다. 거기 어느 간부가 앉아 있는 겁니다. 평소 저를 못마 땅하게 보던 그 간부였습니다. 대놓고 말하지는 않지만 은근히 저 를 싫어했습니다. 그런 간부가 기다렸다는 듯 제게 말했습니다.

"야, 나가기 전에 머리 깎고 가!"

그렇습니다. 제가 예상하던 바로 그 발언이죠. 그러나 저는 이미 만반의 준비를 했습니다. 그 회심의 카드를 꺼내들었습니다. '아주 강력한 한 방'이었습니다.

"어제 대대장님이 머리 깎지 말고 가라고 하셨습니다."

그러자 '끝까지 골탕 먹이려던' 그 간부는 이내 말이 없어졌습니 다. 그러더니 슬쩍 저를 째려보며 비아냥댔습니다. '참 좋은 빽'을 뒀다고요. 돌이켜 생각하면 저는 미리 준비한 덕분에 운이 좋았던 것입니다. 대다수는 이런 경우에 머리를 깎이고 맙니다. 물론 어떤 전역자는 운 좋게 몰래 튀기도 합니다. 이렇게까지 전역자를 끝까 지 괴롭히는 행위가 과연 옳은가 의문이 듭니다. 정말 그 일이 우 리 군의 전투력 상승과 어떤 연관이 있다는 건지 말입니다.

여하튼 저는 이해심 깊은 대대장님 덕분에 다른 병사와 달리 흉한 삭발을 하지 않고 무사히 제대할 수 있었습니다. 전역하고 집으로 돌아가는 발걸음이 가벼웠던 이유였습니다. 집에 도착하니 바로 아래 여동생이 있더군요. 전역하고 돌아오는 저를 보더니 여동생은 웃었습니다. 그런데 그건 반가움의 웃음이 아니었습니다.

"오빠! 머리가 왜 그렇게 짧아? 소림사에서 수련하다가 왔어?"

제가 긴 머리라고 믿으며 지키고 싶었던 그 머리카락조차도 사실은 사회 기준으로 보면 매우 짧디 짧은 '스님 머리'였던 것입니다. 밖에서 만난 친구들 역시 그런 제 머리를 보며 놀려댔죠. '군인 머리'라고요. 지금 생각해도 우스운 일입니다. 이런 수준의 머리카락조차도 전역일에 밀고 나가라는 군대 간부, 정말 기억하기 싫습니다.

한편, 군에서는 전역하기 직전에 여러 교육을 실시합니다. 전역 예정자들을 대상으로 지휘관이 단체 면담을 하기도 하고 전역 대비 교육도 실시합니다. 일명 '사회 적응 교육'이죠. 어감도 대단히 별로입니다. '사회 적응 교육'. 군이 사회적 인식 수준과 많이 동떨어져 운영되고 있다는 것을 스스로 자인하는 것 같습니다.

그런데 더 우스운 일은 이 교육을 시키는 사람들입니다. 군 복무를 오랫동안 한 예비역 간부들이 주로 교육을 담당하는데, 우리들보다 더 사회 경험이 부족해 보이는 그분들이 우리들을 상대로 무슨 '사회 적응 훈련'을 시킨다는 것인지 이해가 가지 않습니다. 그러니 무슨 도움이 되겠습니까? 그냥 초등학교 도덕시간처럼 여겨질 뿐입니다. 오히려 그분들이 우리에게 배우는 게 더 효율적일 것 같습니다. '성실하게 살아야 한다' '긍정적으로 살아야 한다' '적응을 잘 해야 한다' '윗사람에게는 예의를 갖춰야 한다' 뭐, 이런 수준의 내용을 가르치죠. 전혀 도움이 안 됩니다. 이런 것들보다는 차라리 전역 예정자에게 자율적인 준비를 하라고 시간을 주는 게 더 좋겠다고 생각합니다. 차라리 이런 형식적 교육보다 솔직히 말해 짧은 머리카락을 더 기르게 배려해 주는 것이 더 큰 도움이 되지 않을까 싶습니다.

그럼에도 여전히 바뀌지가 않습니다. 말년 병장도 군기는 지켜야 한다고요. 이건 그냥 '똥고집'입니다. 국방부가 전역자들에게 존경받고 싶다면 '똥고집'이 아닌 '병사의 사회 적응'을 우선시해야 옳습니다. 머리카락은 자라면 그만인데 뭐 그리 대수냐고 할 분도 있겠지요. 그러나 젊은 사람들에게는 매우 민감한 문제입니다. 머리 모양에 따라서 사회적인 인상도 바뀌지 않습니까. 오죽하면 사람들이 탈모에 민감할까요. 전역을 앞둔 병사들에 한해서는 적어도 간부 수준의 스포츠머리 형태로 기르게 해 줘야 한다고 저는 주장

합니다. 그래서 저는 끝으로 국방부 관계자 분들에게 이들 전역 예
정자들을 대변하여 꼭 전하고 싶은 말이 있습니다.


"뭣이 중헌디? 도대체가 뭣이 중허냐고? 뭣이! 뭣이! 뭣이 중헌지
도 모름서….”

# 16편

# 쥐 잡아서 '최초로' 칭찬받은 분리수거병

군부대 내에는 많은 동물들이 살고 있습니다. 특히 산악지대인 최전방은 '동물의 왕국'으로 불리기에 손색이 없을 정도입니다. 군인들이 먹다 남은 잔반을 게걸스럽게 먹어치우는 거대한 멧돼지가 출현하거나 외모와 달리 울음소리가 소름끼치는 고라니, 그리고 상상 그 이상으로 징그러운 거대한 나방 '팅커벨'도 종종 나타나 군인들을 오싹하게 합니다.

다만 이것들은 강원도 최전방 부대에서만 볼 수 있습니다. 후방에 위치한 부대에서는 보기 쉽지 않은 일입니다. 사실 안 보는 편이 더 좋은 것들입니다. 멧돼지, 고라니는 성질이 사나워 사람을 공격하기도 합니다. 그래서 이들 동물로 인해 부상을 입는 군인도 발생합니다. 제가 가장 싫어했던 곤충은 '팅커벨'이라고 불리던 나방입니다. 정말 징그럽습니다. 안 보는 게 정신건강에 좋죠.

한편 군부대에는 짬(잔반)을 훔쳐 먹고 살이 뒤룩뒤룩 찐 고양이, 이른바 '짬 타이거' 등이 흔하죠. 그만큼 군부대에는 동물들이 많이 있습니다. 그러나 제가 근무한 부대는 좀 달랐습니다. 흔히 보이는 고양이는 없었습니다. 종종 도둑고양이 몇 마리가 보이기는 했지만 '짬 타이거'로 불릴 만큼 거대한 수준은 아니었습니다. 하지만 부대를 뒤흔든 동물들은 분명히 존재합니다. 이 동물들은 정말 골칫덩어리입니다.

## 부대를 휘젓는 그 짐승들

무지막지한 숫자, 게다가 그 신출귀몰함. 그러나 보이지 않는 공포와 긴장감. 그 놈들은 흡사 '중공군'을 연상시켰습니다. 어떤 동물일 것 같나요? 포유류 동물 전체 숫자의 절반에 육박한다는 그놈, 바로 '쥐'입니다. 제가 근무하던 부대에는 쥐가 어마어마하게 많았습니다. 부대 전입 때 선임들도 말할 정도로요. 그러나 눈에는 보이지 않습니다. 그래서 저는 상병 때까지 문제의 쥐를 모르고 살았습니다. 가끔 가다 쥐를 봤다는 말만 들었을 뿐이죠.

그중 기억에 남는 증언은 이겁니다. PX에서 자주 소시지가 사라진다는 겁니다. 처음에는 계산 착오라고 생각했다고 합니다. PX는 워낙 정신이 없으니까요. 그런데 이 소시지가, 그것도 같은 위치에 있는 소시지가 거의 매일 사라졌다고 합니다. 처음에는 누군가 훔쳐간 절도라고 여기고 CCTV를 돌려 봤다고 합니다. 그러다가 잠시 후 경악한 PX병. 놀랍게도 범인은 주먹 크기 정도의 '큼지막한 쥐'였습니다. 그 쥐가 조용히 소시지를 끌고 가는 장면이 CCTV에 고스란히 찍혀 있는 것 아닌가요. 이 정도면 쥐의 크기가 상상 가실 겁니다. 다행히 문제의 쥐는 곧바로 체포되었다고 합니다. 미리 놓아 둔 쥐덫에 제거된 것입니다.

그러나 문제의 쥐가 제거된 후에도 다른 쥐들의 목격담이 종종 들려왔습니다. 훈련 기간 중에 침대 밑으로 쥐가 기어갔다느니, 청소 중에 새끼 쥐가 발견되었다느니, 또는 병영식당(취사장)에서 쥐가 잔반을 훔쳐 도망갔다느니 등등. 그러나 그때까지도 제가 직접 그런 쥐를 본 적은 없었습니다. 다행스러운 일이었습니다.

그러다가 쥐의 존재를 제가 처음 보게 된 것은 병장 때의 일입니다. 중대에서 재활용품 분리수거장을 담당하면서였습니다. 분리수거장은 관리할 병사가 2명 필요합니다. 그래서 자원할 사람을 찾았습니다. 하지만 아무도 안 갔습니다. 당시 여름이라 분리수거장에서는 엄청난 악취가 났습니다. 푹푹 찌는 여름날에 그러한 분리수거장에서 무려 석 달이나 보내야 하니 누구도 지원하지 않는 것은 당연한 일이었습니다.

그러자 행정보급관은 고민 끝에 결단을 내립니다. 지원자가 없으니 '희생양을' 찾은 것입니다. 그렇게 해서 지목된 사람, 병장 계급을 달고 있던 저와 제 동기였습니다. 그야말로 '허걱' 하는 소리가 마음속에서 절로 나오는 순간이었습니다.

보통 병장 계급장을 달면 4개월 후 전역입니다. 그래서 병장은 통상 '가는 사람' 취급을 받습니다. 작업, 훈련에 열외를 시켜 주는 것도 그렇습니다. 어차피 갈 사람이니까요. 즉 부대 차원에서 보면 '별로 중요하지 않은' 인원이죠. 그런 처지이니 행정보급관에게 일방적으로 지목된 후 저와 동기는 저항할 틈도 없이 그대로 끌려가고 말았습니다. 그렇게 해서 끌려간 분리수거장에는 커다란 창고가 있었고 안에는 쓰레기봉투가 종류별로 쌓여 있었습니다. 비닐, 플라스틱, 캔, 스티로폼, 일반쓰레기 등등을 담을 수 있는 봉투였습니다. 그런데 창고를 열어 물품 등을 확인하던 그때였습니다. 뭔가를 발견했습니다. 이상하게도 스티로폼을 담아둔 쓰레기봉투 옆구리가 전부 터져 있는 겁니다. 김밥 옆구리 터지듯 말이죠. 그렇게 해서 터져 있는 봉투 옆에는 스티로폼 가루가 밥알처럼 흩어져 있었습니다. 저와 동기는 당연히 투덜거렸습니다.

"타 중대 놈들, 인수인계를 이 따위로 했네?"
"거기 분리수거 빡세게 받자. 싸가지가 없네."

그리고 얼마 후. 마침내 그 '싸가지 없는' 문제의 중대 사람들이 재활용품 분리 배출을 위해 우리를 찾아왔습니다. 가만히 보니 그때 우리에게 이곳을 인수인계해 준 타 중대 병사도 보였습니다. 저와 동기는 대뜸 그 병사에게 항의조로 따졌습니다.

"아저씨(타 중대 병사를 부르는 호칭), 터진 쓰레기봉투를 그대로 주면 어떻게 해요?"

그러자 그는 당혹스러운 표정으로 말했습니다.

"어, 아닌데요. 우리는 멀쩡하게 인계했어요. 거기 행보관님이 다 사전 점검하신 건데요."

그러더니 갑자기 뭔가 생각난 듯 그는 이렇게 말했습니다.

"봉투가 터졌다고요? 내용물은 죄다 흩어져 있죠? 그럼 그거, 쥐예요."

알고 보니 이랬습니다. 분리수거장은 쥐의 총본산이라는 겁니다. 분리수거장 여기저기에 쥐들이 숨어 살고 있다는 거죠. 충격적인 진실! 이 커다란 분리수거장 창고에 쥐들이 숨어 있다고요. 그것도 엄청나게 많이요. 걱정이 앞서기 시작했죠. 쥐가 있으면 골치니까요. 어찌 되었든 분리수거장을 담당하게 되었으니 이제부터 우리 임무를 잘 해야 합니다. 우리들은 아침 점호가 끝나면 바로 분리수거장으로 올라갔습니다. 매일 각 중대에서 올라오는 쓰레기를 확인한 후 인계 받아야 하니까요.

그런데 첫날 업무를 시작하니 가관이었습니다. 그야말로 온갖 종류의 쓰레기가 마구 방치되어 있는 것 아닌가요. 저와 동기는 어이가 없었죠. 처음엔 동기도 "그냥 우리가 치우자."라고 했습니다. 그러다가 깨달았습니다. 쓰레기 투기의 엄청난 양을 보며 동기가 생각을 바꾼 겁니다. 저는 이렇게 말했죠.

"쓰레기를 버리고 간 놈들은 시계가 있지. 분리수거장에 있어야 하는 우리는 시간이 넘쳐나고."

## 쥐와의 전쟁 : 나쁜 놈들 몰락시대

결국 우리는 무단 투기된 쓰레기를 처리하는 대신에 무단 투기한 자들을 색출하기로 했습니다. 먼저 투기된 쓰레기를 전부 뒤집어서 증거를 찾기 시작했습니다. 그러자 각종 문서와 영수증 등이 무더기로 나왔습니다. 쓰레기 무단 투기범들을 찾을 수 있는 단서들이 확보된 것입니다. 이후 우리는 그 증거와 쓰레기들을 전부 정리해서 행보관님에게 가져갔습니다. 그러자 행보관님은 우리의 노고에 감동했습니다. 그동안 쓰레기 무단 투기범들이 골치였는데 누구인지 알 수 없어 문책도 할 수 없어 속을 끓였는데 마침내 그놈들을 일망타진했으니 엄청 기뻐하신 겁니다. 반대로 적발된 쓰레기 투기범들은 행보관님으로부터 엄청난 질책과 함께 쓰레기더미를 선물로 받았습니다. 그야말로 깨소금 맛이었습니다. 하지만 거기서 끝이 아니었습니다.

이후로도 우리는 쓰레기 투기범과의 전쟁을 일주일간 더 지속했습니다. 그때마다 투기범들을 전부 색출하여 그때마다 행보관님에게 직보했지요. 그러자 놀라운 변화가 일어났습니다. 골칫덩어리였던 쓰레기 투기가 일순간에 '뚝' 끊긴 것입니다. 뿌듯했습니다. 드디어 분리수거장에 진정한 평화가 찾아온 것입니다. 그런데 사람 문제는 해결되었는데 딱 하나 해결되지 않은 일이 있었습니다. 바로 '쥐'였습니다.

문제는 '추측'만 존재할 뿐 정작 우리가 문제의 그 쥐를 본 적은 없다는 것입니다. 물증이 필요했습니다. 그래서 우리는 행보관님에게 부탁하여 끈끈이 쥐덫을 사달라고 했습니다. 분리수거장 수호(?) 업무를 성실하게 수행한 우리에 대한 행보관님의 신뢰는 깊었습니다. 흔쾌히 수락했죠. 그렇게 해서 공수된 끈끈이 쥐덫을 우리는 분리수거장 곳곳에 설치했습니다. 쥐들을 유인하기 위한 필

수 유인책도 준비했습니다. 쥐들이 좋아하는 '소시지'였습니다. 우리도 아껴서 먹는 소시지를 '쥐 소탕작전'의 성공을 위해 포기한 것입니다.

그리고 다음 날, 분리수거 창고를 연 저와 동기는 그야말로 경악했습니다. 그야말로 엄청나게 큼지막한 쥐였습니다. 거짓말 안 보태고, 성인 남성 팔뚝의 절반만한 큰 쥐가 죽어 있는 것 아닙니까. 쥐가 그렇게까지 클 수 있다는 것도 그때 처음 알았습니다. 쥐 소탕작전의 성과를 보고받은 행보관님도 놀랐습니다. 그러면서 큰 쥐를 잡았다며 우리들은 칭찬까지 받았습니다. 그러나 완벽한 쥐 소탕은 아니었습니다. 사라지지 않는 공공의 적, 쥐. 결국 우리는 행보관님의 허락을 받아 대대적인 '쥐와의 전쟁'을 선포하게 됩니다. 먼저 소대별로 자원 병사들을 모았습니다. 대략 10여 명. 족히 1개 분대는 넘고 2개 분대에 육박하는 인원이었습니다. 이 어마어마한 병사들에게 쥐를 잡자고 제안했습니다. 병사들 역시 따분한 사역보다 쥐 소탕작전에 흥미를 느끼는 듯했습니다. 무엇보다 쥐 소탕작전이 끝나면 PX에서 음료수와 아이스크림을 사 주겠다고 하니 더 좋아했습니다.

작전은 곧바로 시작되었습니다. 먼저 창고 안에 가득 쌓인 쓰레기봉투부터 밖으로 옮기기 시작했습니다. 창고 내 어딘가에 숨어 있을 쥐의 본거지를 소탕하기 위해 방해물부터 전부 치우기로 한 것입니다. 힘이 좋은 병사들은 양손에 몇 개씩 들고 나갔죠. 그때였습니다. 어느 병사로부터 다급한 첫 일보가 전파되었습니다.

"쥐다! 쥐!"

일거에 드러난 쥐 본부. 정말 많은 쥐들이 순간 놀라 이리저리 뛰어 도주하기 시작했습니다. 그중에는 엄청 큰 쥐도 있었습니다. 우리가 흔히 생각하는 조그만 '생쥐'가 아닙니다. 지난번에 잡았던 성인 남성 팔뚝만한 크기의 그야말로 '시궁쥐'입니다. 그 징그러운 모습에 잠시 당황했던 병사들은, 그러나 이내 진압 대열을 갖췄습니다. 쓰레기집게로 하나둘씩 쥐들을 잡기 시작했습니다. 쥐들은 엄청나게 발버둥 쳤지만 거기까지입니다. 그 와중에 갓 태어난 새끼 쥐들도 발견되었습니다. 행보관님도 안타깝게 생각했지만 별다른 방도가 없었습니다. 살릴 방도도 없고, 또 살려 봤자 결국 쥐입니다. 결국 모두 땅에 묻었습니다.

이후로도 쥐와의 전쟁은 계속됐습니다. 거의 두 달 가까이 '토벌'을 이어갔습니다. 그러자 끝이 보였습니다. 마침내 분리수거장에서 쥐가 자취를 감췄습니다. 이때까지 묻은 쥐들의 숫자를 다 합치면 대략 50마리는 될 겁니다. 그 영향 때문일까요. 이후 우리에게 붙은 별명이 있었습니다. 이름 하여 '쥐 사냥꾼'. 타 중대까지도 우

리들을 칭하는 이 별명이 퍼졌다고 하니 가히 부대 내에서 이 일이
엄청난 이슈가 된 것입니다.

그런데 이때 웃지 못 할 일이 하나 더 있었습니다. 타 중대 병사
들이 우연히 참새 한 마리를 잡았는데 저에게 이렇게 말하더군요.

"아저씨! 우리 참새 잡아왔는데, 거기 쥐랑 교환하죠!"

## 그래도 분리수거는 확실하게 배웠다

군대에서 할일 없는 병사들에게는 이런 것도 추억입니다. 돌아
보면 제가 맡았던 분리수거장 근무는 나름 고생스럽기도 했지만
보람찬 일이었습니다. 타 중대에 분리수거장을 인계해 줄 때 거기
행보관님은 또 우리를 칭찬하더군요. 관리를 매우 잘했다고요. 그
때 같이 일한 동기와는 제대 후에도 연락할 정도로 매우 절친하게
지냅니다. 무엇보다 분리수거장 근무를 잘했다고 말년에 포상 휴
가도 받았으니 저로서는 그때 그 일이 아름다운 추억 중 하나로 남
았습니다.

값진 일은 또 있습니다. 분리수거장에서 3개월간 근무하면서 얻
은 아주 중요한 성과물입니다. 다름이 아니라 그때 배운 쓰레기 분
리수거 공부가 사회에 나와서도 도움이 되었다는 겁니다. 전역 후

집에서 분리수거를 할 때 더욱 그렇습니다. 어머니가 너무도 좋아하십니다. 또한 분리수거로 포상 휴가를 나왔을 때 부모님은 웃으며 이렇게 말씀하셨습니다.

"군대에서 쥐 잡다가 잘된 건 너뿐일 거다."

군대는 고생을 많이 하는 곳입니다. 그래도 열심히 하고 또 긍정적으로 하면 뭐라도 하나 건질 수 있습니다. 그렇게 건진 것을 사회에 나와서 유용하게 쓰면 됩니다. 고생만 하고 정작 남는 것이 없으면 그게 진짜 '개고생'이니까요.

# 유격 훈련에 대한 색다른 고찰

훈련 중에서도 병사들이 정말 피하고 싶은 훈련이 있습니다. 고달프고 힘든 그 훈련, 바로 '유격'입니다. 그래서 모 케이블방송사에서 방송하여 큰 인기를 얻었던 병영 관련 코믹 시트콤에서 어느 말년 병장이 즐겨 외치던 이 대사는 한때 유행어가 되기도 했습니다. 그 대사, 기억나시나요? 바로 이것입니다.

"말년에 유격이라니! 이 말년에 정말 유격이라니!"

이처럼 병사들이 기피하는 유격 훈련. 그래서 어떤 입대 예정자는 유격 훈련을 두 번 받지 않기 위해 입대 날짜까지 고르는 사람도 있다 합니다. 왜 두 번이냐고요? 군 생활 1년 9개월 중에서 한 번은 무조건 할 수밖에 없습니다. 그런데 입대 시기만 잘 조정하면 시기에 따라 유격 훈련을 딱 한 번만 할 수도 있다고 합니다. 이처럼 유격은 정말 힘들고 고달픈 일입니다.

## 전투력 강화를 위한 훈련이어야

이처럼 혹독한 유격 훈련은 언제부터 시작된 것일까요? 궁금했습니다. 그래서 알아 봤습니다. 먼저 국어사전에 나와 있는 유격 훈련의 정확한 뜻은 이렇습니다.

'적지나 전열 밖에서 그때그때 형편에 따라 적을 기습적으로 공격하는 전술을 익히는 훈련. 주로 적진에 침투하거나 소규모 전투를 수행하기 위한 훈련'

이런 유격 훈련은 애초부터 우리 군에서 실시하던 것은 아니었다고 합니다. 1968년 발생한 '무장간첩 김신조 청와대 습격사건' 후의 일이었습니다. 사건 당시 유일하게 생포된 무장간첩 김신조를 상대로 우리 군이 강도 높은 심문을 하게 됩니다. 그 과정에서 북한군이 간첩 침투를 위해 아주 특별한 훈련을 했는데 그것이 바로 북한식 유격 훈련이었던 것입니다. 그러자 우리 군 역시 북한군과 대적하기 위해 비슷한 수준의 훈련을 실시하기로 계획하게 됩니다. 그렇게 해서 도입된 훈련, 바로 오늘날의 유격 훈련인 것입니다. 명분은 좋았습니다. 정예 강군을 위해 '실전과 같은 혹독한 훈련'을 하는 것이니까요. 하지만 시간이 지나면서 조금씩 달라져 갔습니다. 이제는 그저 병사들을 '괴롭히기 위한 훈련'으로 유격 훈련이 변질되었다는 불만이 왕왕 제기됩니다. 왜 그럴까요?

　유격 훈련을 실시하기 위해서는 먼저 훈련을 주관할 교관과 조교가 필요합니다. 이를 위해 훈련부대에서는 교관과 조교로 근무할 지원자부터 먼저 받아 그들부터 유격 훈련을 시킵니다. 교관은 하사 이상의 간부가, 조교는 주로 상병 이상의 선임병이 맡게 됩니다. 그런데 여기서부터 불행이 싹틉니다. 유격 훈련을 지도할 교관과 조교들이 먼저 교육을 받는 과정에서 이들은 엄청난 스트레스를 받게 됩니다.

　따라서 엄청나게 스트레스를 받은 교관과 조교들은 이후 다른 교육생을 상대로 자기보다 더 고달프게 해야 한다는 심리가 자연스럽게 작동합니다. 실제로 유격 교관·유격 조교 훈련을 먼저 받고 부대로 복귀한 이들은 모두 이렇게 말하더군요. 굉장히 악의에 찬 목소리로 말이죠.


　"씨X, 유격 훈련 가면 우리가 구른 것 이상으로 너희 개고생을 시켜 주마."


　이뿐만이 아닙니다. 툭하면 협박을 하더군요. 자신들에게 누군가 불만을 제기하면 "유격 훈련 때 뒈지고 싶냐?"며 거칠게 말하는 것입니다. 이게 무슨 훈련입니까? 유격 훈련을 미리 체험하여 보다

질 높은 훈련을 교육생에게 가르칠 수 있도록 하라는 취지로 했더니 이따위 협박이나 하는 엉뚱한 일이 벌어지고 있는 것입니다. 이게 정상적인 군대에서 가당키나 한 일입니까?

유격 훈련의 절차도 지나치게 가혹합니다. 유격장까지 40km 거리를 행군으로 왕복시킵니다. 갈 때 40km, 돌아갈 때 40km, 도합 80km나 걸어가야 합니다. 그것도 20kg의 묵직한 완전 군장을 메고 가야 하니 쉽지 않은 일입니다. 훈련장에 도착해서도 마찬가지입니다. 교관과 조교들은 '교육생 길들이기' 목적으로 무조건 PT 체조부터 시킵니다. 말이 PT 체조이지 실상은 가혹행위에 가깝습니다. 유격 교관과 조교의 기분에 따라 마구 굴려댑니다. 이미 40km나 행군하여 도착했으니 모두가 지칠 대로 지쳐있는데 아랑곳하지 않습니다.

이때 일부 유격 조교들의 행태는 더욱 치졸합니다. 평소 중대 생활을 하며 마음에 들지 않았던 병사들을 열외 시키는 것입니다. 열외. 그냥 들으면 훈련을 제외시켜 주니 좋을 것 같지 않나요? 그런데 아닙니다. 반전이 있습니다. PT 체조에서만 열외된 것뿐이고 이후 따로 모여 더욱 '혹독한 얼차려'를 받아야 하기 때문입니다. 이유도 없습니다. 그곳에서는 오직 그들이 법이고, 명령이고, 이유입니다.

하지만 이런 상황에서도 항의는 할 수 없습니다. 유격장에 입소한 군인들은 계급장을 떼고 모두가 '교육생' 신분이 되기 때문입니다. 이런 교육생은 유격 교관과 유격 조교에게 어떤 항의도 할 수 없습니다. 아무리 부당한 대우를 받아도 그럴 수밖에 없습니다. 거기에는 그럴 만한 이유가 있습니다. 항의하면 즉시 퇴소 조치를 당합니다. 여기서 끝이 아닙니다. 퇴소된 후 다시 입소해야 합니다. 그렇게 해서 처음부터 다시 또 유격 훈련을 받아야 합니다. 더불어 징계까지 받습니다. 그러니 아무리 억울해도 입을 다물 수밖에요. 이렇다 보니 유격 교관과 조교의 횡포가 도를 지나친다는 불만도 많이 제기됩니다.

특히 교관과 조교들이 평소 마음에 들지 않던 교육생을 괴롭히는 것도 흔한데, 물론 이유는 있습니다. 그냥 어떤 명분이든 갖다 붙이면 됩니다. 그런 후에 얼차려를 주면 누구도 항의할 수 없습니다. 폭언·욕설·인격모독·구타 위협도 매우 빈번합니다. 이런 짓을 저질러도 전혀 거리낌이 없기 때문에 더욱 그렇습니다. 아무도 견제하지 않거든요. 오히려 장려까지 합니다. 예비역 출신이라면 이런 저의 주장에 수긍하시지 않을까요?

## 계급이 없다던 유격장, 그러나 '계급장'은 존재

그런데 '모든 교육생'이 이런 불합리한 처사를 받는 것은, 또 아닙니다. 유격장에서 교육생 신분에는 장교, 부사관, 병(병사) 모두가 포함됩니다. 바꿔 말하면 중대의 책임자인 다이아몬드 3개짜리 중대장, 이외 중대 내 선임 장교와 선임 부사관들도 포함됩니다. 이런 분들도 교육생이라는 거죠. 그런데 특이한 것은 중대장보다 더 높은 분들은 유격 훈련에서 제외됩니다. 즉 대대장과 작전과장, 그리고 주임원사와 행정보급관은 처음부터 유격에서 제외됩니다. 그러니 유격 훈련에서도 계급에 따른 차별은 분명 존재하는 것입니다. 이처럼 아주 특별한 교육생에게는 유격 교관과 조교들이 어찌 대할까요? 병사들을 대하는 것처럼 그야말로 거침없이 공평하게 대할까요? 정답은 '아니오'라는 겁니다.

　매우 비굴하더군요. 유격 교관이나 조교가 심기를 좀 거스르자 '이런 교육생' 중 누군가가 한소리를 했습니다. 모 중대의 중대장인데 유격 훈련에 대해 몇 가지 불만을 제기한 것입니다. 그러자 조교는 그가 요구한 것처럼 훈련 형식을 즉시 바꿔 줬습니다. 그걸 보고 느꼈죠. '아! 계급이 없다던 유격장에서도 장교 계급장은 존재하는구나!' '병사 교육생'에게만 어깨에 힘이 들어가고 범처럼 무서운 유격 교관과 조교. 그러나 간부에게는 한 마리의 '순한 양'이 되는 것입니다. 훈련을 받으면서도 환멸감이 드는 이유였습니다.

　뿐만 아닙니다. 유격 훈련은 산악 훈련, 장애물 코스, 참호 격투 등을 진행합니다. 모두 혹독하고 위험한 훈련들입니다. 실수라도 하면 크게 다칠 수 있는 상황입니다. 따라서 훈련과 동시에 부상자에 대한 철저한 대비도 당연한 일입니다. 그러나 준비된 의료시설은 엉망입니다. 물론 군의관, 의무병들이 따라 오기는 합니다. 그러나 텐트 하나만 치고 나머지는 '땡'입니다. 의무 텐트 하나가 전부입니다. 전문적인 시설도 아닙니다. 그냥 평범한 군용 텐트에 대단치 않은 몇 가지 의료기구를 전시하듯 배치해 둡니다. 군의관은 만능이 아닙니다. 대학생에게 전공학과가 있는 것처럼 군의관 역시 각각의 전공이 있습니다. 자신의 분야가 아니면 부상자가 나오더라도 진료할 수 없습니다. 그런데 족히 수백 명이 참여하는 거친 훈련인데도 너무나 터무니없는 준비인 것입니다. 부상자가 나오면 그야말로 큰일입니다.

## 의료체계도 부실한데 실전 같은 훈련?

정말 이래서 되겠느냐는 생각만 들더군요. 유격 훈련은 병사를 강하게 만들려는 목적으로 만든 훈련입니다. 하지만 근래에는 유격장에서 발생하는 빈번한 인권 유린만 남발되고 있는 실정입니다. 이를 방지하기 위해서는 근본적이 대책이 필요합니다. 특히 정상적인 훈련보다 강압적인 얼차려가 더 남발된다는 불만에 대해 관심을 가져야 합니다. 이런 행위는 금지되어야 합니다. 무엇보다 유격 교관과 조교가 교육생들을 상대로 하는 일상적인 폭언과 욕설, 그리고 인격모독 등은 절대 용납되어선 안 됩니다. 훈련을 빙자하여 개인적 감정을 표출하는 일부 교관과 조교들의 그릇된 행위 역시 제재가 이뤄져야 진짜 훈련의 성과를 남길 수 있다고 저는 생각합니다. 물론 그렇다고 교육생에게 힘의 주도권을 주자는 말은 아닙니다. 그러면 역으로 '군기 빠진 상황'이 벌어질 확률이 농후합니다. 현행처럼 교육생이 훈련을 방해하거나 유격 교관·유격 조교의 지도를 무시하면 이 역시 처벌해야 옳습니다.

또한 현행 훈련 중 의료체계는 반드시 개선되어야 합니다. 대규모 훈련을 하는데 터무니없는 의료시설과 인원으로 대응하는 것은 너무한 일입니다. 그러다 보니 누군가 부상을 입어도 그 유명한 '빨간약' 하나 발라주는 게 전부니까요. 이러면서 어찌 '실전과 같은 훈련'을 지향할 수 있을까요? 모순 아닙니까?

실전에서도 이런 형편없는 의료상황을 유지할 겁니까? 둘 중 하나입니다. 전쟁이 나지 않으리라 생각하는 것과 병사의 목숨을 장기에서 두는 '말' 이하로 본다는 거죠. 그러니 "군대 가서 다치면 너만 손해"라는 말이 횡행하는 것입니다. 그러다 보니 병사들 역시 자연스럽게 훈련을 소극적으로 대하게 됩니다.

실제로 누군가 훈련 중 다쳤다고 하면 듣게 되는 말도 어처구니가 없습니다. 걱정하는 말보다는 "너만 아프냐?" "다친 게 위세냐?"

"선임들은 훈련하는데 너는 그래?" "후임들도 열심히 하는데 선임이란 놈이 아프다고 그 모양이야?" 등의 인격모독적인 압박만 엄청나게 듣게 됩니다. 그런 광경들을 목격하기도 했고 또 전해 듣기도 했습니다. '아픈 것도 죄'라는 말이 순간 머릿속을 스치더군요.

그래서 요구합니다. 병사들이 열심히 하길 바란다면 열심히 할 동기와 구조를 만들어 줘야 합니다. 훈련 중 부상을 입으면 제대로 치료해 주는 것은 물론이고 향후 발생할 수 있는 모든 불이익에 대해서도 책임 있게 군 당국이 도와줘야 합니다. 다시 말해서 훈련 중 입은 부상으로 고통 받는 군인에 대해서는 국가유공자로 무조건 예우해 줘야 한다는 것입니다.

유격 훈련, 취지는 참 좋습니다. 하지만 이제는 좀 달라져야 하지 않을까요? 병사도 사람입니다. 자아가 없는 기계가 아니란 말입니다. 군은 대한민국 국민의 생명과 재산을 지키는 최후의 보루입니다. 군이 건강해야 나라가 건강합니다. 근절되어야 할 부조리가 지속되어선 안 됩니다.


저는 지금까지 제가 경험한 사례들을 글로 써 왔습니다. 이 글들이 다시금 우리 군의 현실을 생각하는 계기가 되기를 바랄 뿐입니다.

또한 앞으로 군에 입대할 예정인 분들에게 비판적 관점에서 제 경험의 일부를 전해 드리고자 노력했습니다. 이를 통해 잘못된 우리 군의 일부가 다시금 생각하여 개선되기를 바라는 마음으로 썼습니다. 군을 먼저 경험한 입장에서 나름의 애정을 담아 조언하려는 것입니다. 애정이 있어야 비판도 가능한 것 아닐까요. 그런 점에서 저는 진심으로 우리 군을 사랑하고 또 존중합니다.

무엇보다 지금 이 시간에도 의무 복무를 수행하고 있는 모든 전우 여러분, 그리고 앞으로 입대할 예비 후배 전우님들, 저는 여러분의 건강한 전역을 진심으로 응원합니다. 그리하여 앞으로 입대할 예정인 모든 후배 전우님들이 건강하게 국민의 의무를 다한 후 '입대할 때의 그 모습 그대로' 다시 사랑하는 가족에게 무사히 돌아갈 수 있도록 함께 기원하겠습니다. 선배 전우로서 여러분이 자랑스럽습니다. 우리 모두 파이팅!

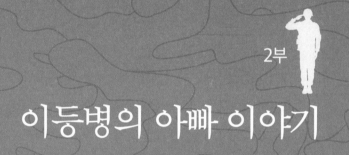

2부

# 이등병의 아빠 이야기

# 1편

# 아들 입소 날, 병사 아버지가 '높은 분'에게

2013년 10월 어느 날, 그날은 아침부터 비가 참 많이 왔습니다. 그날 제 하나밖에 없는 외아들이 육군 현역으로 징병되었습니다. 입대 전날, 머리 깎는데 같이 가 달라는 아들 부탁에 우리는 함께 손을 잡고 미용실로 향했습니다. 그리고 가위가 필요 없는 머리 손질을 하는 아들을 보며, 그래서 바닥으로 뚝뚝 떨어지는 아들의 머리카락을 보며 저는 소리 내어 '낄낄낄' 웃었습니다.

일부러 더 크게 소리 내어 웃으며 미용사에게 머리를 더 바짝 깎아 달라며 떠들었지만, 그러면서도 제 눈가 끝자락엔 눈물이 맺혔습니다. 아마도 아들은 그런 제 모습을 보지 못했을 것입니다.

그렇게 저는 아들을 군에 보냈습니다. 고백하자면 솔직히 저는 제 외아들을 군대에 보내고 싶지 않았습니다. 할 수만 있다면 군인으로 보내고 싶지 않았습니다. 국민의 의무를 다하기 위해 군에 입대했지만 과연 이 나라가 그런 청년들을 애국자처럼 귀하게 예우하고 있는지 저는 확신이 없기 때문입니다.

국민에게 병역 이행의 의무가 있다면, 국가 역시 그런 국민에게 최선의 예우를 다할 때 신성한 병역의 의무란 말이 가능한 것 아닐까요?

## 내 목숨보다 더 귀한 아들의 입대

그런 군대에 제 아들이 입대했습니다. 스물 몇 해 전, 제 아들로 태어나 저와 함께 부자지간으로서 깊고 넓은 사연을 나눈 제 핏줄입니다. 제 목숨보다 더 귀하고, 또 제가 모든 것을 바쳐서라도 지켜 주고 싶은 그런 아들입니다. 어려서부터 마음이 여렸으며 작고 귀여운 것을 유난히 좋아했던 착한 아들, 학년이 바뀌거나 상급 학교로 진학할 때마다 너무 행복하다고 하여 그 이유를 물으니 "새 학교에 못 본 책이 많아 너무 좋아요."라고 말하여 부모를 기쁘게 했던 아들.

고등학교 재학 때는 담임선생님에게 "인권운동가로 살아온 제 아버지를 가장 존경합니다."라고 하여 담임교사로부터 "이런 말을 듣는 아버님이 부럽습니다."라는 말을 듣게 해 준 아들. 그런 아들이 이제 군대를 간다고 하니 참으로 많은 생각이 들었습니다. '이제 다 컸구나' 하는 통속적인 생각도 들었고 다른 한편으로는 '이처럼 유약한 아들이 군대에서 얼마나 고생할까' 싶어 안타까웠습니다.

그러면서도 이런 과정을 통해 보다 더 성숙해질까 싶은 막연한 기대도 했습니다.

하지만 이 모든 것보다 더 제 마음을 무겁게 한 것은 그동안 제가 직접 봐 왔던 우리 군대 잔혹사에 따른 트라우마였습니다. 그렇습니다. 저는 지난 30여 년간 인권운동을 해 오며 우리나라에서 수많은 군 의문사를 살펴보는 기회를 가졌습니다.

1993년 전국민주화운동유가족협의회 간사로 활동하면서 만난 1984년 허원근 일병 의문사부터 1998년 판문점 김훈 중위 의문사까지 약 500여 건의 군 사망사고 유족과 함께해 왔습니다. 그리고 이런 사연 하나하나를 경험하며 저는 '과연 대한민국 군대에서 사병의 인권이 무엇이냐'는 근본적 회의감을 가지고 있습니다.

전 국민을 경악하게 만든 28사단 윤 일병 구타 사망 사건 역시 이전부터 제가 흔하게 접해 온 사건들과 많이 닮아 있었습니다. 윤 일병이 오른쪽 다리를 집중적으로 맞아 절뚝였다면 그동안 제가 만나 온 또 다른 '김 일병'은 왼쪽 다리를 맞아 절뚝였다는 차이만 있을 뿐입니다. 누구에게나 윤 일병 사건과 같은 비극의 가능성이 도사리고 있는 것입니다.

그런 군대에 제 아들이 입대한다니 솔직히 두려웠습니다. 그동안 제가 군 피해 유족에게 들어 온 사연처럼 어느 날 늦은 밤, 부대에서 걸려 온 한 통의 전화가 불행한 시작이 되진 않을까 걱정이 되었습니다. 특히 아들의 첫 휴가를 앞두고 제 마음은 더욱 불안했습니다. 이상하게도 군에서 발생하는 의문의 사망 사건 중에는 첫 휴가를 얼마 앞두고 벌어진 일이 많았기 때문입니다. 이런 일들을 일상적으로 경험하고 느껴 온 제 입장에서, 아들이 군에 입대한다고 하니 그날 얼마나 마음이 심란했을까요.

## 국방부 장관님, 부탁이 있습니다

그런 불안감 속에서 결국 다가온 아들의 육군 보충대 입소일. 저는 아내와 함께 아들을 데리고 의정부로 향했습니다. 들어가기 전, 먹고 싶은 음식이 뭐냐고 물으니 아들은 갈비를 선택했습니다. 그 일대에서 가장 맛있는 집이 어디인지 인터넷으로 검색한 후 찾아간 고깃집. 저는 아들이 배부르다는 말을 할 때까지 연신 고기만 구웠습니다. 이제 한동안 제 마음대로 먹어 보지도 못할 음식인데, 그런 아들의 입에 고기 한 점이라도 더 넣어 주고 싶었습니다. 그러면서 한 점 한 점 정성껏 구워 아들의 밥 위에 얹어 주면서 첫 휴가 나올 때 이곳에 또 오자는 말로 격려하고 또 응원하는 말을 전했습니다. 그렇게 식사를 마친 후 우리는 보충대 입소 시간에 맞춰 차를 몰았습니다.

그렇게 도착한 보충대 연병장에는 제 아들과 똑같은 입대 예정자들이 가득 차 있었습니다. 그리고 그 아들을 따라온 그들의 부모와 친구들로 장사진을 이루고 있었습니다. 저들 부모도 오늘 저와 다르지 않겠지 싶어 뜻밖의 동질감이 목까지 차오르니 여러 상념이 들지 않을 수 없는 순간이었습니다.

그때였습니다. 입소식 행사를 진행하던 연단 쪽에서 중령 계급의 대대장이 마이크를 들었습니다. 그는, 동행한 부모님이나 함께 오신 분 중에서 오늘 입소하는 장정에게 당부하고 싶은 말이나 우리 군에 전하고 싶은 말이 있는 분은 지금 구령대 앞으로 나오라고 했습니다. 그러나 웅성거리는 소리만 들릴 뿐 누구 하나 선뜻 나서는 사람이 없었습니다. 그러자 다시 대대장의 목소리가 들렸습니다.

"지금 나오셔서 말씀하시는 가족에게는 아주 특별한 상을 준비했습니다. 원래 보충대에 있는 동안에는 전화를 사용할 수 없는데 지금 나오시는 분의 가족 장정에게는 특별한 3분 전화 사용권을 지급하도록 하겠습니다. 그러니 어서 나오세요."

그제야 여기저기서 반응을 보이기 시작했습니다. 그때 저도 나갔습니다. 오늘 입소하는 아들에게 뭐라도 해 주고 싶었는데 특별한 선물을 들으니 생각보다 몸이 먼저 움직였습니다. 이후 선착순 10명으로 제한한다는 소리가 들렸고 다행히 저는 그중 9번째로 연단에 도착했습니다. 나온 사람들의 이야기는 다양했습니다. 입소하는 남자친구를 따라온 어느 여자친구는 변치 않고 기다릴 테니 건강하게 잘 다녀오라고 했고, 또 누군가의 남자 친구는 "먼저 가라, 나도 곧 따라 갈게."라는 말을 익살스럽게 남겼습니다. 가장 기억에 남는 이는 누군가의 고모부라는 사람이었습니다. 그는 아버지가 없는 조카를 따라 와 "기죽지 말고 잘 생활하고, 휴가 나오면 맛있는 것 사 줄게."라며 응원하여 저에게 감동을 주기도 했습니다.

마침내 제 차례가 왔습니다. 저는 연단 앞으로 나가 마이크를 잡았습니다. 무슨 말을 할까 기다리며 마음속으로 가다듬은 그 말을 시작했습니다. 진심을 담아 그날 제가 한 말은 이렇습니다.


"저는 오늘 입영하는 한 아이의 아버지입니다. 저는 제 아이에게 무슨 이야기를 하려고 이 자리에 나온 것이 아니라 이 부대 높은 분들과 이 나라 국방부 장관께 부탁하고 싶은 것이 있어서 나왔습니다. 오늘 제 아들은 이 아버지의 품을 떠나 국방부 장관 지휘 아래 병사로 들어갑니다. 그리고 제 아들과 같은 또래의 청년들이 군복을 입은 대한민국 군인이 됩니다. 그런데 알고 계신가요? 우리나라에서는 매년 평균 27만여 명의 청년들이 군에 입대합니다. 그러나 한 해 평균 150여 명이 군 복무 중 사망하며(2013년 당시) 그렇게 사망한 군인 중 평균 3분의 2가 자살자로 처리되어 원통하게 사라져가고 있습니다. 그래서 부탁합니다. 대한민국의 국방부 장관에게, 이 나라 높은 분들에게 부탁합니다. 오늘 부모의 손을 잡고, 또는 친구와 애인의 손을 잡고 이 자리에 있는 이들이 군 복무 기간이 끝나는 21개월 후 다시 그들의 부모와 친구들에게 돌아갈 수 있도록 약속해 주십시오. 만약 전쟁이 나서 싸우다가 숨져 제 아이가 돌아오지 못한다면 그것은 원망하지 않겠습니다. 조국을 지키기 위해 아들을 바치는 것은 비극적인 일이지만 국민으로서 감내해야 할 고통이기 때문에 그렇습니다. 그러나 전쟁만 아니라면 누구도 군 복무 중에 다쳐서는 안 됩니다. 죽어서도 안 됩니다. 이것을 약속해 주십시오. 대한민국의 모든 군인은 우리 모두의 귀한 아들입니다. 그러한 아들들을 국방부 장관의 아들처럼 똑같이 여기고 귀하게 보살펴 주십시오. 이것이 오늘, 외아들을 병사로 보내는 이 아버지가 이 나라 높은 분들에게 드리는 간곡한 부탁입니다.”

## 국방부 장관님, 이것을 약속해야 합니다

그날, 연단에 나간 아버지 덕분에 받게 된 3분 통화권을 이용하여 아들은 입대 3일이 지나가던 날 전화를 했습니다. 아내는 그리워했던 아들의 전화를 받고 울었습니다. 그리고 다시 입소 일주일이 지나가던 날, 이번에는 우체국 소포가 집으로 배달되었습니다.

그 안에는 아들이 입소할 때 입고 갔던 옷과 신발이 담겨 있었습니다. 이른바 '사복 소포'입니다. 그걸 보고 아내는 또 울었습니다. 아내는 그렇게 입대한 아들의 흔적을 확인하면서 울고, 또 울었습니다.

이후 아내는 언론에 보도되는 군 관련 사건·사고를 접하면서 때로는 분개하고 또 어느 날은 안절부절못하기도 합니다. 저 역시 마찬가지입니다. 직업상 군에서 벌어지는 여러 이해할 수 없는 일들을 직접 민원으로 처리하면서 군의 태도에 분개할 때가 많았습니다. 도대체 언제나 이런 군의 잘못된 행태가 바로 잡힐까요?

많은 이들이 흔히 하는 말이 있습니다. 이 나라 국민들이 군인을 대할 때 국방부 장관에게 당부하면서 빼놓지 않는 그 말입니다. 대한민국의 60만 장병을 장관 아들처럼만 대해 달라는 것입니다. 아들을 가진 이라면 누구나 의무 복무를 위해 군대에 보내야 합니다. 국방부 장관의 아들도 마찬가지입니다. 그런 장관도 자신의 아들이 군 복무할 때 얼마나 마음을 졸이며 안타까워했는지 되새겨 봐야 합니다.

그런 마음으로 지금 대한민국의 60만 장병들을 귀하게 여겨 주셔야 합니다. 다시는 윤 일병 사건처럼 참담한 비극이 벌어져서는 안 됩니다. 2017년 9월에 벌어진 6사단에서의 사격장 근접 피격 사건으로 생때같은 아들을 잃게 된 부모가 발생하지 않도록 해야 합니다. 누가 당해도 억울한 일은 누구도 당해선 안 되기 때문입니다. 그런 마음의 고통을 이 나라와 장관이 헤아려 줘야 합니다. 만약 그런 노력에도 불구하고 끝내 누군가가 군에서 적응하지 못하고 목숨을 끊는다면 이에 대해 국가는 책임을 져야 합니다. 그것이 스스로 목숨을 끊은 것이든, 아니면 다른 사유 때문이든, 혹은 원인을 알 수 없든, 이 나라가 징집해서 데려간 군인의 죽음은 모두 국가의 책임임을 인정해야 합니다.

이를 국방부 장관은 알아야 합니다. 더 이상 군에 자식을 보냈다가 돌려받지 못하는 비극적인 부모를 만들지 말아야 합니다. 단 한 명의 군인도 억울하게 죽지 않도록 해 주십시오. 이것이 오늘 제가 이 나라 국방부 장관께 드리는 간곡한 말씀입니다.

# 2편

# 국군의 날 '깜짝' 이벤트, '끔찍'한 추억이 된 이유

1993년에 태어난 아들이 입대한 때는 2013년 10월 7일이었습니다. 자라면서 수학여행 같은 집단적인 활동을 달가워하지 않았던 아들이 과연 군대라는 특수한 공간에서 잘 적응할 수 있을지, 입대한 순간부터 걱정하지 않을 수 없었습니다. 그러나 아들은 거짓말처럼 징병되어 군대라는 숲속으로 떠났습니다. 그날 이후 저는 내내 걱정으로 마음을 끓였습니다. 혹여 우리 아들도 군대에서 무슨 일을 당하는 것은 아닐지, 혹은 그로 인해 혼자 고통 속에 허우적거리고 있는데 우리만 모르고 있는 것은 아닐지, 두렵고 걱정되는 마음이 한없이 이어졌습니다.

이런 저를 보고 어떤 분은 웃을지 모릅니다. 요즘 군대, 참 좋아져서 모두가 다 그런 일이 벌어지는 것은 아니니 너무 지나치게 걱정하지 말라고 말입니다. 네, 그렇습니다. 그 말씀도 맞을 겁니다. 그런데 말입니다. 그게 또 그렇지 않은 사연도 아주 많습니다.

지금까지 인권운동을 해 오며 제가 만난 군 사망사고 피해 유족의 사연이 그랬습니다. 500여 명의 유족들 사이에서는 굉장히 놀라운 공통점이 있었습니다. 하나는 다르고 또 하나는 '모두 똑같은' 인연이 그것입니다. 먼저 다른 하나는 그들이 살아온 과정입니다. 살아온 동네, 이름, 나온 학교, 부모님 이름과 복무하던 부대 등등. 그런데 이처럼 다 제각각인 사례에서 놀랍게도 하나는 일치했습니다. 그것은 바로 '내가 이런 비극의 주인공이 될 줄은 몰랐다'는 유족들의 일치된 절규였습니다. 그랬습니다. 우리가 평소 뉴스를 보며 안타까워하면서 '어떻게 저런 일이 다 있나' 싶은 비극 속 주인공 역시 우리와 뭐가 유별나게 달라서 그런 일을 당한 것이 아니라는 것입니다. 제가 만난 어느 유족의 사례 역시 그랬습니다.

## 아들 사망 소식에 쓰러진 한 어머니의 사연

1998년 2월에 판문점에서 육사 출신의 장교가 숨진 채 발견됩니다. 김훈 중위입니다. 이후 언론은 이 사건을 대대적으로 보도합니다. 우리나라에서 최초로 '군 의문사'라는 사회적 용어가 만들어지는 계기였습니다. 이때 한 어머니가 텔레비전에서 밤 9시 뉴스를 보며 혀를 차고 있었습니다. 어쩌다 저런 일이 다 있나 싶었답니다.

그런데 바로 그때 집 전화벨이 울렸습니다. 잠시 후 전화를 받던 어머니는 순간적으로 사지가 마비되면서 고목 쓰러지듯 그대로 넘어졌다고 합니다. 전화를 건 사람은 어머니의 아들이 군 복무 중이던 부대의 주임원사였다고 합니다. 무슨 일이냐는 어머니의 물음에 주임원사는 "어머니 아들이 부대에서 자살했으니 빨리 오셔야 합니다."라며 전했다는 것입니다. 다시 생각해도 기막힌 일입니다. 방금 전 사망했는데 수사관도 아닌 부대 주임원사가 그 어머니에게 '자살'이라며 사실상 통보한 것이기 때문입니다. 그 당시만 해도 이런 식으로 처리했기 때문입니다. 그러니 이후 사건의 처리는 보나마나한 일입니다. 남는 것은 부모의 고통스러운 절규뿐입니다. 단란했던 한 가정이 일순간 무너져 내리는 비극의 출발선이었습니다.

이런 사연을 수도 없이 접해 온 저로서는 군에 입대한 아들이 다시 집으로 돌아올 수 있기만을 고대했습니다. 매일 매일 그런 마음으로 살았습니다. 다행히 아들은 별일 없이 군 복무를 해 나가고 있는 듯했습니다. 훈련소 입소 후 7주차 군사 훈련도 마쳤고 이어 자랑스러운 이등병 계급장을 달며 자대로 옮겨 갔습니다. 그날 두 달 만에 다시 만난 부모에게 경례하는 제 아들을 보니 괜히 기분 좋은 웃음이 나오는 것을 참을 수 없었습니다.

이어 반나절 허락된 영외 면회를 이용하여 훈련소 밖으로 아들을 데리고 나왔습니다. 인근 휴양림에 방을 잡아, 재워 온 고기도 굽고 면회 전 아들이 먹고 싶다고 했던 치킨도 푸짐하게 내놓았습니다. 아내는 엄마가 지은 밥을 아들에게 먹인다며 누룽지 눌린 밥도 수북이 담아 내밉니다. 그렇게 아들 챙기느라 부모 입에는 밥한 술 못 넣었지만 배가 고프지 않은 것은 또 부모 마음입니다. 그저 잘 지낸 아들이 고맙고 대견한 마음만 가득했습니다. 하지만 훈련소에서 허락한 짧은 면회 시간 종료는 어김없이 다가왔습니다. 저는 아쉬운 마음이 가득했지만 이미 컴컴해진 11월의 밤공기를 가르며 아들을 데리고 모 사단 훈련소로 갔습니다. 그렇게 해서 부대 연병장에 도착한 후 조수석에 앉아 있던 아들이 말했습니다.

"아버지, 어머니, 이제 그만 내릴게요. 조심해서 돌아가세요."

도착하기 전까지 내내 부대에서 있었던 일들을 재잘거리던 아들은 어느새 물기어린 목소리가 되었습니다. 그렇게 누구도 먼저 입을 떼지 못하는 상황에서 아들은 먼저 이 한 마디를 남긴 후 차 문을 열었습니다. 그 순간이었습니다. 처음 입대하던 날 아들을 빼앗긴 기분이었는데 오늘 또 다시 아들을 빼앗기는 기분이 들었습니다. 그런 절박한 심정이 해일처럼 일었습니다. 저는 부대로 돌아가려고 차에서 내리는 아들을 제 가슴에 꼭 안아 주고 싶었습니다. 그 절박한 심정으로 운전석 문을 열고 따라서 내리려던 순간이었습니다. 제 귀에 날카로운 목소리 하나가 날아와 꽂혔습니다.

"부모님은 차에서 내리지 말고 그대로 운전해서 밖으로 나갑니다!"

'딸깍' 하는 운전석 차문 소리를 들었는지 훈련소 교관이 급히 제 차문 앞을 막으며 지시하는 목소리였습니다. 순간 저는 멈칫했습니다. 마음과 머리에서는 지금 내려야만 아들을 안아 볼 수 있다고 했지만 몸은 이미 교관의 지시에 따르고 있었습니다. 결국 저는 아들을 안아 보지 못한 채 그대로 차를 돌려 나와야 했습니다.

정말 서운했고 서글펐습니다. 마지막으로 한 번만 아들을 안아보고 싶었는데, 그것조차 막아서는 교관이 그때 얼마나 원망스러웠는지 모릅니다. 다시 또 아들을 만날 수 있을지, 아니면 내일이라도 누구처럼 '당신 아들이 방금 어찌 되었다'는 참담한 말을 듣게 되는 건 아닐지, 여러 상념이 들었습니다. 그래서 좀 전에 저를 막아선 교관이 너무도 야속했습니다. 화도 났습니다. 그러나 제가 교관의 지시를 무시했다가 혹여 제가 떠난 후 아들에게 어떤 불이익이라도 돌아갈까 싶어 내리지 못한 것입니다.

그렇게 집으로 돌아가던 길, 저는 왠지 모를 서러움에 운전하면서 아내 몰래 울었습니다. 뒷좌석에 앉은 아내와 딸이 제 눈물을 알까 싶어 소리조차 내지 못한 채 주르륵 주르륵 눈물을 흘렸습니다. 자식을 군대에 보내 본 대한민국 아버지라면 이런 제 심정에 공감하지 않을까요? 그날, 그 일이 떠올라 이 글을 쓰면서도 또 눈물이 납니다.

## 국군의 날, 아들을 기쁘게 하고 싶었다

그래서 준비한 일이 있었습니다. 아들이 입대한 그해 2013년 10월 7일은 이미 국군의 날이 지나간 때였습니다. 그런 아들이 21개월간의 군 복무를 마칠 때는 2015년 7월이니 따져 보면 군인으로서 아들이 국군의 날을 맞는 때는 딱 한 번뿐입니다. 바로 2014년 10월 1일, 그날이었습니다. 저는 아들이 군인으로서 '처음이자 마지막으로' 맞이하는 그날을 의미 있게 해 주고 싶었습니다. 그래서 작은 이벤트를 고민했고, 생각난 것이 '아빠표 과자 선물세트'였습니다. 군인이 되면 가장 먹고 싶다는 과자를 보내 주면 분명 좋아할 것이라고 생각한 것입니다. 이 선물을 받고 기뻐할 아들을 생각하니 아버지인 저도 기분이 좋아졌습니다. 결심을 바로 실행에 옮겼습니다.

먼저 우리나라에서 생산되는 과자 중에서 가장 많이 팔리는 과자만 일일이 하나씩 샀습니다. 그렇게 종류별로 하나씩, 수십 봉지를 산 후 큰 박스에 포장하여 아들에게 소포로 보냈습니다. 그러면서 "군인 생일인 국군의 날을 축하한다. 선물로 과자를 보내니 함께 근무하는 부대원들과 나눠 먹으며 국군의 날을 행복하게 보내라."라는 메시지도 함께 보냈습니다. 저는 내내 기대했습니다. 아버지가 보낸 이 뜻밖의 선물을 받으며 기뻐할 아들의 모습을 상상했습니다. 도착할 날짜와 시각을 유추하며 이제 곧 기뻐할 아들의 목소리를 내심 기대하며 은근 기다리고 있던 그때였습니다. 이럴 수가! 제가 기대했던, 그리고 제가 생각한 그 일이 아들이 제대하고 몇 년이 지나가는 지금까지도 잊을 수 없는 '악몽'으로 남게 될줄은 정녕 몰랐습니다. 그래서 그날 이후 국군의 날만 되면 저는 제 아들에게 미안한 마음이 듭니다. 도대체 무슨 일이 있었던 것일까요?

## 아버지 때문에 벌점?

'과자 선물이 도착할 때가 되었는데…' 싶었던 그때, 마침내 아들에게서 전화가 왔습니다. "꺅~ 아빠! 고맙습니다!" 뭐 이런 반응을 기대하며 받아 든 전화, 그런데 아니었습니다. 환호성도 없었고 "고맙습니다!"라는 옥타브 높은 인사말도 없었습니다. 대신 들려온 아들의 어투에는 두려움만 가득 배어 있었습니다. 아들이 말했습니다.

"저, 아버지. 저에게 과자 소포 보내 주셨나요? 그것 때문에 문제가 좀 생겼어요."

순간 불안감이 쓰나미처럼 덮쳤습니다. 그리고 듣게 된 어처구니없는 경위. 아들에게 과자 소포가 배달되자 당직사관인 중사가 이를 문제 삼았다는 것입니다. "과자 반입이 취식물 반입 규정을 위반한 것"이라며 이를 받은 아들에게 벌점 부과와 함께, 오늘 안으로, 보내 온 과자를 전부 먹으라는 지시까지 내려졌다는 겁니다.

그야말로 그 황당한 결말에 말문이 막혔습니다. 국군의 날에 평생 기억에 남을 이벤트로 기쁘게 해 주려던 아버지 행동으로 아들이 불이익을 받게 되고 근심을 주게 되는 결과로 이어질지 상상도 못 했기 때문입니다. 더구나 동료와 나눠 먹으라고 보내 준 그 많은 과자를, 당일 안으로 전부 먹으라고 했다니 이게 말이 되는 일인가요?

더구나 '취식물 반입 규정 위반'이라는 그들의 주장도 사실과 다릅니다. 그들은 음식물 부패 등으로 식중독 사고 우려 때문에 그랬다고 하는데 이는 김밥 등 물기 있는 취식물인 경우에만 해당되는 일입니다. 과자 등 공산품인 경우에는 맞지 않는 주장을 한 것입니다. 정말 마음 같아서는 당장 그 부대로 달려가 항의하고 싶었습니다. 그런데 그렇게 하면 또 거기서 생활해야 하는 아들에게 어떤 불이익이 올까 싶어 마음대로 할 수도 없었습니다. 그래서 울화통이 터지고 화가 났지만 참을 수밖에 없었습니다. 이것이 군대에 자식 보낸 이 나라 모든 부모의 처지일 것입니다.

그래서 제 아들에게 지금도 미안합니다. 국군의 날만 되면 그 일이 생각나 더욱 그렇습니다. 군인 아들을 기쁘게 해 주고 싶어 몰래 준비한 이벤트가, 오히려 사랑하는 아들을 괴롭히는 결과로 이어질 줄은 상상도 못 했습니다. 그래서 '참 다행이다' 생각한 일은 제게 아들이 하나밖에 없다는 사실입니다. 이런 불합리한 일을 두 번 겪고 싶지 않기 때문입니다. 매년 돌아오는 국군의 날, 그때마다 제 가슴에 또 불이 납니다. 대한민국 군대는 바뀌어야 합니다. 비상식적이고 이해할 수 없는 일들이 헤아릴 수 없이 벌어지는 곳이 군대이기 때문입니다. 하지만 대한민국 모든 군인의 부모님, 힘내십시오. 누가 뭐라고 해도 여러분이 '이 나라의 또 다른 애국자' 입니다. 여러분의 아드님이 건강하게 다시 부모님의 품에 돌아가는 날까지 군인 인권 개선을 위해 함께 노력하겠습니다.

# 아들 만나려면 국보법 처벌 서약하라는 나라?

이른바 '군 인권운동가'로 나름 알려진 사람이지만 아들을 군에 보낸 아버지 입장에서는 다른 부모와 전혀 다를 바 없는 처지입니다. 그런 일 중에 잊을 수 없는 기억이 하나 있습니다. 때는 2014년 가을 어느 날의 일이었습니다. 며칠 전부터 '부대 개방의 날'이라며 아들이 있는 부대에서 연락이 왔습니다. 아들을 만나고 싶은 분은 그날 부대를 찾아오라는 안내문이었습니다. 늘 면회를 가면 부대 정문 옆 낡은 면회실에서만 아들을 만났는데 그날만은 아들이 잠자고 생활하는 공간까지 들어갈 수 있다고 하니 얼마나 기뻤는지 모릅니다.

더군다나 군인 부모를 모시고 부대에서 이런 행사를 한다고 하니 내심 여러 기대감도 있었습니다. 그래서 오래 전부터 그날을 손꼽아 기다리다가 마침내 찾아간 아들의 '부대 개방의 날', 고백하자면 그날 저는 부대에서 찾아오는 부모를 위해 군악대가 나와 '팡파르'라도 불어 주지 않을까 기대했습니다.

"부모님들이 잘 키워서 보내 주신 아들 덕분에 이 나라가 지켜지고 있습니다. 그러니 여러분들이 바로 오늘의 애국자이고 이 나라의 고마운 존재입니다. 오늘 하루 마음껏 즐기다가 돌아가십시오."

이런 덕담이라도 하면서 환영의 꽃가루라도 뿌려주지 않을까? 그러면 겉으로는 쑥스러워하면서도 내심 '자랑스러운 군인 부모'임을 스스로 뿌듯하게 여기리라 싶었습니다. 그런 후 아들의 손을 잡고 부대 이곳저곳을 안내 받으며 아들의 흔적을 눈에 잘 담아 오리라 상상한 것입니다. 그런데 이런 상상을 하며 들어선 그날 부대는, 정말이지 아무 것도 없었습니다. 솔직히 실망스러웠습니다. 하지만 뭐 어떻습니까? '보고 싶었던 아들만 만나면 됐지.' 하며 저는 연병장 한쪽에 차를 세운 후 즐거운 마음으로 하차를 했습니다. 그런데 그때였습니다. 작은 사건의 시작입니다.

**국가보안법 처벌을 각서하라?**

어디로 가야 아들을 볼 수 있을까 둘러보던 그때, 제 귀로 들려오는 소리가 있었습니다. 지금 도착하는 부모님들은 아드님을 만나기 전에 연병장 구령대로 먼저 모여 달라는 안내였습니다. 그래서 뭔 일인가 싶어 구령대로 올라가 보니 긴 탁자 위에 볼펜과 서류 종

이가 흩어져 있는 것 아닌가요? 이어 부대 측 관계자들의 말.

"지금 보이는 서류에 각서를 작성하신 후 아드님을 만나시면 됩니다. 먼저 볼펜으로 위 각서에 성명과 주소, 연락처를 적은 다음, 서명한 후 저에게 제출해 주십시오."

도대체 무슨 서류이기에 아들을 만나기 전 이것부터 먼저 작성하라는 것인가 싶어 그중 한 장의 서류를 들었습니다. 그리고 이내, 저는 가슴에 두 방망이 치는 분노를 참을 수 없었습니다. 서류에 적힌 제목은 "서약서". 내용은 부대 개방 행사를 하는 데 있어 무슨 무슨 행동을 위반하면 국가보안법 제 몇 조, 군 형법 제 몇 조 몇 조로 처벌할 수 있다는 고지였으며 이를 위반하면 '스스로 처벌 받겠다'는 내용의 각서였습니다. 너무도 참담하고 또 비참했습니다. 이게 아들을 군에 보낸 부모에게 군과 이 나라가 당당하게 요구하는 내용이라는 것이 너무도 어이없고 분했습니다. 목숨보다 더 귀한 아들을 군에 보내 놓고 노심초사하는 그 부모에게, 그것도 기본적 생활비조차 되지 않는 돈을 주며 부려먹으면서 그 부모에게 이런 '처벌 받겠다'는 각서나 요구하는 대한민국 군대. 그래서 참지 못하고 폭발했습니다. 저는 각서 제출을 안내하는 부사관에게, 이 각서 제출을 계획한 책임자가 누구인지 만나게 해 달라고 했습니다. 그러자 뜬금없는 제 말에 그 부사관은 눈을 크게 뜨며 왜 그러느냐며 되물었습니다. 그래서 제가 말했습니다.

"군은 어떻게 생각할지 모르겠지만, 아들을 군대 보낸 부모는 '이 나라의 진짜 애국자'라고 생각합니다. 그런 생각으로 나름 자부심과 긍지를 가지고 오늘 여기까지 온 것입니다. 그런데 그런 부모들에게 부대 개방 행사에 오라고 한 후 이런 처벌 각서부터 요구한다는 것이 너무도 어이없습니다. 만약 우리가 출입해서는 안 될 곳이 있다면 미리 닫아 두거나 또는 촬영이 안 되는 곳이 있다면 그곳에서 말을 해도 됩니다. 그런데 어디를 들어가거나 뭘 잘못 찍으면 듣기에도 무시무시한 국가보안법 위반 어쩌고 하면서 처벌 각서를 쓰라는 것이 군인 부모를 대하는 이 나라 군의 태도인가요? 그렇다면 저는 이러한 요구에 응할 수 없습니다. 아버지조차도 이런 처벌 각서를 써야 한다면, 그런 아버지와 아들이 만나 무슨 말을 할까요? 그러니 이 각서를 끝까지 요구한다면, 저는 지금 당장 이 길로 차를 돌려 다시 집으로 돌아가겠습니다. 저는 처벌을 받겠다는 각서까지 쓰면서 내 아들을 만날 생각이 전혀 없습니다. 우리 군인 부모는 예우 받아야 할 이 나라의 애국자이지, 이런 처벌 각서나 써야 하는 잠재적 범죄자가 아니기 때문입니다."

이러한 제 말에 그동안 각서를 쓰고 있던 다른 부모들도 손을 멈추고 함께 항의하기 시작했습니다. 이구동성으로, 이건 정말 너무하는 것 아니냐고 한 것입니다. 그러자 당황한 부사관 중 한 명이 낭패한 표정을 짓더니 이내 인상을 쓰며 하급자에게 "야, 이거 전부치워!"라고 말한 후 어디론가 사라졌습니다. 씁쓸한 기억입니다.

## 부모 예우하는 '군인 부모증'을 제안합니다

그렇습니다. 저는 정말 이게 말이 되나 싶습니다. 왜 군인의 부모가 애국자가 아니라 '군대에 아들 보낸 죄인' 취급을 받아야 하는지 동의할 수 없습니다. 우리는 애국자이지 절대 죄인일 수 없습니다. 국가가 시키는 대로 낳고, 키우고, 가르쳐 이 나라에 조건 없이 보낸 것입니다. 그런데 그런 군인 부모에 대한 국가적 예우는 하나도 없습니다. 정말 이해할 수 없는 일 아닙니까?

그래서 저는 제안합니다. 아들이 군인으로 복무하는 기간만이라도 그 군인의 부모를 국가가 예우하면 어떨까요? 예를 들어 아들이 입대한 후 집으로 보내 주는 사복 소포 발송 때 말입니다. 입고 간 아들의 옷과 신발만 보내지 말고 국방부 장관 명의로 "이제 부모님의 아들은 대한민국의 아들이 되었습니다. 입대 후 모든 책임을 국가가 지겠습니다."라는 약속과 함께 아들이 군 복무하는 21개월 동안 유효한 소위 '군인 부모증'을 발급하여 동봉해 주자는 것입니다. 그래서 아들이 군인으로 복무하는 동안 그 부모가 '군인 부모증'을 제시하면 고궁이나 미술관 같은 곳을 무료로 이용할 수 있는 정도의 혜택만 주더라도 얼마나 좋을까요? 징병제 폐지니 제대 시 몇천만 원을 준다는 식의 '실현 가능성도 없는' 공약 말고 이런 작지만 지킬 수 있는 예우를 해 준다면 누가 반대할까요.

이런 제안을 2017년 9월에 뵙게 된 송영무 국방부 장관님에게 다시 한 번 건의했습니다. 그러자 송영무 장관은 아주 좋은 제안이라며 함께 동석한 국방부 담당 책임자에게 검토 지시를 내렸습니다. 제안이 좋은 결실로 이어져 앞으로 입대하는 군인 부모가 작은 혜택이라도 받게 되었으면 합니다. 이런 자그마한 변화가 우리 군을 바꾸는 계기가 되기를 기대합니다. 그런 나라를 우리가 함께 만들어 나갑시다.

# "다음 생애에는 내 아들로 태어나지 마!" 엄마의 절규

1948년 창설 이래 지금까지 우리나라 군은 대한민국의 안보를 지키는 보루로서 큰 희생을 감당해 왔습니다. 그리고 그 희생은 다름 아닌 '국민의 희생'이기도 했습니다. 국민이 아들을 낳고, 키우고, 가르쳐서 나라의 부름에 따라 군인으로 입대하여 복무 중 희생되었기 때문입니다. 누군가는 전투 중에, 또 누군가는 불의의 사고로, 또 누군가는 병으로 다시 가족에게 돌아가지 못한 것입니다.

그런데 그렇게 아들을 잃은 사례 중에 또 하나의 고통스러운 사례는 영문도, 이유도 알지 못한 채 군 헌병대 수사 결과 '군 복무 염증에 의한 자살'로 처리된 군인의 죽음입니다. 그렇게 아들을 떠나보내야 했던 그들 부모와 형제의 심정은 또 어떨까요? 그에 대한 이야기입니다.

## 국가가 징병한 군인인데, 왜 책임 없나?

대한민국 국적을 가진 건강한 남자라면 '누구나' 군대를 가야 합니다. 징병 검사에서 면제 판정을 받는 극히 예외적 경우를 제외하고 이는 대한민국에서 누구도 피해갈 수 없는 의무입니다. 만약 이를 부당한 방법으로 기피하면 군대 대신 가야 할 곳은 감옥입니다. 대체복무제도 도입이 요원한 가운데 이러한 비극은 계속될 수밖에 없습니다.

그래서 남자로 태어난 것이 억울하다는 청년도 있습니다. 자신은 누군가의 통제나 명령을 받는 것이 죽기보다 싫은데, 그런 군대에 강제로 가야 한다는 것이 괴롭다는 것입니다. 하지만 대한민국 헌법상 국민의 의무 중 하나로 규정된 '병역의 의무' 앞에서 이러한 개개인의 특별한 사정은 배려의 대상이 아닙니다.

여기, 입대한 어느 사병의 부모님이 있다고 가정해 보겠습니다. 수학여행 등 집단 활동을 유난히 싫어해서 속 좀 썩이던 아들이 그런 상황의 최고봉인 군대를 갔습니다. 다행히 훈련소 생활도 잘 마치고 이후 이등병 계급장을 달고 자대로 배치 받았습니다. 그런데 어느 날, 아들의 아버지가 부대 지휘관을 찾아가 사정을 호소합니다. 이런 식입니다.

"중대장님. 제 아들은 어려서부터 집단생활을 잘하지 못했습니다. 누군가의 지시나 통제에 유난히 거부감을 보여 왔습니다. 그래서 학교생활에서도 이런 문제로 정신적 상담을 받고 또 병무청 징병 검사에서도 문제가 있었다고 들었습니다. 그런데 이런 아들이 과연 정상적인 복무가 가능할지 부모로서 너무 걱정됩니다. 그러니 아들을 복무 부적응 등의 사유로 제대시킬 방법은 없을까요?"

가정하여 이런 말로 아버지가 지휘관에게 호소했다면 과연 어떤 반응을 보게 될 것 같습니까? "아, 그러셨군요. 아버님, 네, 알겠습니다. 저희가 그런 문제를 잘 검토하여 긍정적인 방향에서 답변을 드리도록 해 보겠습니다."라고 할까요? 천만의 말씀입니다. 저는 지금까지 이런 문제로 군 지휘관을 만나 사정을 하는 분들도 많이 만나 왔고 지금도 만나고 있습니다. 심지어 그렇게 우려한 일이 현실이 되어 목숨을 끊은 아들을 둔 부모님들의 피맺힌 사연도 적지 않게 들어 왔습니다. 그런데 이런 호소를 지휘관에게 했다고 해서 그 호소가 받아들여졌다는 말은 단 한 번도 들어 본 적이 없습니다. 그들 지휘관의 말은 대부분 비슷했다고 합니다.

"아닙니다. 걱정하지 마십시오. 아버님이 보시기에는 아직 어린 애 같지만, 저희가 잘 육성하여 씩씩하고 훌륭한 군인으로 잘 만들어 보겠습니다. 지켜보시면서 아버님도 아드님에게 자신감을 북돋워 주십시오. 충분히 할 수 있습니다."

그러나 현실은 그렇지 않습니다. 지난 1948년 군 창설 이래 66년
간 우리나라에서는 국가로부터 아무런 예우도 받지 못한 채 목숨
을 잃은 군인이 한 해 평균 590명에 달합니다. 하루 평균 1.6명의
군인이 매일 의미 없는 죽음으로 처리되어 사라진 것입니다.

그래서 군 의문사 피해 유족들은 말합니다. 지난 66년간 대한민
국 군대에서는 한 해 두 번씩 세월호 참사가 일어나고 있는데 왜 아
무도 관심이 없느냐고 한탄합니다. 그렇습니다. 누군가는 "남들 다
하는 군 복무인데, 뭐 그리 대단한 일이라고…."라면서 핀잔할지
모릅니다. 이런 유의 글을 언론에 기고하면 꼭 한두 명은 댓글에
이런 글을 씁니다.

"나는 지금보다 더 힘든 그때 군 복무를 하면서 매일 밤 자기 전
에 곡괭이 자루로 10대씩 맞지 않으면 잠을 자지 못했다. 그런데
지금은 보이스카우트 수준의 군 복무를 하면서 뭐가 문제냐?"

혹은, 자식새끼를 나약하게 키운 그 부모가 책임 져야 할 일을 왜
국가가 책임져야 하느냐며 목청을 높이는 사람도 있습니다. 네, 맞
습니다. 병무청과 국방부는 바로 이런 댓글을 쓰는 유의 사람들만

정확히 징병하여 군인으로 보냈어야 합니다. 그랬다면 정말 완벽한 징병이 되었을 것입니다. 매일 매일 곡괭이 자루가 부러지도록 맞고도 '아무 불만도 없고 문제의식도 없는' 그런 사람들만 군대를 가면 무슨 문제가 있겠습니까? 그런데 모든 사람이 전부 다 '수학'을 잘할 수 없는 것처럼, 군 복무 역시 모든 사람이 다 잘할 수 있는 일이 아닙니다. 이것을 인정해야 합니다. 통제와 억압, 그리고 선임병과 군 간부 사이에서 존재하는 감춰진 폭력과 구타, 성적 추행 속에서 군 복무 하루하루가 고통스러웠던 그들. 그래서 결국 자살이라는 극단적 선택으로 탈출을 선택할 수밖에 없었던 청년들. 군 헌병대는 바로 그러한 청년들을 '군 복무 염증에 의한 비관 자살'로 대부분 '처리'해 왔습니다. 그런데 말입니다. 정말 이들의 사인이 '군 복무 염증에 의한 자살'이라는 군의 주장은 전부 사실일까요?

## 순직은 무엇으로 결정되는가?

시간이 지나면서 군인 인권에 대한 관심도 점차 높아졌습니다. 덕분에 과거보다는 점점 군 사망자 숫자가 줄어들고 있는 실정입니다. 그래서 지난 2014년을 전후한 시기에 우리 군에서 사망하는 군인 숫자는 평균 130여 명 입니다. 그리고 사망한 군인 중 평균 3분의 2는 자살로 처리되곤 했습니다.

한편 이처럼 자살로 처리된 군인들은 지난 2012년 7월 이전까지만 해도 일체 순직 처리를 해 주지 않았습니다. "자해로 인한 사망은 순직에서 제외한다."라는 국방부 '전공사상자 처리훈령'에 따른 조항 때문이었습니다. 그러자 헌병대 수사 결과 '자살로 처리된' 아들들의 부모가 항의하고 나섰습니다. 국가가 강제로 징병해서 군복을 입혔고 복무 중 목숨을 잃은 것인데 왜 책임을 회피하느냐는 절규였습니다.

자식을 잃은 것도 억울한데 왜 아무도 책임지지 않느냐며, 이후 피해 부모들은 함께 나서서 사고 부대 정문 앞에서, 또 어느 날은 서울 용산의 국방부 철문 앞에서, 여의도 국회 앞에서 한없이 울었습니다. 그렇게 거리에서, 집회장에서, 또 방송국 카메라 앞에서 이들 부모는 울며, 싸우며, 절규했습니다.

그러자 국민들 사이에서 이러한 피해 부모들의 절규에 공감하는 마음이 하나 둘 늘어나기 시작했습니다. 군의 포괄적 책임론에 대한 일정한 공감대가 형성되기 시작한 것입니다. 의무 복무제도의 나라에서 복무 중 사망했다면 '자살이라 할지라도' 순직 처리해 주는 것이 옳다는 국민적 정서가 확산되기 시작한 것입니다.

결국 거대한 바위가 움직이기 시작했습니다. 이전까지는 절대 안 된다던 국방부가 마침내 철옹성 같은 '전공사상자 처리훈령'을 개정한 것입니다. 2012년 7월 1일, 이날은 그래서 우리나라 군인

인권 역사의 중요한 날로 기록되어야 합니다. 그동안 거부당해 온 자살자도 "업무상 연계성이 있다고 인정될 경우" 순직 처리할 수 있도록 바뀐 날이기 때문입니다. 그 날, 군 사망사고 피해 유족들은 너나 할 것 없이 울었습니다. 마침내 그토록 간절히 바라던 자식들의 명예회복이 눈앞으로 다가왔다고 기대한 것입니다.

하지만 그것은 '순진한 기대'였습니다. 안타깝게도 현실은 그렇지 않았습니다. 물론 이러한 훈령 개정으로 누군가는 혜택을 받아 순직 결정에 따른 국립묘지 안장이 이뤄진 경우도 있었습니다. 그러나 그것은 '운이 좋은 일부 사례'였습니다. 순직 처리보다 기각된 경우가 더 많았기 때문입니다. 왜 그랬을까요?

첫째는 "업무상 연계성이 확인될 경우"라는 단어의 함정 때문이었습니다. 어디까지를 '업무상 연계성'으로 봐야 하는지 명확하지 않았던 것입니다. 만약 어느 사병이 선임병의 폭언과 욕설, 구타로 자살했다면 어느 정도 수준을 '업무상 연계성'으로 인정하여 순직 처리를 해야 할지 아무도 모르는 것입니다.

그래서 국회 국방위 소속의 국회의원 보좌관으로 일할 당시, 한 번은 국방부에서 순직 업무를 담당하는 영관급 장교에게 따진 적이 있습니다. 누구는 되고, 누구는 안 되는 순직 규정이 어떤 객관성을 가지고 있느냐며 추궁한 것입니다. 그때 듣게 된 답변은 참으로 어처구니없었습니다. 가장 황당한 이야기는 이것이었습니다.

당일 순직 여부를 심사하는 회의에 누가 참여하느냐에 따라 그 결과가 달라진다는 것입니다. 예를 들어 순직 심의위원회에 외부 민간 위원이 참여하는데 그날 주로 참여하는 사람이 남성 위원이냐, 아니면 여성 위원이냐에 따라 결과가 달라질 수 있다는 말이었습니다. 선뜻 이해가 가지 않았습니다. 그래서 다시 물어 보니 여성 위원의 경우는 모성애로 인해 가급적 순직 결정을 지지하는 반면 남성 위원의 경우에는 '뭐 그 정도를 가지고 자살하나' 하면서 기각 쪽으로 쏠리는 경향이 많다는 분석이었습니다.

그래서 실제로 이런 일도 있었습니다. 아들의 사망 원인을 자살로만 인정하면 빠른 시간 내에 순직 처리를 해 주겠다며 국방부가 은밀하게 제안을 했다는 것입니다. 아들이 타살되었다며 억울함을 주장하던 아버지로서는 그런 제안이 너무 어이없어, 도대체 어떻게 해 주겠다는 거냐며 되물었다고 합니다.

그래서 듣게 된 답변, "아드님 순직 심사일에 여성 위원을 대거 투입하여 순직 처리가 되도록 적극 유도하겠습니다."라는 말이었다고 합니다. 도대체 대한민국 군인의 순직 여부가 이처럼 '운에 따라' 결정된다면 이게 무슨 공정한 행정이란 말인가요?

## 자살도 '질병', 국방부는 이걸 인정해야

그렇다면 이들 군인들은 왜 스스로 목숨을 끊은 것일까요? 이유는 분명합니다. '아파서'입니다. 국가와 국방부가 이것부터 인정하면 됩니다. 그러면 답이 나옵니다. 암세포가 몸에 퍼져 사망하듯 자살 역시 '정신적인 질환'인 것입니다. 그 정신적 고통이 너무 커서 해서는 안 되지만 극단적 선택을 하게 되는 것입니다. 그것이 지금의 헤어날 수 없는 고통에서 벗어나는 유일한 길이기 때문입니다.

그래서 미군의 경우 '정신이 건강한 군인은 자살하지 않는다'는 전제하에 '자살 역시 질환'으로 해석하여 자살한 군인과 유족 입장에서 처리해 주고 있습니다. 자살한 군인에 대해서도 순직 등 보훈 혜택을 주고 있는 것입니다. 직업 군인인 미군에서도 이러한데, 하물며 본인 의사도 없이 강제 징집으로 군에 간 이들에게 개인 문제로만 치부해서는 안 됩니다.


## 미사일이나 대포보다 싼 '군인 목숨 값', 바꿔야

누구나 다 가는 것으로 알려져 있지만 대한민국에서 모든 국민이 다 군대를 가는 것은 아닙니다. 지난 2010년부터 2015년 사이에 우리나라 국민 중에서 국적 변경과 이탈을 통해 병역을 면제받은 이들은 대략 1만 7천여 명에 달합니다. 매일 9.3명이 이런 방식으로 병역을 면제받았습니다. 그리고 이러한 1만 7천여 명 중에는 3급 이상의 고위 공직자 아들 33명도 포함되어 있었습니다. 뿐만 아니라 국무총리 후보를 비롯한 장차관 후보자 중 병역 의무를 이행하지 않고도 잘 사는 이들은 손으로 헤아리기 어려울 지경입니다.

반면, 이처럼 비워진 병역 이행의 빈 공간을 대신 채운 이들이 이 나라 '서민의 자식'들이었습니다. 그래서 아들을 군에서 잃은 어느 어머니가 남긴 사연은 다시 읽어도 가슴이 아플 수밖에 없습니다. 군 사망사고 유족 단체가 운영하는 인터넷 홈페이지 유족 게시판에 남긴 그 어머니의 글입니다.

"내 사랑하는 아들아, 미안하다. 그리고 부디 다음 세상에서는 절대 내 아들로 태어나지 마라. 못난 이 엄마 대신 너도 돈 많은 부모 밑에서 미국에 태어나 누구처럼 군대 가지 말고 네 명대로 살아보거라. 사랑하는 내 아들아, 미안하다. 이 못난 엄마가 네 엄마라서."

다시는 가난한 이 엄마의 아들로 태어나지 말라는 이 어머니의 절규를 이 나라 높은 분들은 정말 듣지 못하고 있나요? 이 어머니들의 한은 언제까지 방치되어야 하나요? 그래서 저는 주장합니다.

사병의 목숨 값이 '미사일이나 대포 한 발보다 싼' 지금의 제도는 반드시 바뀌어야 합니다. 사병이 죽으면 '자살을 인정할 경우에만 주는' 국방부 장관.위로금 얼마로 땡치고 마는 야만적인 제도는 당장 폐지되어야 합니다. 이는 양심 있는 국가라면 할 수 없는 일입니다. 사망 원인이 무엇이든, 국가가 징병한 군인이 사망하면 순직 처리해 주고 순직 보상금과 함께 그 유해를 국립묘지에 안장해 줘야 합니다. 단언컨대, 이렇게 하면 국방부는 지금처럼 군에서 사망하는 병사를 용납하지 않을 겁니다. 군인이 사망하면 책임져야 할 부담이 큰데 어떻게 그냥 방치할 수 있을까요? 우리가 말하기 전에 먼저 나서서 복무 부적응자를 가려내어 조기 전역시키겠다고 하지 않을 수 없습니다. 또한 병으로 고통 받는 병사들도 없어질 것입니다. 지금처럼 '죽을 때까지' 방치하는 것이 아니라 조기에 민간 병원으로 이동시켜 반드시 어떻게든 살리려 노력할 것입니다. 사망하면 더 큰 비용과 부담이 발생하는데 당연한 일입니다. 그래서 저는 병사들의 목숨 값이 비싸지는 대한민국을 만들려 합니다. 함께 갑시다.

# "식물인간 되면 안락사 해 줘." 이게 군대인가

1990년 12월이었습니다. 엄청나게 추웠던 그날, 저는 군에 입대합니다. 배웅하려고 함께 왔던 가족들은 전부 떠나고 아직 모든 분위기에 낯설기만 했던 우리들끼리 훈련소 강당에 남아 어색해하고 있을 때 일단의 현역병들이 우르르 우리 쪽으로 몰려왔습니다. 나중에 알고 보니 우리들을 관리해 줄 내무반장으로 임명된 기간병들이었습니다. 그렇게 내무반장 완장을 찬 기간병 중의 한 명이 우리를 향해 맨 앞에서 다부진 목소리로 외쳤습니다.

"지금부터 잘 들어라! 먼저 집안 친인척 중 정부기관에서 5급 사무관 이상으로 근무하고 있는 사람 있으면 앞으로 나와!"

생각지도 못한 말에 빡빡머리 훈련병들 사이에서 잠시 웅성거림이 일어났습니다. 그러다가 몇몇이 그 웅성거림을 비집고 앞으로 나갔습니다. 순간 사람들은 무슨 이유인지는 정확히 모르지만 앞으로 나가는 사람들에 비해 뭔가 상대적으로 불이익을 받을 것 같은 불안감에 휩싸이기 시작했습니다. 그런데 그런 호명은 거기서 끝나지 않았습니다. 그 다음엔 "집안 친인척 중 사촌 이내에 5대 중앙일간지 기자로 근무하는 사람 있으면 앞으로 나와!"라고 했고, 후에는 "국회에서 근무하는 사람"을, 또 다음엔 "방송사에서 근무하는 친인척 있는 사람"을 찾았습니다. 그럴 때마다 몇 사람이 앞으로 기세등등하게 일어나 나갔습니다. 반면에 이러저러한 호명에도 불구하고 내내 자기 자리를 지키며 한 번도 꿈쩍거릴 이유가 없는 훈련병들은 점점 쪼그라들었습니다. 사라지는 자신감과 자존감 사이에서 서로의 눈길도 마주치지 않은 채 그저 땅바닥만 내려다보고 있어야 했습니다. 저 역시 마찬가지였습니다. 집안 내에 누구 하나 내세울 만한 사람이 없다는 것을 그날 처음 깨달았습니다. 그러면서 한편으로 '이게 말로만 듣던 군대구나' 싶어 자괴감이 깊어지던 그때였습니다.

"마지막으로, 지금 현재 몸이 아픈 사람 있으면 앞으로 나온다. 실시!"

순간 망설였습니다. 바로 아버지가 오늘 새벽에 제 허리에 감아준 MRI 필름이 생각났기 때문입니다. 사실은 입대 전 허리 디스크를 앓고 있었습니다. 학생운동을 하다가 구속된 후 감옥에서 심한 구타를 당해서 그런 것인지, 아니면 차가운 마룻바닥에서 모포 하나만 깔고 생활해서 그런 것인지 알 수 없으나 몸이 말썽을 부려 수 감 생활 내내 고생을 했습니다. 그런데 그렇게 아프기 시작한 허리가 감옥을 나온 후에도 내내 생활하기 불편할 지경으로 힘들게 했습니다. 그래서 군 입대하기 하루 전날, 아버지는 그런 저의 허리에 MRI 촬영 필름을 말아 검은 고무줄로 꽁꽁 묶어 주며, 아픈 사람 찾으면 그때 잊지 말고 꼭 갖고 있다가 제출하라고 신신당부를 하신 겁니다.

## 아프다는 훈련병을 군홧발로 짓밟던 군대의 기억

　나갈까 말까. 아픈 사람 나오라는 말에 저는 망설였습니다. 군대에 입대했는데 처음부터 아프다고 하면서 뒤로 빼는 것 같아 싫었기 때문입니다. 더구나 누구는 빵빵한 자기 친인척을 자랑하면서 당당하게 앞으로 나갔는데, 내세울 것이 없어서 고작 몸 아픈 사람 찾는 데 나간다는 것이 괜히 창피하고 부끄러웠던 것입니다. 그러다가 허리에 감겨 있는 MRI 필름을 풀기 위해 이 많은 사람 앞에서 쩔쩔매는 제 모습을 상상하니 도저히 앞으로 나갈 자신이 없었습니다. 제가 앞으로 나가지 않은 이유였습니다. 그런데 잠시 후 저는,

영원히 잊을 수 없는 악몽의 한 장면을 그날 목격하게 됩니다. 마지막으로 갈등하던 그 순간에 들려온 기간병들의 고함 소리였습니다.

"야! 다 나왔나? 이 개새끼들아, 아파? 어디가 아파? 이 새끼들이 아주 빠져 가지고 그러지."

앞서 나갔던 이른바 고관대작의 훈련병들에게는 관대했던 기간병들. 그러나 몸이 아프다며 나갔던 10여 명의 훈련병에게는 대우가 달랐습니다. 그야말로 무자비한 폭력이 쏟아지듯 이어졌습니다. 거침이 없었습니다. 군홧발로 걷어차고 주먹으로 치고 곤봉과 욕설이 훈련병들의 몸 위로 두서없이 가해졌습니다. 그 모습을 지켜보던 훈련병들은 그야말로 큰 충격과 공포에 경악하지 않을 수 없었습니다.

"이 새끼들이 안 맞아서 아프지? 이 따위 정신 상태로 입대했으니 아프지, 이 새끼들아, 어디, 아프다고 계속해 봐!"

지금도 잊을 수 없는 그 장면. 마구 쏟아지는 폭력 앞에서 훈련병들은 어린아이처럼 엉엉 울면서 잘못했다고, 살려 달라고 손을 빌었습니다. 정말 이게 군대인지 깡패 조직인지 믿을 수 없는 일입니다. 그 말도 안 되는 1990년 12월의 기억은 다시 생각해 봐도 슬프고 우울한 기억이 아닐 수 없습니다.

그래서 그랬습니다. 몸이 아프다며 앞으로 나갔던 훈련병을 무자비하게 때리던 기간병들이 다시 한 번 우리들을 향해 이렇게 소리 질렀습니다.

"어디, 또 아프다는 사람 있으면 앞으로 나와 봐, 이 새끼들아, 어서!"

정말 왜 그랬을까요? 제가 생각해도 이상한 일입니다. 그 순간 한 명의 훈련병이 손을 번쩍 들었습니다.

"네, 훈련병 고상만! 저도 몸이 아픕니다!"

순간 모두가 어리둥절해했습니다. 아마도 '또라이 하나 나타났구나' 싶었을 겁니다. 해 놓고 저 역시 스스로를 '또라이(생각이 모자라고 행동이 어리석은 사람을 속되게 이르는 말)'라고 생각했으니 말입니다. 그러면서 마음속으로 '이제 나도 저렇게 맞겠지' 싶었는데 오히려 한켠에서는 평화로운 마음도 들었습니다. 고백하자면, 그런 야만적 폭력에 비굴해지고 싶지 않았습니다. 저 역시 맞는 것은 싫지만 저따위 폭력 앞에 무너지는 것이 더 싫었습니다. 어쩌면 그래서 생각보다 몸이 더 빨리 반응했던 것 같습니다. 저 불의에 침묵하느니 차라리 같이 맞는 게 더 정의롭다고 생각한 것입니다.

그런데 반전이었습니다. 처음부터 그럴 의도였는지, 아니면 그런 기세에 당황해서 그런 것인지 이유는 모르겠으나 뜻밖의 상황이 벌어진 것입니다. 맞을 각오를 단단히 하고 앞으로 나갔는데 갑자기 상황 종료가 된 것입니다. 지금은 누구인지 기억이 나지 않는데, 그 사람이 기간병 중 선임인지 아니면 중대장 같은 장교가 그런지시를 한 것인지 모르겠는데, 그냥 인솔해서 각자의 내무반으로 안내하라는 지시를 한 것입니다. 긴장했다가 맥이 탁 풀리는 순간이었습니다.

여하간 잊을 수 없는 그때의 기억은, 그러나 불행하게도 그때로 끝난 과거형의 일이 아닙니다. 우리 군대에서는 현재진행형으로 되풀이되고 있기 때문입니다. 내가 당하지 않았다고 없어진 것이 아니라 '다행히 우리는 그 비극을 당하지 않았으나' 분명히 존재하는 그 일, 그중에서도 잊을 수 없는 사건입니다.

지난 2011년 2월 27일의 일입니다. 신병 훈련을 받던 정 아무개 훈련병이 스스로 목숨을 끊은 사건은 많은 이들에게 큰 충격을 주었습니다. 무엇보다 정 훈련병이 남긴 유서가 공개되면서 여전히 변하지 않은 군대 인권 문제가 이슈가 되었습니다. 정 훈련병이 자살한 후 당시 입고 있던 군복 상의 호주머니에서 발견되었다는 쪽지 형태의 유서 내용은, 그래서 차마 다 읽기도 전에 저의 눈을 젖게 합니다. 그 유서의 전문입니다.

"엄마, 자랑스럽고 듬직한 아들이 되지 못해서 미안해요. 2월 4일부터 귀가 먹먹했는데 아직 안 나았어요. 진짜 불편해서 의무실과 병원을 자주 갔는데, 이젠 아예 꾀병이라고 합니다. 혹시나 식물인간이나 장애인이 되면 안락사 해 주세요. 너무 슬퍼하지 마시고 원래 없는 셈 해 주세요. 정말 미안해, 엄마. 사랑해."

저조차도 이럴진대 이 아들의 유서를 읽었을 그 어머니의 참담한 심정은 또 어떠했을까요? 유서를 처음 접하고 너무도 충격적인 청년의 절규에 저는 너무도 미안해서 견딜 수가 없었습니다. 스무살 청년이 몸이 아파서 치료를 해 달라고 하는데 이를 꾀병이라고 핍박하여 결국 목숨을 끊게 만든 이 야만적인 군의 태도에 분노하지 않을 수 없었기 때문입니다.

## "실패하면 안락사 해 달라." 너무 참담했다

1999년 1월의 일입니다. 당시 저는 판문점에서 의문사한 김훈 중위 사건을 조사하기 위해 구성된 국방부특별합동조사단의 민간 측 자문위원을 맡고 있었습니다. 이때 당시 천주교인권위원회에서 자문위원으로 함께 위촉된 민변(민주사회를위한변호사모임) 소속의 이덕우 변호사님과 함께 이 사건 기록을 열람하기 위해 국방부로 자주 가곤 했습니다.

그런데 어느 날이었습니다. 그날도 사건 기록을 열람하기 위해 국방부 남문을 향했는데 어제까지는 못 보던 새로운 내용의 현수막이 철문 위에 게시되어 있는 것 아닌가요? 가만히 보니 "비전투 손실 예방의 달"이라고 씌어 있었습니다. 뜻이 묘했습니다. 선뜻 무슨 의미인지 다가오지 않았습니다. "비전투 손실"을 예방한다니 이게 물건을 말하는 것인지 사람을 뜻하는 것인지 궁금했습니다. 그래서 어느 군인에게 물었습니다. 그래서 알게 된 끔찍한 그 뜻.

'비전투'란 전투와 달리 일상적인 안전사고나 자살, 또는 병으로 사망한 일체의 죽음을 의미하는 것이었습니다. 그리고 '손실'이란 그렇게 죽은 군인의 죽음을 표현하고 있었던 것입니다. 다시 말해서 전투와 무관한 일체의 죽음을 손실로 말하는 것이었습니다. 이런 내용을 버젓이 현수막으로 게시하고 있었던 것입니다. 그야말로 큰 문화적 충격, 그 자체였습니다. 군의 이 같은 인명 경시 사례는 또 있었습니다. 1998년에 발생한 판문점 김훈 중위 의문사를 규명하고자 당시 활동가로 제가 일하던 천주교인권위원회에서 국내외 법의학자를 다수 초청하여 공개 토론회를 준비할 때의 일입니다. 우리는 국내에서 법의학자로 잘 알려진 서울대 의대 및 고려대 의대 소속의 법의학자와 함께 재미 법의학자인 노여수 박사도 초대했습니다.

한편 김훈 중위가 자살했다고 주장해 온 국방부 측의 주장도 공정하게 들어야 한다고 판단했습니다. 그래서 천주교인권위원회에서는 여러 차례 공문과 전화를 통해 국방부 측 입장을 대변할 법의학자도 한번 이 공청회에 참석해 줄 것을 거듭 요청했습니다. 하지만 인내심을 갖고 기다려도 답이 없었습니다. 그러다가 연결된 국방부 책임자라는 모 대령의 말입니다. 그의 말은 참담한 기억입니다.

"이것 보세요, 고 선생님. 전쟁이 나면 별을 달고 있는 장성들도 팡팡 나가떨어지는데 그까짓 중위 하나 죽은 게 뭐 그리 대단한 일이라고 이렇게 난리를 피웁니까? 내, 계속 보고 있기가 그런데, 이제 그만 좀 하세요. 한심스러워서 보고 있을 수가 없어요."

이런 국방부의 태도가 지금은 정말 달라졌기를 기대합니다. 누군가에게는 그냥 수많은 군인 중 하나의 숫자인지 모르겠으나 그 군인의 부모에게는 결코 '그까짓 하나'일 수 없는 일입니다. 그런 말을 했던 대령도 그날 밤 집에 돌아가 자기 자식만은 안아주고 예뻐했을 것 아닙니까? 이게 정상적인 부모와 자식지간 아닙니까? 그러다가 그 대령도 김훈 중위의 부모처럼 억울하게 자식을 군에서 잃으면 다르지 않습니다. 그냥 잊을 수 있는 부모는 누구도 없습니다. 이게 인지상정입니다. 그런데 내 자식은 귀하고 남은 자식은 막말을 해도 될까요? 그러니까 절대 용서될 수 없는 일인 것입니다.

## 중위 하나 죽은 게 뭐 그리 대수냐고?

비극은 여기에서 멈춰야 합니다. 도대체 얼마나 더 많은 이 땅의 자식들이 국방부의 잔혹한 표현처럼 '손실'로 처리되어야 합니까? 역대 국방부 장관들은 모두들 입만 열면 '강한 군대'를 말합니다. 그런데 정말 강한 군대는 총과 대포에서 나오는 것이 아닙니다. 진짜로 강한 군대는 국민의 신뢰입니다.

부모가 나라와 군을 믿고 자식을 맡기는 신뢰, 지휘관을 믿고 병사들이 앞으로 달려 나가는 신뢰, 그리고 그렇게 해서 살아 돌아오지 못한다면 대신 그 부모에게 자식의 명예만은 확실히 돌려주리라 믿는 신뢰, 조국의 자식으로 징병했다면 어떤 경우에도 그 군인을 끝까지 나라가 책임지는 그런 신뢰.

그런데 이런 신뢰가 무너진다면 어찌 우리나라 군대가 진정한 강군이 될 수 있단 말입니까? 그런 군대가 또 어찌 적을 물리칠 수 있단 말인가요? 이 단순한 상식조차 알지 못하면서 말로만 매일같이 강군을 외친다 한들 그야말로 모래 위에 성을 짓는 것과 무엇이 다르겠습니까?

아프면 치료해 주고, 괴로우면 배려해 줘야 합니다. 할 수 없는 일은 강요하지 말고 자기 역할에서 자기 방식으로 나라를 위해 애국할 수 있는 길을 열어 줘야 합니다. 이런 군대가 베스트입니다. 어느 누구도 죽으려고 군대에 가지 않습니다. 그런 바보가 어디 있단 말입니까? 그런 청년들을 정 아무개 훈련병처럼 사지로 내몰아서는 안 됩니다.

그렇기에 군 인권운동을 오랫동안 해 온 저는 새로운 군 인권 개념으로 거듭나는 대한민국 군대를 주문합니다. 그래서 제가 바라는 꿈은 '누구나 가고 싶은 군대 만들기'입니다. 때리고 욕설하고 윽박지르고 얼차려 주는 그런 야만적인 군대가 아니고, 또 굴착기로 10분이면 끝날 일을 병사들에게 삽자루 하나 주고 일주일 내내 작업만 시키는 한심한 군대가 아닌, 속된 말로 대통령 아들처럼 병사들을 아껴 주는 '인권 군대' 말입니다. 적어도 이것이 제가 꿈꾸는 이상적인 군대입니다. 이 꿈을 현실로 만들기 위해서 저는 앞으로도 만인과 함께 꿈꿀 것이고 그 꿈의 실현을 위해 부단하게 우리 군을 비판할 것입니다. 내가 꿈꾸는 나라를 위해서.

6편

# 3일에 한 명씩 군인이 죽어간다고요?

저는 대학에 입학한 1989년부터 학생운동에 참여했습니다. 그러다가 민주화운동 과정에서 목숨을 잃은 박종철, 이한열 열사 등의 가족이 모인 전국민족민주유가족협의회(약칭 유가협) 간사로 활동하던 1993년에 처음 군 의문사 사건을 경험하게 됩니다. 1984년 4월 2일에 발생한 우리나라 대표적인 군 의문사 사건 중 하나인 허원근 일병 사건입니다.

그러다가 본격적으로 군 의문사 사건을 시작한 것은 1998년 천주교인권위원회에서 상근 활동가로 일하던 시기였습니다. 이때 판문점에서 발생한 김훈 중위 사건 이후 수많은 군 사망사고 유족들이 천주교인권위원회로 찾아오면서 한 분 한 분 인연을 맺게 됩니다. 그렇게 해서 오늘까지 함께하게 된 500여 명의 군 사망사고 피해 유족들.

## 내가 이 비극의 주인공이 될 줄은 몰랐다

그런데 이분들 중에서 단 한 사람도 자기가 이런 비극의 주인공이 될 줄은 정말 몰랐다고 합니다. 그렇습니다. 사람들은 군 복무 중 사망하는 사건을 보며 누구나 그 일은 나와 무관하다고 생각합니다. 그런 일들은 '아주 특별한 누군가의 비극'이라고 애써 무시하려 합니다. 하지만 그건 천만의 말씀입니다.

이는 누구도 장담할 수 없는 일입니다. 그래서 이런 유족들의 항변은 듣는 우리들의 가슴을 아프게 합니다. 데려갈 땐 "조국의 자식"이라더니, 정작 영문도 모른 채 아들을 잃었는데 그런 아들을 이제는 "못난 네 아들"이라며 내몰아치면서 핍박만 한다고 원망하는 목소리입니다. 그런데 이런 원망의 마음이 어느 정도 시간이 지나면 자기 가슴을 향하게 됩니다. 내가 못나서, 우리가 못나서, 아니 이 엄마아빠가 못나서 내 아들을 지켜 주지 못했다는 자책과 좌절감이 유족을 더욱 괴롭히는 것입니다.

더구나 이런 부모에게 자책감을 더욱 부추기는 추악한 행위를 하는 곳이 그동안의 군 헌병대 수사 관행이었습니다. 이전까지 군 헌병대는 사망한 군인을 조사한다면서 그 말미에 '원래부터 당신네 집에 이러이러한 문제가 있어 결과적으로 당신 아들이 자살한 것'이라는 취지의 수사를 해 온 것이 부인할 수 없는 사실입니다. 이런 지경에 어느 부모가 온전하게 마음의 평화를 유지할 수 있을까요?

이러한 분들과 지난 20년간 저는 군 의문사의 명예회복과 진상 규명을 위한 해결 방안을 찾고자 노력해 왔습니다. 억울하게 빼앗긴 아들의 명예를 되찾고 정말 왜 죽은 것인지 그 진실을 밝히고자 유족 분들과 여러 캠페인을 지속해 왔습니다. 그때마다 허리 굽은 할머니부터 50대 중반에 이르는 어머니들이 아깝게 잃어버린 아들의 영정을 가슴팍에 안고 자리를 메워 주셨습니다. 그 하나하나의 사연을 들으며 난감할 때가 적지 않았습니다.

그러던 어느 날이었습니다. 그날 행사가 마무리되어갈 때 즈음, 유족 분들이 저에게도 한 마디 해 달라는 요청을 해 오셨습니다. 그래서 준비된 단상에 올라가 유족 분들이 앉은 좌석을 내려다봤습니다. 듬성듬성 빈자리가 눈에 띄었습니다. 순간 저는 그렇게 빈 의자를 손으로 가리키며 불쑥 이렇게 여쭸습니다.


"어머니들, 제가 문제를 하나 내겠습니다. 지금 저기에 빈자리가 듬성듬성 보이시죠? 지금 저기 빈자리는 누구의 자리일까요? 혹시 어머니들, 아시겠어요?"


**그래서 지금은 우리가 먼저 울지만…**

뜬금없는 제 질문에 유족 분들이 주위를 둘러보며 웅성거렸습니다. 그러더니 갑작스러운 제 질문을 잘못 해석한 어느 어머니는 "아이고, 보좌관님. 죄송합니다. 유족들이 많이들 와야 하는데 이런 저런 사정으로 오늘 참석 인원이 좀 부족했네요. 다음엔 챙겨서 다들 오실 겁니다."라는 분도 계셨습니다. 제 질문은 당연히 그런 의미가 아니었습니다. 그래서 제가 다시 마이크를 잡아당기며 말을 이어갔습니다.

"아니요. 어머니들. 제 질문은 그런 뜻이 아니었습니다. 들어 보세요."

어머니들이 귀를 쫑긋 세우시며 제 말을 경청합니다.

"전 이렇게 생각합니다. 어머니들. 오늘까지는 우리가 먼저 군에서 자식을 잃고 우는 피해자입니다. 그래서 지금 이 자리에 있는 것이죠. 하지만 기억해 주십시오. 국방부 공식 발표에 의하면 1948년 군 창설 이래 지금까지 군복을 입고 죽었으나 '국가로부터 일체의 예우 없이 죽어간' 군인의 숫자가 약 3만 9천 명이라고 저에게 밝혔습니다. 이 숫자를 2014년 기준으로 나눠 보면 지난 66년간 한 해 평균 약 590명이 죽어간 것입니다. 또 이를 일일 평균으로 환산해 보면 이틀에 세 명 꼴로 군인이 죽은 것입니다. 이런 사실을 사람들은 얼마나 알고 있을까요? 그나마 지금은 많이 줄어서 2012년의 경우에는 한 해 147명이 복무 중 사망했다고 하는데, 또 이를 나눠 보면 평균 2.4일당 한 명 꼴로 군인이 목숨을 잃은 것입니다. 그래서 저는 말씀드립니다. 지금 저 빈자리는 그냥 빈자리가 아닙니다. 통계상 우리 군대에서는 오늘부터 시작해서 3일 후 또 누군가가 죽을 것입니다. 그래서 지금은 누구인지 모르지만 분명 3일 후에는 우리처럼 누군가가 우리와 같은 유족이 되어 저 빈자리에 앉아 울게 되는 것입니다. 바로 '3일 후 예약석'인 것입니다. 그런 '비극의 예약석'을 정말 언제까지 그냥 지켜봐야만 할까요? 그래서 지금은 우리가 먼저 이 자리에서 앉아 울고 있지만 결코 이 일은 우리 유족들만을 위한 싸움이 아닙니다. 3일 후에 누군가가 우리처럼 자식을 빼앗기지 말라고 먼저 당한 우리가 나서서 대신 싸워주고 있는 것입니다. 그래서 저는 이 자리에 앉아 있는 여러 군 사망사고 피해 유족 분들을 누구보다 존경합니다. 나는 몰라서 먼저 당했지만 또 다른 누군가는 우리처럼 당하지 말라고 대신 싸워주고 있기 때문입니다."

국회 법사위 소속 더불어민주당 박주민 국회의원이 지난 2016년에 공개한 자료에 의하면 2012년부터 2016년 8월까지 모두 476명의 군인이 각종 사건·사고로 목숨을 잃었다고 합니다. 그리고 이 5

년 동안 자살로 처리된 군인의 죽음은 311명에 이릅니다. 사망자 중 무려 65%가 자살로 처리된 것입니다. 이는 지난 5년간 한 해 평균 95명이 사망하고 그중 63명이 자살로 처리되었음을 의미합니다. 물론 과거에는 더 많은 이들이 군에서 사망했습니다. 1994년에는 한 해에만 무려 416명이 사망했습니다. 그보다 더 앞선 1980년대에는 연 평균 692명의 군인이 목숨을 잃었습니다. 그나마 이러한 군인의 죽음이 과거에 비해 많이 개선된 것은 그리 오래되지 않은 것입니다. 그러면서 국방부는 이렇게 개선된 숫자를 내세우며 한 해 100명 미만의 사망자가 나왔다고 한때 자화자찬하는 보도자료를 배포한 적도 있습니다.

그러나 이러한 국방부의 보도자료에 저는 동의하지 않습니다. 국방부의 노력보다 더 처절한 싸움이 있었기 때문입니다. 앞서 자식을 잃은 이 유족 어머니들의 눈물이 없었다면, 그래서 더 이상 우리 아이들처럼 다른 아이들을 죽게 하지 말라며 국방부 앞에서 싸워 온 어머니들이 없었다면 이런 군 인권 개선은 이나마도 불가능했을 것이라고 저는 단호하게 말할 수 있습니다.

이런 사연을 담은 최초의 연극이 지난 2017년 5월에 서울 대학로에서 시작된 〈이등병의 엄마〉였습니다. "우리처럼 자식 잃고 고통 받는 사람들이 없도록" 군 인권문화를 바꾸라며 외쳤던 엄마들의 절규가 연극으로 사람들 앞에 공연되었습니다. 그동안 제가 만나 왔던 500여 명의 유족 사연을 골고루 담아 대본을 썼습니다. 그리고 이 대본을 서울연극협회장 출신의 박장렬 연출가가 예술로 다듬어 주셨습니다. 또한 실제로 군에서 아들을 잃은 군 사망사고 피해 유족 어머니들이 연기가 아닌 진심으로 슬픔을 있는 그대로 전해 주셨습니다. 이러한 노력이 바로 비극의 사망자 숫자를 점점 줄일 수 있는 토대가 되었다고 저는 말하고 싶습니다.

독재자인 전두환이 집권하던 1980년대에는 연 평균 692명이 죽어갔다고 했습니다. 이를 환산하면 거의 매일 2명씩 군인이 죽어간 것입니다. 그러다가 2017년에는 평균 3일에 한 명 꼴로 군 내 사망자가 발생합니다. 이 역시도 말할 수 없는 비극이지만 과거에 비하면 나아지고 있는 것은 분명합니다.

그러나 아직도 멀었습니다. 여전히 우리가 지향해야 할 길은 멀리 있습니다. 군 의문사 유족 분들은, 그래서 지금도 먼저 싸우고 있습니다. 자기들 이익을 위해서가 아닙니다. 누구도 더 이상 억울한 일을 당하지 말라고 하는 것입니다. 이것이 지난 2017년 5월부터 연극 〈이등병의 엄마〉를 시작한 이유입니다.

우리가 함께하면 그 힘은 더욱 커질 것입니다. 아주 특별한 남의 불행쯤으로 치부하는 것은, 그래서 정말 잘못된 생각입니다. 불행은 눈이 없습니다. 우리의 무관심 속에서 불행은 힘을 키웁니다. 그러면서 끊임없이 다음 비극의 대상자를 찾아 불행은 돌아다닙니다. 그러다가 어느 날 문득, 방관하고 있던 그대를 찾아갑니다. 그 순간 절망은 상상 그 이상의 참담한 고통입니다. 그러니 남의 일이라고, 내 일은 아니라고 방관하면 안 됩니다. 그런 일을 저는 인권운동을 해 오면서 수없이 많이 봤고 경험했습니다. 누구도 '내가 이런 비극의 주인공이 될 줄 몰랐다'는 500여 명의 군 의문사 피해 유족의 절규가 그 증거입니다. 그러니 함께해 주십시오. 그것이 '저 비극의 예약석을 걷어치우는 가장 현명한 선택'임을 저는 확신합니다.

# 군대에서 '개죽음', 몇 명인지 아십니까?

2013년 2월 어느 날이었습니다. 페이스북 메시지에 생각지도 못한 글이 떴습니다. 당시 민주통합당 소속의 19대 청년비례대표로 국회의원이 된 김광진 의원님의 제안이었습니다. 국회 국방위원회에서 활동하고 있던 그분이 저에게 보내온 메시지 요지는 이랬습니다.

"초면에 결례일지 몰라 메시지로 먼저 인사를 드립니다. 저는 현재 국회 국방위원회에서 일하고 있는 국회의원 김광진이라고 합니다. 그런데, 여기에 있는 동안 제가 꼭 이루고 싶은 일이 있습니다. 바로 군인의 인권 문제입니다. 특히 '의무 복무 중 의문사한 군인의 눈물'을 닦아 주고 싶습니다. 이에 그간 고상만 선생님이 이 분야에서 오랫동안 일하신 것으로 알고 있는데, 제가 가진 국회의원 권한을 통해 그 일을 함께 해 보시면 어떨까요?"

정말 뜻밖의 제안이었습니다. 그리고 고백하자면, 사실 당황했습니다. 국방위원회 소속 국회의원에게서 군 의문사 문제를 함께 해결하자는 제안을 받는 날이 올 줄은 정말 상상에서도 못해 봤기에 더욱 그랬습니다. 사실 국회의원과 보좌진의 관계는 평등할 수 없습니다. 국회 보좌진 사이에서 흔히 오가는 농담이 그것을 웅변합니다. 바로 '사'노비 신분에 대한 비애입니다. '공'노비는 일반적인 행정부 소속 공무원을 의미합니다. 그러나 소속은 국회 사무처 공무원이지만 사실상 국회의원 말 한마디에 임용과 면직이 결정되는 국회 보좌관들이니 '사'노비라는 자조적 표현입니다. 그런 관계에서 이처럼 정중하게, 국회의원 권한을 통해 함께 어떤 일을 하자는 제안은 그야말로 파격적인 표현이 아닐 수 없었습니다. 그러나 이런 고마운 제안을 받고도 저는 선뜻 받아들이기 어려웠습니다. 그래서 일주일만 생각할 시간을 달라며 답신을 보냈습니다. 김광진 의원은 "충분히 생각해 보시고 답변을 주셔도 됩니다."라며 순순히 제 의사를 수용해 줬습니다. 김광진 국회의원의 따뜻한 인간미가 느껴지는 순간이었습니다.

## 결국 제안을 받아들인 이유

사실 남들 보기에 배부른 고민이었을지 모릅니다. 더구나 이 제안을 받을 당시 저는 '백수'였습니다. 2012년 11월, 그해 대통령 선거를 앞두고 있을 때 저는 그동안 다니고 있던 서울특별시교육청 공무원 직을 그만둔 상태였습니다. 이유는 당시 새누리당 대통령 후보로 출마한 박근혜를 반대하는 글을 쓰고 싶어서였습니다.

그래서 공무원 사표를 제출한 후 저는 〈오마이뉴스〉에 "대한민국에서 일정한 자격과 조건을 갖춘 사람은 누구나 대통령을 할 수 있지만 박근혜만은 안 된다."라는 글을 기고했습니다. 자질과 능력이 없는데다가 자기 아버지의 친일과 쿠데타, 그리고 독재 전력을 미화하며 대통령에 도전하는 박근혜의 대통령 당선을 그냥 지켜보는 것은 훗날 제 스스로 부끄러울 것 같아서였습니다.

그런 상황에서 남들이 다 부러워할 만한 일자리를 주겠다며 국회의원이 먼저 연락까지 줬으면 당장 고맙다며 달려갈 일이지 무슨 고민이 필요할까요. 2013년 3월 4일 아침, 고민 끝에 김광진 의원의 제안을 받아들이고 결국 의원실로 첫 출근하던 날 현관문에서 배웅해 주는 아내에게 한 말이 그 고민의 이유였습니다. 그날 저는 아내에게 이렇게 말했습니다.

"내가 오늘 하루만 나가고 그만둘지, 아니면 한 달을 다니다 그만둘지, 그도 아니면 반나절 만에 그냥 집으로 돌아올지 알 수 없지만 일단은 출근합니다. 만약에 중간에 그냥 집에 돌아왔다 해도 야단은 치지 마세요."

이제 와서 고백하자면 아내는 제가 국회의원 보좌진으로 출근하는 것을 반대했습니다. "당신이 생각하는 이상을 실현할 수 없고, 일개 보좌진의 역할만 할 것 같으면 차라리 출근하지 않았으면 좋겠다. 그냥 지금처럼 자유롭게 글 쓰면서 당신이 생각하는 방향의 인권운동을 하는 것이 더 낫지 않을까?"라는 것이 주된 아내의 권유였습니다.

하지만 저는 그런 아내를 설득하고 보좌진으로 일하고자 출근을 결심했습니다. 이유가 있었습니다. 바로 김광진 국회의원에게서 이런 제안을 받기 전날, 제가 페이스북에 쓴 글 때문이었습니다. 전날 밤, 저는 격정에 찬 심정으로 장문의 글을 올렸습니다. 그 글에서 저는 "대한민국에는 모두 300명의 국회의원이 있는데, 왜 군에서 의무 복무 중 사망한 군인 문제에 관심 있는 이는 아무도 없습니까?"라며 일갈했습니다. 그러면서 2013년 당시 한 해 평균 130여 명의 군인이 사망하고 그중 3분의 2의 사망자가 '자살로 처리되고 있는데' 언제까지 이 문제를 외면할 것인지 호소했습니다. 누구처럼 회피하지 않고 국민의 의무를 다하라고 입대시킨 아들을 '이유도, 영문도 알지 못한 채' 잃었는데 왜 아무도 나서서 책임지지 않느냐며 유족을 대신하여 따진 것입니다. 그러면서, 누구라도 제발,

이들 군 사망사고 유족의 고통에 국회의원이 화답해 달라며 글을 맺었습니다.

그런데 바로 그 다음날 밤, 군 의문사 문제를 함께 해결하자는 제안을 국방위 소속 국회의원이 제안해 왔는데 어찌 제가 이를 거부할 수 있을까요. 왜 화답하는 이가 없느냐며 일갈해 놓고, 정작 "그럼 우리 함께 그 일을 합시다."라는 제안을 받고는 이제 이러저러한 이유를 들어 곤란하다고 하는 건 정말 앞뒤가 맞지 않는 일 아닐까요?

그것이 아내의 반대에도 불구하고, 또 당시만 해도 김광진 국회의원이 어떤 성향의 정치인인지 확신하지 못하면서도 고심 끝에 제가 의원실 출근을 결심한 이유였습니다. 비록 반나절 만에 다시 집으로 돌아올지라도 일단은 출근은 해야 한다고 생각한 것입니다.

하지만 그렇게 출근한 후 저는 만 2년 1개월 동안 김광진 의원과 함께 일하게 됩니다. 그리고 김광진 의원의 열정적인 지원과 노력 덕분에 우리나라 군 사망사고와 관련하여 대단히 많은 변화를 끌어낼 수 있었습니다. 모든 결실은 처음부터 끝까지 한결같은 자세로 이 일을 밀어준 김광진 의원이었기에 가능한 일이었다고 평가합니다.

그런데 여기서 재미있는 한 가지 일화가 있습니다. 제가 쓴 장문의 글을 보고 김광진 의원이 함께 일하자고 제안했기 때문에 저는 출근을 결심했다고 썼습니다. 그런데 의원실 근무를 시작하고 첫 급여를 받는 날이었습니다. 이날 저는 김광진 의원에게 기념으로 밥을 사겠다고 제안했습니다. 그래서 함께 여의도의 모 국밥집으로 가서 술 한 잔을 곁들여 지난 한 달간의 소회를 나눴습니다. 그러다가 나온 이야기가 제게 김광진 의원이 함께 일하자는 제안을 하게 된 경위에 이르렀습니다. 저는 "혹시 그 전날 밤 제가 쓴 그 글을 보시고 제안하신 건가요?"라고 물었습니다. 그런데 반전이었습니다. 김광진 의원은 웃으며 "아니요. 저는 전혀 몰랐는데, 그런 글을 쓰셨나요?"라고 답변하셨습니다.

아, 이것도 인연이구나 싶었습니다. 그렇게 만난 김광진 의원과의 인연은 지금까지도 계속 이어지고 있습니다. 2017년 9월부터는 국방부적폐청산위원회 위원으로 함께 위촉되어 근본적인 국방부 개혁을 위한 활동을 하고 있습니다. 앞으로 정말 의미 있는 일을 김광진 의원께서 하시리라 저는 확신합니다.

한편 저는 어떤 경위로 군인 인권 문제와 관련한 일을 처음 시작하게 된 것일까요? 많은 분들이 궁금하다며 종종 묻곤 합니다. 특히 언론과 인터뷰를 하면 이 질문은 빠지지 않습니다. 그럴 때마다 떠오르는 이름이 있습니다. 바로 1998년 2월에 판문점에서 의문사한 육사 장교의 이름입니다.

## 첫 단추는 1998년 판문점 김훈 중위 의문사

1998년 5월 15일의 일이었습니다. 당시 저는 천주교인권위원회에서 상근 활동가로 일하고 있었습니다. 그때 사무실로 한 중년 남자가 찾아왔습니다. 그는 자신의 아들이 육군 중위로 복무하던 중 정말 이해할 수 없는 의혹을 품은 채 사망했다고 주장했습니다. 그러나 이러한 의혹 제기에 대해 국방부 측은 무조건 자살이라며 일방적인 처리만 하여 억울하다고 했습니다. 그 아버지의 주장을 들어 보니 정말 의아했습니다. 저는 의문을 제기하는 유족의 주장에 상당한 설득력이 있다고 생각했고 그 의문을 규명하고자 이후 함께 노력하게 됩니다. 그때 제가 만난 아버지가 1998년 2월 24일 판문점에서 의문사한 고 김훈 중위 아버지인 김척 예비역 육군 중장이었습니다.

이후 김훈 중위 의문사는 우리나라의 대표적인 군 의문사로 알려지게 됩니다. 많은 언론에서 이 사건의 진실을 추궁했습니다. 그렇게 군 의문사라는 단어가 사회적으로 알려지자 천주교인권위원회를 찾아오는 사람들이 있었습니다. 70대 할머니부터 50대 초중반의 아주머니까지, 또 절망과 불안이 가득한 눈빛으로 "나 역시도 억울하게 아들을 군에서 잃었습니다."라는 아버지까지 연일 발길이 이어졌습니다. 그랬습니다. 아들을 군에서 잃었으나 그 억울함조차 어디에 호소하지 못한 채 마음의 병만 앓고 살아 왔던 이들이 있었습니다. 오래 전부터 분명히 존재했으나 누구도 인정하지 않은 억울한 죽음. 그래서 군대 가서 죽은 병사의 죽음을 지칭해 온 속된 표현이 '개죽음'이었다는 것을 아는 분은 얼마나 될까요.

이런 인연으로 처음 만나게 된 군 의문사 피해 유족 분들과 함께 저는 사인 규명과 명예회복 법률 제정을 촉구하며 싸우게 됩니다. 글로 쓰고, 방송에서 말하고, 또 거리에서 유족과 함께 국방부를 질타하며 대책을 세울 것을 요구해 왔습니다. 하지만 권한이 없는 싸움은 한계가 있었습니다. 조금씩 변했지만, 자살로 처리된 군인을 왜 국가가 책임져야 하느냐는 무지한 반박이 1990년 말에는 아주 강했습니다. 그래서 그 당시에 "의무 복무 중 사망한 군인은 국가 책임"이라는 저의 주장에 대해 "또라이", "미친 놈"이라는 비난이 당연하다는 듯 쏟아지곤 했습니다.

정말 잘못된 비난입니다. 문제는 국방부가 자살이라고 규정하는 조사 방식입니다. 헌병대는 군인이 사망할 경우 '누가 방아쇠를 당겼고, 누가 목에 줄을 매었느냐'를 기준으로 사인의 결론을 내립니다. 그래서 스스로 방아쇠를 당겼거나 혹은 스스로 목을 매어 사망했다면 이를 '자살'로 결론 내렸습니다.

하지만 저는 생각이 다릅니다. 이 억울한 일을 당해 보면 누구나 아는 진실입니다. 이런 처리가 얼마나 억울한 일인지 말입니다. 간단합니다. 헌병대는 스스로 방아쇠를 당겨 사망했으니 자살이라고 하지만 천만의 말씀입니다. 정말 사망한 군인이 스스로 방아쇠를 당겼다 할지라도 '왜 방아쇠를 당겼는지' 이유를 밝혀야 그것이 진짜 사인이기 때문입니다. 예를 들어 지난 2014년 고참의 집단구타와 가혹행위 끝에 목숨을 잃은 윤 일병 사건이 그렇습니다. 만약 윤 일병이 그렇게 맞아 숨지기 전날 밤, 견딜 수 없어 스스로 목을 매어 사망했다고 가정해 봅시다. 이러면 정말 자살입니까? 아니지요. 그런데 군 헌병대는 '스스로 목을 매었으니' 이것 역시 자살로 처리하는 것입니다. 이런 방식의 헌병대 수사 결론을 누가 수용할 수 있을까요?

그래서 저는 이런 헌병대 수사 방식을 바꾸기 위한 캠페인부터 시작했습니다. 이를 위해 제일 먼저 시도한 일이 군 사망사고 피해 유족 단체를 하나의 단일한 조직으로 만들어내는 일이었습니다. 확인해 보니 2013년 당시, 군 사망사고 유족 단체는 모두 다섯 개로 흩어져 제각각 활동하고 있었습니다. 이런 방식으로는 절대 국방부를 이길 수 없다고 저는 판단했습니다.

사실 유족들은 무슨 특별한 능력을 가진 분들이 아닙니다. 이 끔찍한 비극으로 자식을 잃기 전만 해도 우리네와 전혀 다르지 않은 평범한 이웃이었습니다. 대부분이 학생운동이나 시민단체 같은 저항 활동을 해 본 적도 없는 분들입니다. 그런 분들이 저 거대한 국방부와 맞서 싸우려면 뭉쳐도 부족할 판에 모래알처럼 흩어져 있는 것입니다. 그래서 국방부 입장에서는 분열된 유족 단체가 남몰래 고마웠을 겁니다. 대표성이 없다고 물리치면 쉽기 때문입니다. 예를 들어 다섯 개 단체 중 어느 한 곳에서 국방부 농성에 들어갔다고 상상해 보겠습니다. 그럴 때 국방부 입장은 정말 편합니다. "단체가 다섯 개나 있는데 어느 한 곳의 요구만으로 규정을 바꾸기는 곤란하다."라는 한 마디면 거부 사유로 충분하기 때문입니다.

그래서 유족을 하나로 묶는 일부터 시작했습니다. 일일이 한 분한 분에게 전화하고 주소로 우편을 보내 함께하자고 제안했습니다. 그렇게 해서 2013년 5월 24일 그날, 군 의문사 피해 유족들이 국회에서 최초의 공식적 행사를 가졌습니다. '저는 군대에 아들을 보낸 죄인입니다'라는 주제로 열린 이날 행사는 정말 뜨거운 눈물이 넘쳐나는 자리였습니다.

군 의문사 유족들은 그동안 혼자만 간직해 오던 자신의 아들과 남편, 그리고 남동생의 영정을 들고 국회로 모여 들었습니다. 그동안 '귀찮은 악성 민원인'으로만 치부되었던 군 사망사고 유족들이 국회에서 억울한 눈물을 쏟아내며 '진상규명과 명예회복'을 당당히 촉구한 것입니다. 흩어진 유족들이 마침내 하나로 모인 날이었습니다.

## 예우 없이 죽어간 군인, 얼마나 될까?

두 번째로 제가 준비한 일은 막연한 군 사망사고 피해자를 정확하게 확인하는 것이었습니다. 이를 위해 1948년 10월 군 창설 이래 지금까지 '복무 중 사망했으나 국가로부터 아무런 예우 없이 사라진 피해자가 얼마나 되는지' 국방부에 자료 제출을 요구했습니다.

그런데 다음날이었습니다. 생각지도 못한 전화가 국방부 담당자로부터 왔습니다. 그는 어이없게도 자료를 제출할 수 없다고 했습니다. 황당해서 이유를 물으니 그 답이 더욱 기가 막혔습니다. "지금까지 군에서 자살, 또는 변사로 처리된 군인에 대해 물어 온 사람도 없었고 그래서 우리 역시 그런 자료를 관리한 적이 없어 파악하기 어렵습니다."라는 것이었습니다. 너무도 황당했습니다. 그래서 격하게 항의했습니다. 남의 귀한 자식을 데려가 지켜 주지 못해 죽었는데, 그렇게 죽어간 군인이 얼마나 되는지조차 국방부가 그동안 관리하지 않았다는 게 말이 되느냐며 목소리를 높였습니다.

"국방부 입장에서는 63만 명의 군인 중 고작 한 명에 불과할지 모르나 그들의 부모에게는 또 하나의 하늘이요, 유일한 땅인데 그런 아들을 부모에게 다시 보내 주지도 못해 놓고 누가, 얼마나, 왜 죽었는지 관리조차 안 했다는 게 충격적"이라며 강하게 다그쳤습니다.

그러면서 '지금까지 없었다면 이번 기회에 국방부가 그 정확한 숫자를 파악해야 한다. 이것이 옳다. 그러니 요구한 기일 내에 반드시 관련 자료를 제출하라'고 주문한 후 전화를 끊었습니다. 몰라서 자료 제출을 할 수 없다는 국방부의 요구를 절대 수용하지 않겠다는 다짐이었습니다. 그렇게 약 2주의 시간이 지나갔습니다. 과연 국방부가 자료를 제출할지 저 역시 궁금했습니다.

어느 날이었습니다. 국회 문서자료 제출 시스템에 한 통의 문서가 도착했다는 알림이 들어왔습니다. 국방부였습니다. 과연 어떤 자료일지 가슴마저 두근거렸습니다. 그래서 조심스럽게 마우스를 클릭하여 자료를 열어 본 순간, 거기에 쓰여 있던 숫자.

'약 3만 9천 명'

1948년 이래 2014년 12월까지 66년간 복무 중 사망했으나 국가로부터 아무런 예우도 받지 못한 채 사라져 간 대한민국 군인의 총 숫자였습니다. '대한민국에서 최초로 그 비극의 숫자를 확인하는' 순간이었습니다. 하지만 여전히 가슴 아픈 것은, 제출된 숫자 앞에 쓰여 있던 '약'자였습니다. "그동안 우리도 관리하지 않아 정확한 통계를 알 수 없다."라던 국방부가 추정하여 쓴 그 '약'자가 슬픈 이유였습니다.

누구는 '대를 이어' 군 복무를 기피하고도 국무총리가 되었고, 또 누구는 가려워서 군 복무도 면제 받았으나 이후 국무총리와 대통령 권한대행도 되는 나라, 국적 이탈과 변경을 통해 한 해 수천 명씩 병역을 면제받는 나라, 그러고도 아무런 문제없이 사회지도층이 되는 나라, 이런 대한민국에서 군인으로 입대했다가 사망했는데 예우 없이 그냥 버려진 군인들 숫자 약 3만 9천 명. 저는 병역을 면제받은 그들을 비난하지 않겠습니다. 다만 이것 한 가지는 해 주십시오. 병역을 회피한 당신 대신 그 자리를 채워준 이들의 안타까운 죽음에 대해 예우해 주라고 우리와 함께 외쳐 주십시오. 입대하여 단 하루를 복무했어도 그것은 애국입니다. 그런 애국을 국민이 하면 그 다음에는 국가가 의무를 다해야 합니다. 이러한 우리의 외침에 공감을 표시해 주십시오. 이 당연한 상식이 받아들여질 때까지 우리는 외칠 것입니다.

8편

# 군 의료사고로 아들을 잃은 엄마들

'군대에서 사망하는 억울한 군인' 하면 많은 이들은 군 의문사 피해 사례부터 흔히 연상합니다. 그런데 군 의료사고로 목숨을 잃는 군인 역시 무시할 수 없을 정도로 빈번하게 발생하고 있습니다. 그렇게 널리 알려진 사건 중 하나가 지난 2013년 6월에 있었던 신성민 상병 사건입니다. 신 상병은 복무 중 뇌종양으로 사망했습니다. 하지만 신 상병이 발병 전후 과정에서 적절한 치료만 받았다면 이처럼 허망한 일을 당하는 일은 없었을 것입니다.

뇌종양 진단을 받기 전까지 신 상병은 여러 차례 부대 군의관을 찾아가 고통을 호소했다고 합니다. 머리가 너무 아프다며 치료를 요구한 것입니다. 그러나 그때마다 부대 군의관은 치료 대신 이해할 수 없는 말로 신 상병을 이중 삼중으로 고통스럽게 했다고 합니다. 병을 제대로 진단하여 치료하는 대신 자꾸 아프다고 하는 신 상병에게 '꾀병' 아니냐며 핀잔을 거듭하면서 뇌종양 환자인 그에게 두통약만 처방해 줬다는 것입니다. 신 상병이 결국 사망한 이유였습니다. 이러한 어처구니없는 사실이 세상에 알려진 후 정말 뜨거운 국민적 분노가 군을 향했습니다.

국민들이 더 화가 난 것은 2005년 발생한 노충국 씨 사건 때문입니다. 당시 노 씨는 군에서 전역한 지 불과 보름 만에 위암 말기 판정을 받았고 석 달 후 숨집니다. 정말이지 기가 막힌 일이 아닐 수 없었습니다. "복무 중인 군인이 위암 말기가 될 때까지 군은 도대체 뭘 했느냐?"라는 비난이 쇄도했습니다.

이후 밝혀진 사실은 더욱 충격적이었습니다. 군은 노충국 씨만 죽인 것이 아니라 그 진실마저 죽였습니다. 노충국 씨를 담당했던 군의관이었습니다. 그는 자신의 오진으로 적절한 치료를 받지 못한 노충국 씨가 사망했다는 문책이 올까 두려워, 후에 진료기록을 조작하는 등 진실을 감추려 했습니다. 결국 국방부 장관은 이런 사실 앞에 머리를 숙이며 다시는 이런 일이 없도록 군 의료체계를 확실하게 개혁하겠다고 약속했습니다. 하지만 말뿐이었습니다. 2005년 노충국 씨 사건과 전혀 다르지 않은 신성민 상병 사건이 또 발생한 것입니다. 이런 군대에 과연 어느 부모가 아들을 믿고 맡길 수 있을까요?

## 의료사고로 아들을 잃은 어느 어머니의 호소

연극 〈이등병의 엄마〉에 유족 배우로 출연했던 한 어머니가 쓴 글입니다. 이 어머니의 사례에서도 어이없는 군의 의료체계는 누구나 심각성을 느낄 수 있는 일입니다. 그야말로 생때같은 아들을 너무도 어처구니없게 잃어야 했던, 더구나 그 과정에서 부모로서 손 한번 쓰지 못한 채 놓쳐야 했던 그 절망감을 누가 알까요? 그 어머니가 아들을 잃는 과정에서 겪었던 사연 중 일부입니다.

사랑하는 제 아들이 떠난 때는 2016년 5월의 일입니다. 나중에 알고 보니 군 복무 중인 아들이 구토와 메스꺼움, 어지럼증을 호소하며 연대 의무실로 4차례 방문했다고 합니다. 하지만 이런 증세는 계속되었고 결국 한밤중에 사단 의무실까지 옮겨 갔지만 그곳에서도 사단 의무관은 편두통 처방만 한 후 다시 연대 의무실로 되돌려 보냈다고 합니다. 그렇게 연대 의무실에서 방치된 지 9시간. 군 당국은 그제야 제 아들을 큰 병원인 국군춘천병원으로 옮기면서 엄마인 저에게 사실을 연락했습니다. 놀라운 소식을 듣고 부모가 병원으로 달려가 우리 아이를 보았을 땐 이미 의식이 없는 상태에서 사경을 헤매고 있었습니다. 그야말로 기가 막힌 지옥의 시작이었습니다. 망연자실하여 어찌할 수 없는 상황이었는데 그때 아이가 있는 중환자실로 군의관이 찾아왔습니다. 그래서 제가 그 군의관에게 따졌습니다.

"아이가 구토하며 메스껍고 어지럽다고 하면 뇌졸중 증세인지 모르느냐?" 했더니 그는 자기 전공이 정신과 쪽이라서 모른다고 하더군요. 정말 경악하지 않을 수 없었습니다. 그래서 사단 의무실에는 의무기구가 무엇, 무엇 있는지 다시 물었더니 "체온계, 혈압계, 흉부 엑스레이가 전부"라고 했습니다. 이러니 군인이 죽는 겁니다.

이런 사실에 대해 군대를 경험한 사람들은 원래 군 의료체계가 이렇다고 하네요. 군의관이 의학 지식이 없는 건 당연한 거라고요. 그럼 군에 입대하여 21개월간 근무하는 우리의 아들들은 군에 가서 절대 아파선 안 됩니다. 만약 아프게 되면 우리 아들처럼 제때 치료도 못 받거나 또는 살아도 병이 악화되어 고통스러운 인생을 살 수밖에 없는 것이 현재 우리나라 군 의무시스템인 것 같습니다. 8천 명 이상 근무하는 사단 의무실에 의무기구라는 게 고작 '혈압계, 체온계, 흉부 엑스레이'만 있다는 것이 정말 말이 되나요? 이게 2016년에 제가 직접 군의관에게 들은 말입니다. 이런 지경에 응급 환자에 대해 대처를 어떻게 제대로 할 수 있을까요? 더구나 기본적인 병의 증세도 모르는 정신과 전공의가 군의관으로 배치되어 있다는 것이 정녕 말이 된단 말입니까?

이러니 군에 가서 응급 상황이 발생하면 골든타임을 놓친 우리 아이들이 방치된 채 목숨을 잃게 되고 마는 겁니다. 응급 상황 시 신속

242

한 1차 대응만이 귀한 생명을 지키는 것인데 군대에서는 그야말로 그 골든타임이 사각지역으로 남아 있는데 무슨 군 의료체계의 개혁을 운운한단 말인가요? 부모에게 자식이란 하늘이고, 땅이며, 삶의 의미이며, 인생 전부인데, 이렇게 하면 정말 어찌 하란 말입니까? 자식을 잃은 부모는 하늘도 무너졌고, 땅도 꺼졌으며, 삶의 의미도, 인생의 의미도 찾기 어렵다는 걸 이 나라 군대의 높은 이들은 꼭 기억해 주세요. 대한민국에서 아들을 낳아 잘 키워 군에 보낸 게 죄는 아니잖아요. 더 이상 우리 부모들을 자식 먼저 보낸 죄인으로 만들지 말아 주세요.

저는 이 자리를 빌려 나라 정책을 움직이시는 분들께 간곡히 요구합니다. 국방 군 의무시스템을 다시 만들어 주세요. 전문 의학 지식도 없는 군의관 배치를 재고해 주세요. 보통 병사하는 아이들의 경우 외상 없이 열만 나는 것이 일반적인데 이때 제대로 진료 받을 수 있는 군 의료체계 시스템을 만드는 것이 당장 시급하고 꼭 필요한 일입니다.

고열, 뇌졸중 증세인 구토와 메스꺼움, 어지럼증, 심장마비 증세인 가슴 압박과 같은 응급 상황에 신속히 대처할 수 있도록 군 의무시스템을 만들어 주세요. 일반인도 아는 기본적인 병의 증세조차도 파악 못하는 군 의무관을 배치하여 금쪽같은 우리 아들들을 치료도 받지 못한 채 잃게 해서는 안 됩니다. 더 이상 제 아들처럼 잃은 아이는 없어야 하기 때문입니다. 믿고 보낸 국방의 의무입니다. 그런 아들을 국가가 책임지고 지켜 줘야 합니다. '입대한 모습 그대로 다시' 그들 부모 품에 보내 주셔야 합니다. 다시는 군에 보낸 아들을 잃고 고통과 슬픔 속에 사는 부모가 없도록, 부탁하고 또 부탁드립니다.

## 그런데 순직 처리도 못해 준다는 군의 뻔뻔함

끔찍한 야만은 여기서 끝이 아닙니다. 이처럼 억울하게 숨진 신성민 상병을 저는 국방부가 '당연히' 순직 처리하리라 믿었습니다. 뇌종양 말기 환자에게 두통약을 처방한 잘못만으로도 군의 잘못은 더 따질 무엇도 없으니 당연한 일이라고 여긴 것입니다.

그런데 아니었습니다. 신 상병의 순직 처리가 어찌 되었나 의례적으로 한번 확인하고자 육군에 문의한 결과 저는 놀라운 말을 듣게 됩니다. 그들은 "규정에 의하면 신 상병은 순직 대상이 될 수 없다."라면서 "다만 의원실에서 많은 관심을 가지고 여러 차례 촉구하시니 검토 끝에 순직 처리하기로 했다."라고 하는 것입니다. 마치 큰 시혜라도 베풀어 주는 것처럼 들렸습니다. 그 황당함에 다시한 번 물었습니다.

"신 상병에 대한 순직 처리가 왜 특별한 일인가요? 당연한 일 아닌가요? 그럼 규정에 의하면 신 상병은 당연 순직 처리 대상이 아니라는 것인가요?"

그렇게 해서 듣게 된 답변은 이랬습니다. 규정에 의하면 신 상병은 당연 순직 처리 대상이 아니라는 것, 이유는 질병으로 군인이 사망할 경우 입대 후 1년이 지난 다음에야 적용 대상이 된다는 것입니다. 그런데 신 상병은 입대 후 발병까지 채 1년이 되지 않았다는 것입니다. 또 화가 나지 않을 수 없었습니다. 그래서 목청을 또 높였습니다.

"이게 말이 됩니까? 군에 입대한 순간부터 군인의 모든 관리는 군이 하도록 되어 있습니다. 부모는 개입하려야 할 수도 없고 건강이 어떤지 확인도 할 수 없습니다. 그런데 그런 아들이 복무 중 병사했는데 군은 책임이 없다고요? 그럼 누군가가 입대해서 한두 달 만에 병으로 사망하면 당연히 순직 처리가 안 되겠네요? 1년이 안 되었으니 더욱 그렇겠지요. 이게 말이 됩니까? 그런 사람을 징병한 데가 바로 병무청과 군입니다. 그런데 왜 책임이 없습니까? 오히려 그렇게 아픈 사람을 잘못 징병했으면 더욱 큰 책임을 져야 옳지요. 그러니 순직 처리는 물론이고 물질적인 보상도 그 부모와 형제에게 해 주는 것이 마땅한 일 아닙니까? 징병해서는 안 될 대상자를 잘못 징병했으니 당연한 일인데 왜 책임이 없단 말입니까? 이게 말이 되는 규정입니까?"


## 물자과에서 인사과로… 42년 만에 바뀐 예우

잘못된 규정은 또 있습니다. 조금 잘못된 것 정도가 아니라 '야만적'이라는 단어를 주저 없이 사용하며 비판할 규정이 한두 가지가 아닙니다. 여기서 문제 하나를 내겠습니다. 여러분은 육군에서 군인이 사망할 경우 그 시신을 관리하는 부서가 어디라고 생각하시나요? 이렇게 질문하면 상식적인 사람들은 '장의과' 또는 '영현과' 등을 연상하기 쉽습니다. 저 역시 처음에는 응당 그렇게 생각했습니다. 하지만 모두 틀렸습니다. 군대에서 군수 행정병으로 근무했던 이들은 거의 대부분 알고 있는데, 정답은 '물자과'입니다. 정식 명칭은 '육군본부 군수참모부 물자과'. 즉 군인이 사망하면 물자과에서 '물자'로 시신을 관리해 온 것입니다. 사람의 시신이 어찌 '물자'로 관리될 수 있는지, 납득할 수 없는 야만이 아닐 수 없었습니다.

실제로 유족이 군병원 냉동고에 보관 중인 아들에 대해 문의를 하려면 전화해야 하는 부서가 '육군본부 물자과'였다고 합니다. 이때 유족의 심정을 생각하니 눈앞이 깜깜했습니다. 이게 남의 아들도 지켜 주지 못한 군이 그 유족에게 할 수 있는 도리인지 납득할 수 없었습니다.

그래서 확인해 봤습니다. 도대체 언제부터 이런 식으로 운영되어 온 것인지 궁금했기 때문입니다. 자료를 제출받아 확인한 결과, 시작은 1972년 6월 1일 육군영현처리규정이 제정된 이후부터였습니다. 이 규정에 따라 사망한 군인 시신을 물자로 취급하여 2014년 2월 28일까지 만 42년간 유지해 온 것입니다. 반면, 같은 군이지만 해군과 공군은 또 달랐습니다. 육군과 달리 해·공군은 이들 사망한 군인 시신을 '물자과'가 아닌 '인사참모부'에서 관리하고 있었습니다. 이 역시도 적절한 예우는 아닙니다. 정상적으로 본다면 '영현과' 신설을 통해 예우하는 것이 맞습니다.

이 문제를 2013년 10월 국정감사에서 김광진 국회의원이 제기하고 나섰습니다. 국방부 장관과 육군 참모총장을 상대로, 군인 시신을 물자로 관리하고 있다는 사실을 알고 있느냐며 김광진 의원이 따진 것입니다. 그러자 장관도 이 사실을 처음 알았다며 당황해 했습니다. 그러면서 문제가 있다는 지적에 공감하며 개선하겠다는 약속을 했습니다.

그렇게 해서 지난 2014년 2월 중순경, 기다렸던 소식이 전해졌습니다. 국정감사가 끝난 직후인 2013년 11월, 육군 참모차장 주관 하에 이 문제가 논의되었고 지적된 문제를 개선하기로 최종 결정이 내려졌다는 것입니다. 그 날짜가 2014년 3월 1일이었습니다. 이 날부터 육군은 그동안 '물자과'에서 관리하던 군인 시신을 '인사과'로 변경한다는 결과를 알려 왔습니다. '물자'에서 마침내 '사람의 죽음'으로 42년 만에 바뀐 날입니다.

조국에 충성하는 것은 당연한 국민의 의무라고 말합니다. 그렇다면 저 역시 이 나라와 국방부에 말하고 싶은 것이 있습니다. 국민이 그런 의무를 다하면 국가 역시 군인의 목숨을 귀하게 여겨 달라는 것입니다. 국민이 군에 입대한 순간부터 모든 책임은 국가의 것입니다. 아프면 잘 치료해 주고 절망 속에 죽지 않도록 해 줘야 합니다. 이것을 국가가 약속해야 합니다. 군인의 목숨이 귀하고 값지게 여겨지는 그날까지 외치겠습니다.

# 잔인한 충고 "장례 치르지 마라!"

국민에게 군 의문사 사건 중 가장 황당하다고 생각하는 사건을 하나 꼽아 보라고 하면 아마도 이 사건이 아닐까 싶습니다. 바로 1984년 4월 2일 발생한 허원근 일병 사건입니다. 군은 허원근 일병이 중대장의 가혹행위로 비관 자살했다고 발표했습니다. 그리고 이처럼 자살하기 위해 자신의 좌우 가슴에 한 발씩, 그래도 죽지 않자 다시 이마에 한 발을 쏴 숨졌다고 했습니다. "이게 말이 되느냐?"라는 반문 자체가 사치스러운 일입니다.

그런데 이런 억울한 죽음은 허원근 일병만의 경우가 아닙니다. 세상에 널리 알려지지 않았다는 차이만 있을 뿐, 제가 지금까지 만나 온 대부분의 군 사망사고 사례가 허원근 일병 사건과 '전혀 다르지 않은 억울함'입니다. 유족 역시 마찬가지입니다. 어떤 이들은 아들을, 또 누군가는 부사관으로 근무하던 딸을, 남편과 형을 잃었다고 했습니다. 그런데 이처럼 가족을 잃은 사연도 제각각인 분들이 공통적으로 겪어야 하는 고통은 이것입니다. 거짓말처럼 찾아온 비극을 겪은 후 누구나 만나야 하는 벽, 바로 '국가의 예우'입니다.

## 내가 만난 어느 부부의 사연

유족 모임 때마다 눈에 띄던 한 부부가 있었습니다. 대개 모임을 하면 어머니 혼자만 참석하는 경우가 대부분인데 이 부부는 늘 함께 오셨습니다. 회의가 열리는 곳이 서울 여의도에 위치한 국회 의원회관인데 이 부부는 살고 있는 광주광역시에서 서울까지 새벽부터 차를 끌고 오셨습니다. 지난 2010년 6월, 군 복무 중 사망한 고 윤영준 이병의 부모입니다.

고 윤영준 이병이 군에 입대한 때는 2010년 2월이었습니다. 그날 이들 부부의 자랑스러운 장남이 군에 입대했고 불과 넉 달 만에 숨진 채 발견되었다고 합니다. 군 헌병대는 수사 결과 "윤 이병이 신병으로 자대 배치 받은 직후부터 선임병의 지속적인 괴롭힘과 질책, 폭언으로 힘들어했고 결국 이로 인해 스스로 자살한 것"이라며 결과를 부모에게 통보했다고 합니다. 이처럼 군 헌병대 수사에서도 드러난 것처럼 신병이 선임병에 의해 괴롭힘을 당했고 결국 자살했다면 군은 어떻게 그 죽음을 예우할까요? 육군본부는 윤 이병이 괴롭힘을 당한 것은 사실이지만, '스스로 목을 매어 죽었으니' 개인적 요인이라고 결론 내렸습니다. 그러면서 윤 이병의 부모가 요구한 순직 처리를 기각시킵니다.

이러한 결정을 통보받은 윤 이병의 부모는 당연히 격분했습니다. 나라를 지키라고 군에 보낸 아들이었습니다. 그런데 그런 아들이 나라를 지키고자 전쟁 중 사망한 것도 아니고 선임병에게 당하다, 당하다 끝내 견딜 수 없을 정도로 고통스러워 목숨을 끊은 것입니다. 그런데 이를 막아 줘야 할 의무가 있는 군이 아무런 역할도 하지 않아 죽음에 이른 것인데 왜 책임이 없단 것인가요?

이후 윤 이병의 부모는 매일같이 거리로 나섰습니다. 국민권익위원회, 국가인권위원회, 변호사 사무실과 국회, 그리고 인권운동가를 찾아다니며 국가와 국방부를 상대로 지난한 싸움을 이어갔습니다. 그렇게 수년의 세월이 넘어가도록 모든 유형의 투쟁을 이어갔습니다. 국가를 상대로 한 손해배상청구소송부터 행정심판, 보훈처를 상대로 한 국가유공자지정소송부터 순직 결정을 요구하는 전공사상자 재심의 요구까지.

그리고 아들 윤영준 이병이 숨지고 만 5년이 다 되어 가던 지난 2015년 5월 14일, 국방부 전공사상자 심의위원회는 윤영준 이병의 순직 여부를 재심의하게 됩니다. 그리고 이 자리에서 군 당국은 윤영준 이병에게 순직 결정을 내리게 됩니다. 불과 2012년 7월 이전만 해도 '자살한 군인은 순직 처리 될 수 없도록 규정되어 있던' 전공사상자 처리훈령을 생각해 본다면 정말 다행인 결정이었습니다.

그래서 다가온 2015년 8월 6일. 유난히 무더웠던 그 날, 윤영준 이병은 사후 5년 2개월 만에 대전 국립현충원에 순직 안장되었습니다. 아들의 명예회복을 위해 윤 이병의 아버지와 어머니가 어찌 싸워 왔는지 누구보다 잘 알고 있기에 이 날만큼은 저 역시 안장식에 함께했습니다.

그런데 그날, 저는 진한 어머니의 사랑을 봤습니다. 사연은 이렇습니다. 이날 군인 안장식은 윤영준 이병 말고도 다른 사망 군인도 함께 거행되었습니다. 오랫동안 군인으로 복무한 공로가 인정되어 국립묘지 안장 자격을 얻은 분들이 상당했습니다. 그렇다 보니 고령으로 돌아가신 아버지의 유해를 모시기 위해 자식과 손자가 망인의 사진을 안고 있는 경우가 대부분이었습니다.

그래서 가만히 보니 유족 분들이 고인의 영정을 안고 있는 모습이 제각각 달랐습니다. 부모를 잃은 유족들은 대부분 고인의 얼굴이 잘 보이도록 바깥쪽으로 영정을 들고 있었습니다. 반면 윤영준 이병의 어머니는 달랐습니다. 아들의 영정 속 얼굴을 자신의 가슴쪽으로 꼭 끌어안고 있는 것이었습니다. 만 5년 동안 아들의 명예회복을 위해 자신을 던져 싸워 온 어머니가 아들을 현충원에 안장하는 날, 그렇게 가슴에 품고 우는 것이었습니다.

"아들이 죽었는데 순직은 뭐고 이까짓 현충원 안장이 뭐냐?"라고 하는 유족 분들도 많이 봤습니다. 그런데 이것조차도 안 된다며 매정한 군의 행태에 유족들의 가슴은 두 번, 세 번 무너지고 또 무너집니다. 그런 핍박 속에서도 오직 아들의 명예회복을 위해 처절하게 싸워 온 이 어머니의 모습이 너무도 눈에 밟혀 저 역시 마음으로 울었습니다.

## 13년 동안 군 병원 냉동고에 방치된 시신

이런 부모에게 "그래도 당신은 행복한 사람"이라고 말하는 사람들이 있습니다. 바로 군에서 아들을 잃고 길게는 십 수 년에서 짧게는 수년씩 군 병원 냉동고에 아들 시신을 둔 채 살아가고 있는 군의문사 유족들입니다. 2017년 12월 현재, 이렇게 방치되어 있는 군인의 시신이 모두 11구에 이르고 있습니다. 그나마 군 병원 냉동고에 안치된 군인의 시신 숫자가 십 수 구로 줄어든 것도 얼마 전의 일입니다. 불과 몇 년 전만 해도 30구가 넘는 군인 시신이 군 병원 냉동고에 사실상 방치되어 있었습니다. 지속적으로 이 문제를 따지며 항의해 온 이들 덕분에 이 정도로 줄어든 것입니다.

한편 군대에서 사망사고가 발생하면 부대 측의 태도는 대부분 이렇다고 합니다. 제일 먼저 시작되는 것은 유족을 상대로 한 회유 작전입니다. 아직 수사가 끝나지도 않았는데 군에서는 장례부터 재촉한다는 것입니다. 이들은 시신부터 화장하라며 재촉합니다.

그러면 대부분의 유족들은 경황이 없어 우왕좌왕하다가 결국 군의 요구에 따르게 됩니다. 그러나 후회를 하는 데는 그리 오래 시간이 걸리지 않았습니다. 이분들의 피해 주장은 대부분 비슷합니다. 장례 전에는 온갖 감언이설로 순직 처리를 위해 도와준다던 부대 측은, 장례가 끝나면 돌변한다고 합니다. 누구도 연락하지 않는다고 합니다. 연극 〈이등병의 엄마〉에 출연했던 고 김정운 대위 어머니 박영순 님의 사례가 대표적입니다.

어머니의 말씀에 의하면 장례 전까지만 해도 군은 온갖 말로 위안과 위로를 전하며 장례를 재촉했다고 합니다. 그러면 순직 처리를 해 주겠다고 거듭 약속을 했다고 합니다. 그 말을 믿었다고 합니다. 그래서 아들의 시신을 화장장의 화구로 밀어 넣은 직후였다고 합니다. 갑자기 모든 군인들이 철수를 시작했다는 것입니다.

그 모습을 보고 철수하는 군인 한 명을 붙들고 이 어머니가 물어보았다고 합니다. 내 아들은 어찌 하라고, 이렇게 가시느냐며 순진하게 물었다는 것입니다. 그러자 듣게 된 군인의 답변.

"이제 어머니 아들이니 어머니가 다 알아서 하시면 됩니다."

이 사연을 전하는 어머니의 눈에서는 하염없는 눈물이 흘렀습니다. 이러한 어머니의 사연은 말로 다할 수 없는 고난의 시간이었습니다. 이어지는 어머니의 사연.

"그래서 화장이 끝난 후 아들의 시신 가루를 싸 가지고 제가 군 위병소 앞을 갔어요. 가니까 위병소에서 막아서더니 저를 헌병대 차에 태워 끌고 밖으로 가 버리더라고요."

장례 전까지는 그리 친절했던 군이, 그래서 자기들 말만 들으면 알아서 다 해 줄 것처럼 굴던 군이 화장터 불꽃으로 아들이 들어간 순간 태도를 돌변했다는 사연. 정말 우리나라 군이 이렇게 야멸찰 수 있나요? 이런 사연을 도대체 누가 믿을까요? 반면, 군의 요구와 달리 장례를 거부하는 유족에게는 또 경우가 달랐다고 합니다. 아들의 순직 처리가 안 된다면 장례를 거부하겠다고 버티면 어찌 되었든 부대 측이 유족에게 연락을 한다는 것입니다. 물론 장례를 재촉하는 내용이 주된 것이지만 때로는 안부도 묻고, 또 어떻게 하면 장례를 거행하겠느냐며 이것저것 묻는 전화도 온다고 합니다. 그래서 유족 중 일부는 이런 이야기를 합니다.

"군대에서 아들이 죽었다면 절대 장례부터 서두르지 마라. 왜 죽었는지 이유도 밝혀지지 않은 마당에 뭐가 급하다고 장례부터 치르느냐?"

장례가 급한 것은 부대 측이지 유족은 전혀 아니라는 것입니다. 가슴 아픈 일이야 이미 자식이 죽었는데 이보다 더 큰 고통이 뭐냐는 말도 합니다. 이런 상황에서 부대가 원하는 대로 장례부터 치르면 '결국 사건의 진실을 감추고 싶은 자들만 도와주는 것일 뿐'이라는, 참으로 잔인한 충고가 그것입니다.

하지만 정작 말들은 이렇게 하지만 군 병원 냉동고에 자식을 두고 맘 편히, 몸 편히 살고 있는 부모는 아무도 없습니다. 누구보다도 장례를 치르고 싶은 사람은 군이 아닌 부모입니다. 냉동고에 자식을 두고 살아가는 부모가 어디 제 정신으로 온전히 살아가는 사람일 수 있겠습니까? 그런데 군의 태도가 바뀌지 않는 상황에서 시간은 참 야속하게도 빨리 흘러갑니다. 하루가 지나고 한 달이 지나고, 그렇게 해서 1년이 지나고 다시 10년이 지나갔습니다. 어떻게 이처럼 오랫동안 아들의 장례를 거부하며 싸워 오셨느냐고 의아해 하는 분이 있다면 이 말이 정답입니다. 유족의 뜻이 아니라 세월이 그렇게 흐른 것입니다.

이런 유족 분 중에 기억에 남는 분이 있습니다. 10년이 넘도록 군 병원 냉동고에 아들을 두고 있는 어느 어머니에게 안부 전화를 드렸을 때의 일입니다. 날이 몹시 추웠던 겨울에 어찌 지내시는지 여쭙는 전화였습니다. 그런데 평소와 달리 어머니의 목소리가 많이 불편해 보였습니다. 그래서 여쭀습니다. 어디 편찮으시냐고. 어머니는 답했습니다.

"어제가 우리 아들 기일이었어요. 그런데 아들이 죽고 난 후 매년 이맘때만 되면 온 몸에 열이 나고 힘든데, 유독 올해가 더 심한 것 같아요."

어머니는 아들을 잃고 난 후 방에서 잠을 잔 적이 없다고 합니다. 편히 눕는 것이 아들에게 미안해서 그럴 수 없었다고 합니다. 이런 어머니들이 태반입니다. 그래서 크고 작은 우울증을 앓으며 정신과 치료를 받는 어머니들이 많습니다. 고 손상규 중위 어머니 역시 마찬가지입니다. 연극 〈이등병의 엄마〉에 출연하여 사연을 낭독할 때 어머니는 "자식을 잃고도 배가 고프다는 느낌이 들었을 때 가장 치욕스러웠다."라며 울부짖었습니다. 그러면서 "짐승처럼 밥을 퍼먹으며 살아가고 있다는 것이 너무나 괴롭고 미안해 몇 번이나 목숨을 끊고 싶었다."라고 했습니다. 그런데도 죽지 못하고 살아가는 이유는 오직 아들의 명예회복을 위해서라고 어머니는 말했습니다. 마지막 순간에 낭독을 다 마치지 못한 채 무너지는 어머니를 보며 연극을 관람하던 모든 이들이 함께 울었습니다. 이런 어머니에게 여쭸습니다. 어떻게 하면 그만 장례를 치르시겠느냐고 한 것입니다. 그러자 어머니의 대답입니다.

"군대 가서 죽었는데 왜 국가는 책임이 없습니까? 전 돈이고 뭐고 다 필요 없습니다. 국립묘지에 안장만 해 달라는 것 하나입니다. 그런데 이것도 안 된다고 합니다. 왜 안 되나요? 국가가 징병해서 강제로 데려간 거잖아요? 그럼 내 자식을 왜 데려갔냐고요?"

그렇습니다. 군 입대 후 사망하는 군인은 모두 국가의 책임입니다. 여러분이 함께해 주실 것을 믿습니다.

# 1984년 4월 2일,
## 그날 이후 허원근 일병 아버지 이야기

    1984년 4월 2일. 강원도 화천군에 위치한 육군 7사단 소속 모 부대 폐유류고에서 한 군인이 숨진 채 발견되었습니다. 좌우 가슴에 한 발씩, 그리고 오른쪽 눈썹 부위를 관통한 총상으로 목숨을 잃은 그 남자. 바로 우리나라에서 가장 대표적인 군 의문사 사건 피해자로 널리 알려진 고 허원근 일병이었습니다. 사망 당시 22살.

    상식을 가진 사람이라면 누구도 이 죽음을 자살로 단정하지 못할 것입니다. 그러나 이 사건을 맡은 7사단 헌병대는 달랐습니다. 그들은 사건 직후 "사망자가 M-16 소총을 이용하여 좌우 가슴에 스스로 한 발씩 방아쇠를 당겼고, 그래도 죽지 않자 다시 마지막 3번째 총구를 자신의 머리로 향해 방아쇠를 당겨 자살했다."라며 결론 내린 것입니다.

    그러나 헌병대의 기대와 달리 사건은 거기에서 종결되지 못했습니다. 무엇보다 연발도 아닌 단발로 세 번이나 총을 쏴 가며 자살한다는 것이 가능할까에 대한 의문은 사건 발생 후 지금까지도 끊임없는 의문으로 남았습니다. 그렇게 해서 사건 발생 만 30년이 지나가던 지난 2014년 4월 2일, 이날 저는 허원근 일병의 아버지 허영춘 씨와 약속을 하고 만났습니다. 지난 1993년에 처음 뵙고 오늘까지 저와 인연을 이어온 허영춘 아버님은 1940년생입니다. 아들을 잃은 1984년 당시 만 44세였던 젊은 아버지는 어느덧 80대를 바라보는 노구의 할아버지가 되었습니다. 그 아버지에게 아들을 잃고 살아온 지난 30년 세월에 대한 이야기를 듣고 싶었습니다. 그래서 인터뷰는 허원근 일병의 만 30주기를 기준으로 대화를 나눈 내용입니다.

## 지난 30년 세월, 가장 괴로웠던 건…

무엇보다 궁금한 것은 지난 세월에 대한 아버지의 기억이었습니다. 저는 아버지에게 '그 세월을 한 마디로 표현한다면' 무엇이라고 할지 먼저 여쭤 봤습니다. 돌아온 답은 의외였습니다. "너무도 지루한 세월이었어."라는 것입니다. 힘들고, 고통스럽고, 또는 분노한다는 등등의 거친 표현을 예상했는데 아버지의 답은 정말 뜻밖이었습니다.

"30년 세월이 지금 생각해 보면 너무나 지루했어. 뻔한 진실을 가지고 30년 동안 다람쥐 쳇바퀴 돌 듯 열심히 걸어가도 다시 제자리, 그래서 죽을힘을 다해 또 뛰어도 다시 제자리로 돌아온 것이 지난 30년 세월이었네. 나로서는 앞으로 얼마나 더 걸어갈 수 있을지, 이젠 더 걸어갈 시간도 얼마 없는데 안타깝네."

제가 기억하는 허원근 일병 아버지의 지난 시간은 '정말 치열한 싸움', 그 자체였습니다. 제가 기억하기에 우리나라에서 1인 시위와 거리 노숙 농성을 가장 많이 한 분은 단연코 이 아버지가 아닐까 싶습니다. 재야단체 중 거리에서 천막 치고 농성을 가장 많이 한 단체 중 한 곳이 의문사 관련 단체인데 그 농성자 중에서도 끝까지 남은 분은 바로 아버지였기 때문입니다. 그런 아버지가 가장 힘든 때는 언제였을까? 질문을 받은 아버지가 잠시 곰곰이 생각에 빠진 후 던진 말씀입니다.

"아들 원근이가 죽고 난 84년부터 88년까지 4년간이 가장 힘들었지."

"아들을 잃은 직후라서요? 저는 한겨울에 길거리에서 주무시면서 했던 노숙 농성이 가장 힘들다고 하실 줄 알았네요."

"남들은 흔히 그렇게 생각하는데, 나는 아니야. 오히려 그때가 가장 행복했던 것 같아. 몸은 힘들어도 억울하다는 말은 할 수 있잖아. 그런데 말도, 행동도 할 수 없을 때가 가장 힘들더라고. 그건 겪어 보지 않으면 몰라."

사연이 있었다고 합니다. 아들이 사망한 1984년 당시는 전두환 독재 권력하였습니다. 그때 일을 당한 아버지는 억울한 마음에 미친 듯이 관공서를 찾아다녔다고 합니다. 그러면서 아들의 억울한 죽음을 호소하며 도움을 요청했다는 것입니다. 하지만 전두환 정권하에서 강요된 침묵은 메아리조차 없었습니다. 언론을 찾아가도 기사 한 줄은 고사하고 들어주는 기자조차 없었다는 것. 그러니 그때가 가장 고통스러웠다는 아버지의 회상은 그 자체가 저에게는 아픔으로 전해졌습니다.

그러던 1988년 10월 어느 날, 〈한겨레〉 신문에 실린 기사를 본 아버지는 그날로 고향집 진도에서 서울로 올라왔다고 합니다. 의문사한 이들의 진실을 밝히라며 서울 종로5가 기독교회관에서 전국민족민주유가족협의회 회원들이 농성하고 있다는 보도였습니다. 그렇게 해서 그날부터 무려 135일간 계속된 우리나라 최초의 의문사 진상규명 농성. 그로부터 지금까지 아버지의 싸움은 이어진 것입니다.

## 희망과 절망, 그 30년의 기억

그럼, 그 세월 중에 아버지가 가장 희망을 느낀 때는 언제였을까? "1997년에 김대중 씨가 대통령으로 당선된 때였어."라며 아버지는 단박에 말씀하셨습니다. 이유가 있었습니다. 의문사로 가족을 잃은 분들이 어렵고 힘들 때마다 '김대중'이라는 정치인이 참 많이 도와줬다는 것입니다. 그런 사람이 이제 대통령이 되었으니 우리의 한도 곧 풀어 주리라 기대한 것입니다. 김대중 대통령 역시 그 믿음을 저버리지 않았습니다. 자신의 임기 중인 2000년 10월, 대통령소속 의문사진상규명위원회(의문사위)를 출범시킨 것입니다. 그렇게 해서 맞이한 2002년 8월 26일, 이날 의문사위는 허원근 일병 사건에 대한 오랜 조사를 마치고 그 결과를 국민 앞에 공표합니다. 과연 허원근 일병의 사인의 진실은 무엇이었을까요?

그렇습니다. 군 헌병대의 수사와 달리 진실은 타살이었습니다. 허원근 일병이 중대장의 가혹행위에 대해 비관하여 스스로 목숨을 끊었다는 기존 수사 결과와 달리 '사실은' 부사관의 오발로 허원근 일병이 피격되었고 이후 자살로 위장하고자 사체를 옮긴 후 다시 총격을 가한 것으로 조사 결과 밝혀진 것입니다. 사건 발생 후 무려 18년 만의 진실이었습니다. 그러나 가만히 있을 국방부가 아니었습니다. 의문사위 조사 결과가 발표되고 이틀 후인 28일, 국방부는 자체 재조사에 착수합니다. 이어 약 두 달여 후인 11월 28일, 국방부는 의문사위의 '타살' 결론을 번복하고 다시 "허원근 일병은 자살"이라며 발표합니다.

이런 자·타살 공방이 거듭되던 가운데 반가운 소식이 들려온 것은 2010년이었습니다. 유족 측이 제기한 민사소송에서 1심 재판부가 유족 측의 손을 들어 주며 '허원근 일병 타살'을 인정한 것입니다. 기대는 했지만 누구도 쉽게 예상하지는 못했던 결과였습니다. 어찌된 것일까요? 재판에 출석한 한 증인의 증언이 결정적 근거가 되었습니다. 바로 사건이 발생한 당일, 그 부대 소속 연대장이었던 김현태 씨의 증언이었습니다. 그는 "(허 일병 사망) 당일 오전 7시경 출근하여 의자에 앉으니 곧바로 1대대장이 보고를 왔습니다. 그런데 그때 대대장이 하는 말이 '중대장 전령(허원근 일병)이 자살했다'는 보고를 하는 것입니다. 제가 군인으로 복무하는 동안 처음이자 마지막으로 접한 자살 사건이었기에 때문에 똑똑히 기억하는 일입니다."라며 증언한 것입니다.

이러한 김현태 씨의 증언은 의문사위가 밝힌 허 일병 사망 경위와 일치했습니다. 의문사위는 허원근 일병이 사망한 시각을 4월 2일 새벽 2시에서 4시 사이라고 발표했습니다. 반면 군 헌병대는 허 일병의 자살 시각을 "날이 밝은 오전 11시경"이라고 했습니다. 따라서 군 헌병대 발표가 만약 사실이라고 한다면 연대장이 허 일병의 자살 보고를 받았다는 아침 7시는 절대 불가능한 일입니다.

이에 따라 1심 재판부는 "법의학적 소견과 의문사위 증거 자료, 특조단의 수사 자료 등을 토대로 실체 파악한 결과 허 일병의 사망은 소속 부대 군인에 의한 타살"로 결론 내리게 된 것입니다. 26년에 걸친 논란이 종지부를 찍는 계기가 될 것으로 아버지는 기대했습니다.

## 다시 시작된 진실 논쟁, 2심 재판부 "허원근 자살"

하지만 끝이 아니었습니다. 2013년 8월, 3년 만에 열린 이 사건 민사소송 2심 재판부는 허원근 일병의 사인을 '자살'로 다시 번복합니다. 2심 재판부의 번복 사유가 무엇인지 여쭙자 아버지는 마치 남의 이야기 하듯 담담하게 말씀하셨습니다. "1984년 처음 사건 날 때 헌병대가 밝힌 내용을 그대로 다시 읽었어."라는 것입니다.

그때 심경을 묻자 아버지는 "지난 30년 동안 원근이를 죽인 이들이 모두 넷이 있는데 첫째는 의문사위가 밝힌 총기 발사 혐의자, 두 번째는 원근이 부대 사단장, 세 번째가 의문사위 결과를 번복한 국방부 특조단장, 그리고 넷째가 민사소송 2심 재판장이라고 생각하네."라고 했습니다. 그런 아버지를 바라보다 갑자기 궁금해졌습니다. 아버지는 30년 전 그 아들을 언제 마지막으로 봤을까?

"군대 간다고 아침에 안방에서 절을 했지. 그리곤 진도에서 배 타고 육지로 나갈 때 마지막으로 봤으니까 1983년 9월이었네. 원근이가 장남인데 입대영장 나왔다고 하면서 혼자 배 타고 나갔거든. 그때 마지막으로 보고 다신 못 봤어. 그러다가 1984년 4월 3일에 휴가 받아서 온다고 해서 기다리고 있는데 바로 그 전날 밤에 부대에서 연락이 온 거야. 원근이가 자살했다고. 그래서 진도에서 밤새 달려 강원도 화천 군부대에 가 보니 내 아들이 그렇게 죽어 있더라고. 억울했지. 너무도 억울했지. 만나 보지도 못하고 아들을 잃었으니…."

그런 아들을 다시 만난다면 아버지는 무엇을 하고 싶을까.

"아버님. 만약 지금 다시 아들을 만난다고 생각한다면 무엇을 하고 싶으세요? 30년 만에 24시간 동안만 허락된 시간을 갖게 된다면?"

생각지도 못한 질문을 받아서 그러셨을까요? 아버지는 잠시 주저하더니 입을 여셨습니다.

"일단 먼저 어떻게 죽은 거냐고 묻고 싶어. 정말 너 어떻게 죽은 거냐고. 누가 널 이렇게 했느냐고. 아마 그걸 가장 묻고 싶겠지."
"그리고 다음에는요? 시간이 남을 거 아녜요?"

266

"집에 데려가고 싶어. 진도 우리 집으로…. 집에 가서 원근이에게 따뜻한 밥을 먹여 주고 싶어."

그 말씀에 울컥 눈물이 났습니다. 살기 바빠 아들의 입대 길을 육지까지 배웅해 주지 못한 아버지에게 따뜻한 밥 한 그릇은 한으로 남았다고 합니다. 그래서 22살의 청년 아들을 잃고 그 아들의 나이보다 더한 30년 세월이 흘렀는데도 아버지에게 한은 하나도 작아지지 않았다고 했습니다. 그런 아버지는 여전히 궁금하다고 합니다. 다음날이면 고향 집으로 휴가 올 아들은 정말 왜 죽었을까. 아무리 괴로워도 단 하루만 지나면 집에 올 수 있었는데, 그러면 엄마도 만나고 아버지도 만날 수 있었는데 그런 장남이 왜 죽었다는 것인지 아버지는 믿을 수도, 이해할 수도 없다는 것입니다.

"원근이는 나약한 아들이 아니었어. 어려서부터 집안 모든 일을 알아서 도와준 아들이었어. 내가 바다 일로 바빠 밭 농사일을 못하면 어린 원근이가 장남이라고 나서서 내가 놀랄 정도로 완벽하게 일을 마무리하던 아들이었어. 그런 아들이 나약해서 자살했다고 하니 나는 도저히 인정할 수 없지."

"아버지. 그럼 아들에게 30년 세월이 흐른 지금 해 주고 싶은 말이 있다면 어떤 말씀이 있을까요?"

"너의 진실을 꼭 밝혀 주겠다는 말을 해 주고 싶어. 자살하지 않았다는…. 그래서 네 명예를 이 아버지가 꼭 지켜 주겠다고 말하고 싶어."


## 의무 복무 중 사망한 군인은 모두 순직 처리해야

1940년생. 올해 우리나라 나이로 78세가 된 아버지에게 지난 30년은 '아무것도 없는 시기'였다고 합니다. 아들이 죽은 그날부터 아버지도 함께 죽었다고 했습니다. 그렇게 30년을 싸워 오는 동안 아버지는 위암 진단을 받고 큰 수술을 받았습니다. 마음속 고통이 몸을 온전하게 만들 리 없는 일입니다. 아들을 군에서 잃은 유족 대부분이 이러한 아버지와 비슷한 고난을 겪었습니다. 그런 아버지에게 마지막으로 여쭀습니다. 만약 오늘이라도 아들의 명예회복이 이뤄지고 사인의 진실이 밝혀진다면 무엇을 하고 싶은지 말입니다. 그제야 아버지는 처음으로 웃음을 지으며 이렇게 말씀하셨습니다.


"나 때문에 고생만 해 온 아내와 전국을 돌아다니며 여행을 하고 싶어. 나도 나지만 원근이 엄마 심정이 어떻겠어. 그래서 의문사위 만들어진 후 차를 한 대 샀어. 아들 명예회복이 곧 될 줄 알고 미리 차부터 산 거야. 그런데 그 차가 이젠 10년도 넘어 고물이 되어 버렸네. 세월이 그렇게 흘러 버렸어."

"부모가 돌아가시면 산에 묻고, 자식이 죽으면 부모 가슴에 묻는다"라고 했습니다. 그 말처럼 아버지의 가슴에는 아들 허원근 일병이 그대로 살아 있었습니다. 그래서 인터뷰를 끝내고 다시 두툼한 서류를 든 채 되짚어 돌아가는 아버지의 뒷모습을 보며 저는 마음이 무거웠습니다.

그러던 2017년 5월 16일, 너무 많이 늦었지만 반가운 소식이 전해졌습니다. 국방부가 허원근 일병에 대해 마침내 순직 결정을 내린 것입니다. 다만 진상규명에 의한 순직이 아니라 '진상규명 불능에 의한 순직 결정'이었습니다. 다시 말해서, 왜 죽었는지 알 수 없지만 부대 내에서 사망했으니 순직 결정해 준다는 것입니다. 아버지에게 축하 아닌 축하를 전하고자 전화를 드렸습니다. 그때 아버지는 뭐라고 하셨을까요. 네, 맞습니다. 아버지는 다시 또 싸우겠다고 했습니다. '순직이 목표의 끝'이라고 생각한 적이 없다는 것입니다. 그렇기에 아들이 왜 죽었는지, 그 진실을 밝히기 위해 다시 또 싸우겠다고 하셨습니다. 그 진실이 밝혀지는 날, 비로소 '아버지의 전쟁'은 끝날 것입니다. 그날을 앞당기기 위해 함께 응원해 주실 거지요?

# 아들까지 잃었는데 국회의원에게 반성문… 왜?

　군 의문사로 고통 받는 유족 분들에게 도움을 주신 분들이 많습니다. 국회의원 중에서도 그런 분들이 적지 않습니다. 특히 대통령 소속 군의문사진상규명위원회 법안을 발의해 주고 활동 연장을 위해 여러 역할을 해 주신 민주당 소속 안규백 국회의원과 19대 당시 국회에서 군 의문사 유족과 함께해 주신 김광진 전 의원에 대해서는 각별한 고마움을 가지고 있습니다. 반면, 그 반대의 의미로 절대 잊을 수 없는 국회의원도 있습니다. 그중에서도 꼭 남기고 싶은 국회의원 이름이 하나 있습니다. 지난 2008년 11월에 있었던 어느 국회의원과의 사연입니다.

　2008년 출범한 이명박 정권 첫 정기국회. 이때 군 의문사 피해 유족에게 충격적인 소문이 돌았습니다. 군 의문사 진실 규명을 위해 노무현 정부 시절 출범한 대통령소속 군의문사진상규명위원회가 통폐합되어 폐지된다는 소식이었습니다. 위원회가 출범 후 접수한 피해 사건은 모두 600건. 하지만 당시 278건의 진정 사건이 채 조사도 끝나지 않은 상황에서 위원회가 문을 닫는다는 것은 군 의문사 유족으로서 수용할 수 없는 절박한 사안이었습니다. 이에 유족들은 당시 한나라당 소속으로 이 법안을 발의한 신지호 의원을 찾아가게 됩니다. 폐지 법안을 철회해 달라는 청을 전하기 위한 것이었습니다.

하지만 군 의문사 부모들은 신지호 의원을 만나지 못합니다. 대신 신지호 의원이 부른 사람들이 있었습니다. 국회 방호원이었습니다. '약속도 없이 유족이 찾아와 소란을 피워 업무를 방해한다'는 것이 이유였습니다. 그러면서 예약도 없이 찾아오는 무례한 사람을 만나는 것은 '법을 만드는 국회의원으로서' 해서는 안 된다는 것이 그의 주장이었습니다. 그러자 애원과 읍소로 의원과의 면담을 요구하던 한 어머니가 끝내 정신줄을 놓고 실신하게 됩니다. 위원회 폐지만은 안 된다며, 이 한 마디만 할 수 있게 해달라며 간청하다가 의식을 잃은 것입니다.

병원으로 후송되는 어머니를 보던 또 다른 어머니가 분통이 터져 이내 땅바닥에 털썩 주저앉았습니다. 고 손상규 중위의 어머니였습니다. 2005년 4월, 부대에서 의문사한 채 발견된 손 중위의 어머니는 그날부터 아들의 사인 규명과 명예회복을 위해 싸워 온 분입니다. 그 길 위에서 겪어온 지난 세월은 말로 다 할 수 없는 고생이었습니다. 그런 어머니가 끝내 울부짖으며 바닥을 쳤습니다. 신고 있던 신발을 벗어 땅바닥을 내리치며 울다가 이내 의원 사무실 문짝에 집어던지며 어머니는 악에 받쳐 절규했습니다. 그 절규를 다시 읽는 지금, 저는 그 어머니의 얼굴이 생각 나 다시 눈물이 납니다.

"야! 너, 나와! 너는 자식 안 키우냐? 자식 잃은 엄마 마음이 어떤지 알아? 국회의원이면 다야? 지나가는 개가 짖어도 이렇게 대우하지는 않겠다. 네가 이래 가지고 천년만년 정치 해 처먹을 수 있을 것 같아? 나와! 나와, 이놈아!"

**군인 아들 잃은 유족이 반성문 쓰는 세상, 이런 비극 말이 되나요?**

하지만 끝내 신지호 의원이 있던 방의 문은 열리지 않았습니다. 결국 유족들이 요구한 면담은 이뤄지지 못했고 어머니들은 방호원들에 의해 쫓겨날 수밖에 없었습니다. 그리고 그날 이후 신지호 의원은 국회 사무처에 매우 특별한 요구를 했다고 합니다. "군 유족이 국회 의원회관을 출입할 수 없도록" 조치해 줄 것을 요구했다는 것입니다.

그러자 국회 사무처는 국회의원의 요구에 따라 군 의문사 유족의 출입을 금지하게 됩니다. 이에 따라 법안 폐지를 막기 위해 국회로 들어와야 하는 유족으로서는 큰일이 난 것입니다. 어떻게 해서든 용서를 받고 출입금지가 풀리지 않는다면 정말로 위원회가 폐지될지 모른다는 두려움이 들었습니다. 그래서 그랬다고 합니다. 유족들은 이후 신지호 의원실로 전화하여 다양한 방식으로 사과를 전하고 용서해 줄 것을 거듭 청하게 됩니다. 참담하고 억울하지만 무릎을 꿇은 것입니다. '자식을 위해서라면' 자존심이고 뭐고 다 필요 없는 게 우리들 부모 마음 아닙니까. 할 수 있는 방법은 다 했다고 합니다. 하지만 신지호 의원은 그런 유족을 만나 주지도 않았고 용서도 하지 않았습니다.

그런 유족에게 전해진 새로운 제안. 신지호 의원실의 보좌진 중에서 한 명이 "이렇게 해 보면 방법이 될 수도 있을 것"이라며 제안한 그것은 라디오 인터뷰에서의 공개사과였다고 합니다. 유족들은 마다하지 않았다고 합니다. 마침 모 라디오 프로그램에서 유족에게 인터뷰 요청이 왔고 그 인터뷰 말미에 유족은 신지호 의원에게 다시 한 번 사과드린다며 용서를 구하는 말을 했다는 것입니다. 그럼 이제 되었을까요? 그래서 유족은 결국 국회 출입금지 명단에서 제외되었을까요?

답은 '아니오'입니다. 유족의 공개사과에도 불구하고 변한 것은 아무것도 없었습니다. 의원실에서 국회 사무처로 이들 유족의 출입금지 조치를 해제해 달라는 요구가 없었기에 그랬다는 것입니다. 그래서 또 쓴 것이 있다고 합니다. 바로 반성문이었습니다. "의 원님에게 구두로 사과하는 것보다 서면으로 하면 좋겠다."라는 의원실 보좌관의 조언에 따라 쓰게 된 반성문이었습니다.

2009년 6월 24일 등기 우편을 통해 신지호 의원실로 보내진 반성문에서 유족들은 "무슨 말로 사과문을 올려야 존경하는 의원님의 노여움과 실추된 명예를 회복시킬 수 있는지, 오직 송구할 뿐입니다."라며 "군의문사위원회가 대통령 직속기관으로 발족되어 3년이 지났지만 아직까지 뚜렷한 해결책이 없는 상황에서 유가족들이 신 의원님 집무실에서 고성 및 행패를 부려 신 의원님의 노여움과 명예 실추를 하게 되어 정말 머리 숙여 죄송할 뿐"이라며 머리를 조아렸습니다.

그러면서 이어지는 다음 반성문은 더욱 가슴 아팠습니다. "젊고 유능하신 의원님"이라며 시작하는 이 글에서 유족들은 "다시 한번 출입금지를 풀어 주시기를 100번 사죄하며 애원할 뿐입니다. 사랑하고 존경하는 신지호 의원님, 유가족으로서 진심으로 사과와 용서를 빌면서 국회 출입이 될 수 있도록 허락하여 주시길 바랍니다."라며 끝을 맺고 있었습니다.

이 반성문을 쓰면서 유족 분들은 얼마나 또 많이 울었을까요? 군대에서 자식을 잃은 부모가 국회의원에게 반성문까지 쓰면서 조사기구의 폐지만은 막아 달라고 조아리게 하는 나라. 물론 신지호 의원이 요구한 일이 아니니 그 반성문에 어떤 표현이 들어갔는지는 자기 책임이 아니라고 그는 말할지 모르겠습니다. 그러나 이 것 한 가지는 말해야겠습니다. 그래서 이후 군 의문사 부모들이 간청한 '국회 의원회관 출입금지'는 철회되었을까요? 아니었습니다. 〈오마이뉴스〉 보도에 따르면 이 사과문이 발송된 후에도 유족들의 출입금지는 계속되었다고 합니다. 국회 사무처 관계자에 따르면 "국회의원이 요청한 출입금지 요구가 철회되지 않는 한, 사무처가 먼저 나서서 해제하는 것은 어려운 일"이라는 것입니다.

결국 문제를 해결해 준 곳은 국가인권위원회였습니다. 아무리 사정해도 해결되지 않자 유족들은 국가인권위원회에 진정서를 제출했습니다. "국회청사 출입금지는 인권침해"라며 이를 풀어 달라고 한 것입니다. 그리고 이듬해인 2010년 4월 26일, 국가인권위는 "자의적인 국회청사 출입금지는 인권침해"라며 관련 규정을 개정하도록 국회 사무처에 권고했고 이에 따라 해결되지 못했던 유족들의 국회 의원회관 출입 문제가 해결된 것입니다. 국회의원이라는 권력으로 고통 받는 국민을 더욱 아프게 한 이 일을 저는 영원히 잊지 못할 것입니다.

# 엄마와 '군번줄'

이 어머니, 고정순 님을 제가 처음 뵌 때는 1998년 12월이었습니다. 그 당시 천주교인권위원회 상근 활동가로 일하고 있을 때 어머니가 찾아오셨습니다. 작고 왜소한 체격, 입술은 부르텄고 얼굴은 새까맣게 탔었습니다. 얼마나 큰 마음고생을 했는지 한눈에 알 수 있었습니다. 그런 어머니 입에서 나온 첫 마디는 "제 아들이 군에서 죽었대요."였습니다. 키가 150cm나 될까 말까 했던 이 어머니가 자기 몸보다 더 귀한 아들을 잃게 된 사연은 기구했습니다.

초여름 더위가 기승을 부리던 1998년 6월 23일, 어머니의 아들이 군에 입대한 날이라고 합니다. 이날 어머니는 정말 기분이 좋았다고 합니다. 남들은 입대하는 아들을 붙잡고 운다고 하지만 어머니는 오히려 행복해서 집으로 돌아오는 길에 연신 웃음만 났다고 합니다. 그 이유를 물으니 어머니는 결혼하던 당시 일들을 꺼내 놨습니다. 유난히 작고 왜소한 체구의 여자가 신부라고 오니 마을사람들이 뒤에서 수군거렸는데 "저렇게 작고 왜소한 여자가 아이나 제대로 낳겠냐?"라는 흉이었다고 합니다. 그 말을 우연히 듣게 된 어머니는 늘 그것이 맘에 걸렸다고 합니다. 그런데 그 후 어머니는 첫아이로 아들을 낳았고 곧이어 둘째아이는 딸을 낳았다고 합니다. 남들 다 부러워하는 1남 1녀를 낳았는데 바로 그 아들이 엄마와 달리 180cm가 넘는 훤칠한 미남으로 자라 군에 입대했으니 스스로가 대견하고 자랑스러워 그렇게 웃음이 났다는 것입니다.

그런데 그렇게 당당히 군에 입대시킨 아들 부대에서 생각지도 못한 연락을 받은 것은 채 반년이 지나지 않은 그해 12월 1일이었다고 합니다. 남편과 연탄가게를 운영하고 있던 어머니가 저녁밥상을 물리고 텔레비전 앞에 앉아 밤 9시 뉴스를 보고 있었는데 그 뉴스가 거의 끝나가던 시간에 전화벨이 울렸다는 것입니다. 그 비극의 시간을 어머니는 힘겹게 회고했습니다.


## 내 자식, 왜 죽었는지 모르는데 장례만 재촉하는 군

"여기 군 부댄데요, 거기 이승원 일병 집이죠?"

늦은 시각에 별로 다급하지 않은 어투의 남자. 그리고 이어진 비보, 아들이 죽었다는 겁니다. 입대 전날, 친구들이 한꺼번에 몰려와 비좁은 방에서 함께 자고 신병훈련소까지 동행할 정도로 사교

성이 좋았던 그 아들이, 어려서부터 연탄장사를 하며 고생하는 어머니를 위해 늦은 밤까지 잠도 안 자며 기다리다가 부모에게 애교부리던 그 아들이 부대에서 총을 쏴 자살했다는 비보였습니다. "하늘이 무너진다"라는 말로도 설명할 수 없는 고통이었다고 합니다. 그 충격이 얼마나 컸는지 어머니는 전화를 받은 그 상태에서 마치 고목 쓰러지듯 무너졌다고 합니다. 전신마비가 왔다는 것입니다. 그렇게 운신하지 못하는 어머니를 두고 먼저 아버지가 부대로 달려갔고, 뒤이어 정신을 수습한 어머니가 다시 쫓아갔습니다.

그렇게 해서 낯선 군 병원 영안실에 도착한 시각은 날이 바뀐 다음날 새벽 1시. 아들은 이미 싸늘한 시신으로 발가벗겨진 채 냉동고 안에 누워 있었다고 합니다. 이 순간에 미치지 않을 어머니가 누가 있을까요? 이 어머니에게는 더욱 그랬습니다. 언급한 것처럼 이 어머니에게는 아들 밑으로 두 살 터울의 딸이 있었다고 합니다. 하지만 가난 때문에 먹고살기 바빴던 그때, 종종 아프다고 칭얼대는 어린 딸의 말을 투정으로만 여기고 제대로 병원 한번 데려가지 못했다고 합니다. 그러다가 심각성을 느끼고 병원을 찾았을 때는 너무 늦었습니다. 딸이 소아암을 앓고 있었던 것입니다. 그렇게 딸을 잃었는데 이번엔 남은 아들마저 잃었으니 이 어머니의 심정을 무엇으로 설명할 수 있을까요?

278

"아들이 죽은 그날이 일병 진급 예정일이었어요. 일병 진급하면 휴가 나온다며 아들이 전화해서 엄마에게 그렇게 좋아했는데 그런 잔칫날에 왜 자살을 하겠어요? 그래서 저는 더욱 믿을 수가 없는 거예요. 자기 좋은 날에 죽는 사람도 있단 말인가요?"

이런 어머니의 의문에 그러나 군 헌병대는 납득할 만한 아무런 답도 주지 않았다고 합니다. 오로지 처음부터 끝까지 장례를 빨리 치러야 한다는 닦달만 이어졌다는 것입니다. 어머니는 그 모습이 정말 이해할 수 없었다고 합니다. 면회를 가면 높은 사람들이 나와서 "아드님이 아주 훌륭한 군인"이라며 칭찬을 아끼지 않더니 그런 아들이 죽었는데 아무도 나와서 사과 한 마디, 위로 하나 건네는 사람이 없는 것을 보며 어머니는 어금니를 꽉 깨물었다고 합니다.

"억울해서 이대로는 장례 치를 수 없다고 했어요. 내 아이가 죽었는데 부대 사람 누구도 저에게 미안하다는 사과 한 마디 없는 겁니다. 그게 너무 분했어요. 그래서 제가 아들 시신을 붙잡고 다짐했어요. 엄마 혼자라도 끝까지 싸우겠다고."

그날부터 어머니는 거리에서 살았습니다. 자그마한 체구의 어머니가 머리까지 삭발한 채 국방부 앞에서 "내 아들을 살려 내라!" 피켓을 들고 하루 종일 소리를 질렀습니다. 목이 쉬어 아무런 소리가 나오지 않아도 어머니의 절규는 그치지 않았습니다. 1999년 6월에는 죽을 각오로 관까지 가져다 놓고 무기한 단식 농성을 하기도 했습니다.

그렇게 죽기 살기로 싸워 어머니가 찾아낸 진실은 끔찍했습니다. 아들은 복무 기간 내내 선임병으로부터 일상적인 구타와 가혹 행위에 시달렸습니다. 암기를 못 한다며 밤새 원산폭격 고통을 당했으며 그 상태에서 군화로 머리를 걷어차이기도 했습니다. 금품 갈취는 기본이었고 심지어는 밤마다 선임병들에게 성적 괴롭힘을 당한 것으로 드러났습니다.

하지만 그럼에도 문제는 해결되지 않았습니다. 어머니가 싸워 아들이 왜 죽었는지 그 일부의 진실을 밝혔고 이에 따라 그 가해자까지 구속되었으나 군은 아들의 억울한 죽음에 대해 아무것도 해 줄 것이 없다고 했습니다. 2012년 7월 1일 이전까지 우리나라 군에서는 '자살로 목숨을 끊은 군인에 대해서는' 그 어떤 경우에도 순직 처리를 할 수 없도록 규정되어 있었기 때문입니다. 따라서 선임병의 가해로 목숨을 끊은 것이니 마땅히 아들을 순직 처리해 줘야 한다는 어머니의 주장에 대해 군은 이를 거부했습니다. 결국 어머니는 다시 싸움을 시작했습니다. 그 세월이 무려 15년. 1998년 12월에 아들을 잃었고 그 세월 동안 이 어머니가 겪어온 고난의 세월은 말 그대로 군 의문사 유족의 역사가 되었습니다.

그러던 지난 2012년 7월 1일이었습니다. 마침내 어머니가 이겼습니다. 절대로 안 된다고 했던 군이 국방부 전공사상자 처리훈령을 개정했고 이에 따라 자해로 인한 사망이라 할지라도 그것이 업무상 연계성이 인정된다고 하면 순직 처리할 수 있도록 된 것입니다. 2013년 3월 29일, 이날 어머니는 아들의 유해를 비로소 사건 발생 15년 만에 대전 현충원에 안장합니다. 아들을 군에 입대시키고 웃으며 돌아왔다던 어머니가 16년 후에는 통곡과 눈물 속에 그 아들을 영원히 떠나보낸 것입니다.

그런 어머니의 삶을 한 마디로 정리한다면, 전쟁 그 자체였습니다. 아들의 순직을 요구하는 싸움은 법정에서 이어졌습니다. 그 다섯 번의 소송에서 어머니는 때로 이겼고 또 때로 졌다고 합니다. 그렇게 이기고 지기를 반복하다가 마침내 대법원 파기 환송까지 거치며 이뤄낸 아들의 순직 결정. 과연 어머니의 이날 심정은 어떠했을까요. 기뻤을까요? 돌아온 답은 의외였습니다.

"미안했어요. 못난 부모를 만나 아들이 죽은 것 같아 미안하고 불쌍했어요. 저는 누구나 군대를 가야 하는 줄 알고 아들을 군대에 보냈는데 결국 이렇게 미련한 엄마 때문에 제 아들이 죽은 것 같아 괴로웠지요."

아들을 보낼 때만 해도 40대 후반이었던 이 어머니는 어느덧 60대 중반을 훌쩍 넘어선 할머니가 되어 있었습니다. 그런 어머니의 눈에는 어느덧 눈물이 가득했습니다.

"그래서 포기할 수 없었어요. 전 군대 가서 내 아들이 죽을 거라고 단 한 번도 생각해 보지 않았어요. 당연히 살아서 다시 돌아오는 줄 알았거든요. 이럴 줄 알았다면 누가 자식을 군대에 보내겠어요? 아들이 만약 또 있었다면 저는 차라리 감옥으로 보내지 군대에는 보내지 않을 거예요."

## "차라리 징병제를 폐지하라!"는 어머니의 분노

그런 어머니에게 여전히 풀리지 않는 의문이 있다고 합니다. 군에서 자식 잃은 부모에게 왜 이 나라와 국방부가 그리 모질게 대하는지 이해할 수 없다는 것입니다. 아들 낳고 키워 가르쳐서 군대에 보냈는데 그 아들을 지켜 주지 못했다면 국가와 국방부가 미안하다고 해야 할 텐데 왜 그 부모를 이리 괄시하는 것인지 억울하다고 했습니다. 그러려면 차라리 의무 복무 강제 징병 제도를 폐지하라고 어머니는 말합니다. "당신 자식이 못나서 자살한 것"이라고 하는데 그렇다면 그 못난 자식, 내 품 안에서 잘 보듬어 알아서 살 테니 강제로 끌고 가지 말라며 목소리를 높입니다.

어머니의 분노에 할 말이 없어진 저는 "그래도 이제 아드님을 현충원에 안장했으니 마음은 좀 놓이시죠?"라고 말을 돌렸습니다. 그러자 이어진 어머니 말씀이 또 가슴을 칩니다.

"고 선생님. 저는 이제 뿌리가 없는 사람입니다. 아들이 억울하게 죽었을 때는 그 한과 억울함 때문에라도 현충원 안장만은 꼭 하고 싶었어요. 그래서 죽을힘을 다해 싸웠어요. 그런데 이제는 더 희망이 없네요. 전 자식이 하나도 없어요. 그런 사람이 밥은 먹어 뭐하고, 물을 마시면 뭐하나 싶어요. 자식이 없는 부모가 무슨 인생입니까?"

할 말을 찾지 못한 저는 어머니의 앙상한 손을 잡아드리는 것 외에 달리 할 일이 없었습니다. 그냥 미안하고 또 미안했습니다. 어머니는 남은 말씀을 더 하셨습니다.

"아들을 잃고 결국 화장을 했을 때의 일인데요. 그때 제가 잊을 수 없는 일이 있었어요. 일단 먼저 화장을 하면 순직 처리를 해 준다고 하니 그 말을 따를 수밖에 없었는데, 막상 화장터에 도착하여 아들을 화구로 밀어 넣는데, 세상에 이럴 수가 있나 싶었어요. 제 딸을 잃고 그때도 화장을 했는데 알고 보니 제 아들을 화장한 거기가 바로 제 딸을 화장했던 자리더라고요. 그날 제 인생은 완전히 잿더미가 된 거예요. 아들과 딸이 재가 된 그날, 저도 더 이상 아무 의미가 없는 잿더미가 된 거예요."

어머니의 통곡은 한동안 계속되었습니다. 저는 어머니를 위로할 그 어떤 말도 찾을 수 없었습니다. 그렇게 그 어머니의 눈물을 지켜볼 뿐이었습니다.

그러던 어느 날이었습니다. 어머니에게서 연락이 왔습니다. 같이 밥 한 끼를 먹자는 것이었습니다. 어머니 딴에는 고맙다며 밥이라도 사 주고 싶다는 것이었습니다. 그런 어머니를 제가 다니는 어느 시장통의 3,500원짜리 수제비 집으로 모셨습니다. 그렇게 한 끼를 나눈 후 저는 어머니에게, 이 밥값은 제가 내겠다고 했습니다. 비싼 밥은 어머니가 사시고 싼 것은 제가 사야 하니 그렇게 하게 해 달라고 청했습니다. 하지만 '비싼 밥도 내가 사고, 이 밥도 내가 사야 한다'며 어머니는 끝까지 고집을 부렸고 저는 그런 어머니에게 져 드릴 수밖에 없었습니다. 그렇게 해서 계산을 위해 손지갑을 꺼낸 어머니 모습을 물끄러미 바라보는데 지갑 안에서 언뜻 보이는 물건이 있었습니다. 바로 군인들이 목에 차고 다니는 '군번줄'이었습니다.

## 아들이 남긴 군번줄, 그 아픈 사연

뜻밖의 군인 군번줄을 본 저는 아드님 것이냐고 여쭀습니다. 그렇게 해서 듣게 된 어머니의 사연은 또 이랬습니다. 1998년 군 입대 후 아들이 신병 첫 휴가를 나왔다고 합니다. 그렇게 해서 집에 돌아온 아들은 제일 먼저 샤워부터 하겠다며 옷을 벗고 욕실로 들어갔습니다. 그런데 벗어 놓은 군복 위에서 낯선 물건이 보였다는 것입니다. 그래서 샤워를 마치고 나온 아들에게 어머니는, 이게 뭐냐며 물었고 그때 아들이 한 답변을 어머니는 잊을 수가 없었다고 합니다.

"아, 어머니. 그건 제 목숨보다도 더 소중한 물건이에요. 잃어버리면 큰일 나요."

그랬습니다. 아들이 죽고 난 후 부대에서는 '아들 유품'이라며 몇 가지 물건을 어머니에게 건넸는데 그중 하나가 바로 이 군번줄이었다고 합니다. 순간 어머니는 아들의 말이 떠올랐다고 합니다. '내 목숨보다 더 소중한 물건'. 그날부터 엄마는 군번줄을 차고 아들의 명예회복을 외치며 싸워 왔다고 합니다. 그래서 아들을 현충원에 안장하는 날, 아들이 자기 목숨보다 더 소중하다고 했던 이 군번줄을 함께 묻어 주리라 결심했다는 것입니다.

그리고 바로 그날이었습니다. 아들의 안장식 날. 하지만 어머니는 오랜 숙원이었던 그 일을 하지 못했다고 합니다. 아들을 떠나보내며 그동안의 복받쳐오는 슬픔에 정신없이 오열하다 보니 그만 군번줄 생각을 잊어 버렸다는 것입니다. 그래서 뒤늦게 버스를 타고 집으로 돌아가는 길에서 문득 주머니 속에 잡힌 군번줄을 잡고 어머니는 울었다고 합니다.

이제 어머니는 자신이 죽을 때 이 군번줄과 함께 묻히겠다고 합니다. '자기 목숨보다 더 소중하다고 했던' 이 군번줄을 엄마가 대신 가져가 아들에게 '네가 소중하게 생각한 그것을 엄마가 잘 가져왔다'며 전해 주고 싶다는 것입니다. 이러한 엄마의 마음을 과연 이 나라 군대에서 높은 분들은 아실까요? 이 엄마들의 고통과 아픔을 아시나요? 묻습니다.

# 연극 〈이등병의 엄마〉, 계룡대에 서다

2016년 8월이었습니다. 아내와 함께 산책을 하던 중 제 마음속 고민을 털어놨습니다. 2017년 말에 대통령 선거가 예정되어 있는 데 이러한 때에 군 의문사 문제를 사회문제로 부각시킬 수 있는 방법이 무엇일지 고민이라고 했습니다. 그때 아내가 내놓은 아이디어가 '연극'이었습니다. 군 의문사 유족이 직접 무대에 올라가 하고 싶은 말을 마음껏 외칠 수 있도록 연극을 만들면 어떻겠느냐는 조언이었습니다. 이를 통해 유족에게는 치유를, 국민에게는 공감을, 그리고 군 당국에게는 정책적 해결 방안을 촉구하자는 조언이었습니다.

그렇게 해서 2016년 11월 1일, 이날 저는 '다음' 스토리펀딩을 통해 "연극 〈이등병의 엄마〉를 만들어 주세요."라는 제목으로 모금 캠페인을 시작했습니다. 공연에 필요한 기금을 먼저 후원해 주시면 그 돈으로 연극을 만들어 초대한다는 계획이었습니다. 그렇게 해서 2017년 2월 10일까지 무려 72일에 걸친 캠페인을 통해 기적과도 같은 연극 〈이등병의 엄마〉가 만들어진 것입니다.

## 영부인 김정숙 여사가 꼭 봐 주셨으면

2017년 5월 18일. 서울 대학로에서 사람들이 모였습니다. 연극 〈이등병의 엄마〉 언론시사회가 있던 날입니다. '이게 정말 가능한 일일까' 수없는 밤을 자문하며 안달복달이었던 캠페인이 마침내 연극 무대에서 막이 오른 것입니다. 이날 시사회에 참여한 기자 분들의 반응은 대단했습니다. 공연이 끝난 후 기자들의 얼굴이 전부 퉁퉁 부을 지경이었습니다. 그때 총괄 제작을 맡았던 저에게 기자 분들이 소감 한 마디만 남겨 달라고 요청했습니다. 순간 저는 고민했습니다. 무슨 말로 우리의 간절한 소원을 전할 수 있을까? 그래서 드린 말씀입니다.

"이 연극을 꼭 보셨으면 하는 분이 계십니다. 바로 대통령 부인이신 김정숙 여사님입니다. 다른 요구 없습니다. 그냥 아들을 키우는 같은 엄마의 마음으로 이 연극에 오셔서 관람을 해 주셨으면 고맙겠습니다. 그래서 이 연극에 출연하는 유족 어머니들의 마음에 위로의 심정 하나 남겨 주시면 그것으로 족하겠습니다."

기사 제목으로 부탁한다고 하니 그날 오후 대부분의 기자가 적극 도와줬습니다. 대부분의 언론에서 "고상만 인권운동가 '김정숙 여사, 연극 〈이등병의 엄마〉 관람 후 손 잡아 줬으면'"이라는 다소 긴 제목의 기사를 송고한 것입니다. 그리고 그날 밤, 모처로부터 연락을 받았습니다. 여사님께서 연극 〈이등병의 엄마〉를 관람하기로 결정했다는 메시지였습니다. 그야말로 믿을 수 없을 정도로 가슴 두근거리는 일이었습니다. 스토리펀딩 모금 성공에 이어 두 번째 소원이 이뤄지는 순간이었습니다.

한편, 기적에는 남모르는 이의 도움이 많았습니다. 그중에서도 세월호 참사 당시 허위 사실 유포에 유족 입장에서 적극 대응했던 정철승 변호사의 이름만은 꼭 남기고 싶습니다. 영부인께서 이 연극을 꼭 봐 주셨으면 좋겠다는 제 말을 듣고 친구인 정 변호사가 발 벗고 나선 것입니다. 만약 그의 도움과 지원이 아니었다면 그렇게 빠른 시간 내에 화답을 받을 수 있었을까 싶습니다. 좋은 일은 혼자 할 수 없습니다. 정철승 변호사 같은 의인이 그때그때 나타나 도와주니 힘들어도 여기까지 올 수 있는 것입니다. 다시 한번 좋은 벗인 정 변호사에게 고맙습니다.

그렇게 해서 정말로 영부인 김정숙 여사께서 대학로 공연장을 찾아와 연극을 관람한 날은 마지막 공연을 3일 앞둔 2017년 5월 26일 금요일 밤이었습니다. 그날 아침부터 청와대 경호실에서 전화가 왔습니다. 비용을 낼 테니 입장권 4장만 구할 수 있느냐는 것입니다. 그래서 처음에는 영부인이 오시기 전, 경호상 안전 문제를 사전 점검하고자 경호실이 온 것으로 저는 여겼습니다.

## 영부인 김정숙 여사의 눈물

그런데 약속된 공연 시간이 임박했는데도 청와대 경호실에서 예약한 자리에는 사람이 오지 않았습니다. 혹시 일정상 취소된 건 아닌가 싶던 순간, 직전에야 4명의 여성이 조용히 들어와 지정된 자리에 앉았습니다. 참으로 다행이라고 여기며 저는 일부러 통로를 사이에 두고 그분들과 나란히 착석했습니다. 이어 공연이 시작되었습니다. 하지만 저는 공연에 집중할 수 없었습니다. 청와대에서 온 저분들이 연극을 보며 어떤 반응을 보일지 궁금했기 때문입니다. 일단 이분들부터 공감해야 영부인께도 좋게 보고할 것 아닌가요?

그래서 공연 중 힐끔힐끔 반응을 살피는데 그중 유독 눈에 띄는 한 분이 계셨습니다. 일행 중 세 번째 좌석에 앉은 분이었는데 얼핏 보니 짙은 색 선글라스를 쓰고 연세가 좀 있어 보이는 분이었습니다. 그분은 공연 내내 손수건으로 눈물을 닦았습니다. 그렇게 해서 1시간 40분에 걸친 공연이 끝났을 때 객석의 관객은 그야말로 오열하듯 울었습니다. 청와대에서 온 그분들 역시 다르지 않았

연극 <이등병의 엄마>

습니다. 특히 세 번째 앉은 그분은 손수건을 얼굴에서 뗄 기회조차 없을 정도였습니다. 저는 속으로, 군 의문사 유족들의 고통에 먼저 점검 오신 분들이 이만큼 공감해 주셨으니 영부인께도 이 연극만큼은 꼭 보러 가셔야 한다며 긍정적으로 이야기해 주리라 기대했습니다.

그런데 놀라운 사실을 알게 된 것은 이분들이 공연장을 떠나고 얼마 후였습니다. 그날 제가 본 '세 번째 여성분'이 사실은 영부인이셨다는 것입니다. 뒤늦게 사실을 알게 된 저는 '아, 공연 내내 눈물을 보이던 그분이 여사님이었구나' 싶어 무릎을 쳤습니다. 그러면서 연극 제작자 입장에서 영부인의 방문 사실을 알리는 것이 좋겠다는 생각 끝에 저는 제 페이스북과 트위터에 다음과 같은 글을 올렸습니다.

"청와대에서 4명분의 티켓 비용을 내고 '누군가' 연극을 관람하러 오셨습니다. 그런데 그중 세 번째 앉은 분이 유독 많이 눈물을 흘리셨는데, 나중에서야 그분이 영부인임을 알았습니다. 군 유족이 받은 '최초의 국가적 위로'입니다. 잊지 않겠습니다."

이후 많은 언론에서 제 글을 인용하여 보도를 해주셨습니다. 덕분에 군 의문사를 주제로 다룬 최초의 연극 〈이등병의 엄마〉가

대중에 널리 알려지게 된 것입니다. 그런데 기적은 거기서 끝이 아니었습니다. 지난 2017년 9월 29일과 30일, 또 한 번의 기적이 이어진 것입니다.

## "현직 국방장관 자격으로" 약속 지킨 송영무 장관

대학로에서의 공연이 성공적으로 끝난 후인 2017년 7월의 일이었습니다. 연극에 출연했던 70대 유족 어머니에게 전화를 하면서 듣게 된 말씀은 제 가슴에 아프게 다가왔습니다. "요즘 어찌 지내시느냐"는 의례적 인사 말씀에 어머니는 뜬금없이 "아침에도 연극 대사 연습을 했어요."라고 하시는 것 아닌가요?

"아니, 어머니. 공연도 이미 끝났는데 왜 아침마다 연습을 하셨다는 건가요?"

그러자 어머니는 "언젠가는 또 저를 연극으로 불러 주시지 않을까 싶어서 그동안 혼자 연습을 했어요. 이젠 나이가 많아서 가만히 있으면 자꾸 잊어먹으니까요."라는 것입니다. 그 어머니의 말씀을 듣고 저는 다시 기도하는 마음이 되었습니다. 어떻게 해서든 연극 〈이등병의 엄마〉를 다시 무대 위로 올려 어머니의 마음에 실망감을 주고 싶지 않았습니다.

그래서 이뤄진 또 하나의 꿈, 2017년 9월 29일의 일이었습니다. 이번에는 서울 금천문화재단이 연극 〈이등병의 엄마〉를 창립 작품으로 초청해 주신 것입니다. 덕분에 어머니들은 다시 무대에 섰습니다. 생기를 얻은 어머니들에게 기쁜 소식이 또 전해진 것도 그때였습니다. 이번 공연에도 정말 귀한 분이 공연을 관람할 예정이라는 소식이었습니다. 바로 문재인 대통령이 임명한 송영무 국방부 장관님과 서주석 국방부 차관님이 9월 29일과 30일, 각각 공연을 관람하러 오신다는 것이었습니다.

무엇보다 꼭 남기고 싶은 사연은 송영무 국방부 장관의 약속입니다. 지난 2017년 6월 26일의 일입니다. 전날 밤, 저는 아주 뜻밖의 연락을 받게 됩니다. 다름 아닌 송영무 국방부 장관 내정자가 군 의문사 유족을 국군수도통합병원에서 만나고 싶다며 가능한지 여부를 타진해 오는 연락이었습니다. 의문사한 군인 시신이 안치된 병원 장례식장에서 피해 유족을 만나 위로와 함께 해결 방안을 모색하자는 제안이었습니다. 그래서 연극 〈이등병의 엄마〉에 출연했던 군 의문사 유족 어머니들을 모시고 저는 국군수도통합병원으로 갔습니다.

그렇게 해서 만난 자리에서 국방부 장관 내정자 신분이었던 당시 송영무 후보자에게 유족 어머니들은 몇 가지 약속을 건의하게 됩니다. 그중 하나가 "차후 정식으로 국방부 장관에 임명되시면 현직 국방부 장관 자격으로 우리가 만든 연극 〈이등병의 엄마〉 공연을 보러 와 주시면 고맙겠다."는 요청이었습니다. 하지만 이러한 건의를 드리면서도 저나 유족 어머니들은 그리 큰 기대를 갖지는 않았습니다. 현직 국방부 장관 자격으로 군 의문사 문제를 다룬 연극을 보러 온다는 것은 이 문제를 해결하겠다는 약속과 다르지 않으니 더욱 그랬습니다. 그런데 의외였습니다. 송영무 당시 내정자는 어머니들에게, 장관이 되면 꼭 연극을 보러 가겠다며 약속하시는 것 아닌가요?

그리고 마침내 그때 말했던 연극이 다시 시작되었습니다. 그리고 그날 송영무 국방부 장관은 어머니들과 했던 약속을 지키기 위해 연극 〈이등병의 엄마〉 공연장을 찾아와 주셨습니다. 이는 대한민국 국방부 장관 자격으로는 처음입니다. 1948년 군 창설 이래 국방부 철문 앞에서, 우리 아들들의 억울한 죽음을 한 번만 들어봐 달라며 절규했던 그때가 엊그제 같은데, 현직 국방부 장관이 스스로 유족을 찾아와 그 아픔에 위로와 공감을 전해 준 일은 그야말로 놀라운 기적임이 분명합니다. 이후 송영무 장관은 군 의문사 유족 분들의 손을 한 분 한 분 잡아 주셨습니다. 그러면서 군 복무 중 사망한 군인의 명예회복과 사인 진상규명을 자기 임기 내에 이뤄내겠다며 다시 한 번 약속하셨습니다. 유족 분들은 그런 송영무 장관에게 박수로 화답했습니다. 비난과 욕설로 가득했던 과거의 불신 대신, 새로운 국방부 장관을 향한 신뢰의 박수가 이어진 이유입니다.

한편 다음날 이어진 두 번째 공연에 함께해 주신 서주석 국방부 차관님 역시 다르지 않았습니다. 공연이 끝난 후의 일이었습니다. 연극 관람 내내 손수건으로 눈물을 닦던 서주석 차관께서 갑자기 자리에서 벌떡 일어나는 것 아닌가요. 그래서 저는 다음 일정이 바빠 그만 퇴장하려고 일어섰나 싶었습니다. 그런데 아니었습니다. 서주석 차관은 이후 유족 어머니와 전문 배우를 향해 기립 박수를 치며 격려해 주셨습니다. 그러자 서주석 차관 주변에서 함께 공연을 관람하던 국방부 주요 관계자들 역시 일어나 기립 박수로 유족 어머니들에게 깊은 위로를 전해 주셨습니다. 정말이지, 고마운 일이 아닐 수 없었습니다.


## 계룡대 육군본부에 선 연극 <이등병의 엄마>

그리고 마침내, 마지막 기적은 2017년 10월 10일의 일이었습니다. 이번엔 연극 <이등병의 엄마>가 국방부 후원 아래 육군·해군·공군 참모총장의 초청을 받아 계룡대 대강당에서 공연을 하게 된 것입니다. 정말 상상조차 하지 못한 염원이 현실로 다가온 것입니다.

돌이켜 보면 이 기적은 1999년 6월부터 시작됩니다. 그날, 우리나라에서 처음으로 군 의문사 유족이 국방부를 향해 저항을 합니다. 군에서 자식을 잃고도 저항 한번 하지 못한 채 무기력했던 군 의문사 유족들이 관 3개를 끌고 국방부 앞으로 몰려간 것입니다. 검은 상복을 입고 모인 어머니들은 국방부 철문을 부여잡고, 국방부 장관 나오라고 소리를 질렀습니다. '그러지 않으면 우리 엄마들이 모두 이 자리에서 죽어 관에 들어갈 때까지 단식을 멈추지 않겠다'며 절규했습니다. 긴 머리를 군인처럼 빡빡 깎은 엄마들이 검은 상복을 입은 채 매일 매일 국방부 철문 앞에서 곡을 하며 울었습니다. 목이 쉬고 더 이상 나올 눈물이 없을 때까지 엄마들은 온몸을 던져 피를 토하듯 싸웠습니다. 그해 6월의 태양은 엄마들의 얼굴을 새까맣게 태워갔습니다. 그리고 그렇게 탄 얼굴보다 더 새까맣게 탄 가슴속 응어리로 엄마들은 국방부 장관을 향해 대화를 요구했습니다. 그렇게 수십 일을 울고 또 울었습니다.

그런데 그런 세월이 흘러 연극 〈이등병의 엄마〉가 우리나라 군대의 총본부인 계룡대에서 3군 참모총장을 위시한 영관급 장교 7백 명을 앞에 두고 공연을 한 것입니다. 이 모든 기적은 모두 스토리펀딩 〈이등병의 엄마〉를 후원해 준 2,800여 후원자 덕분임을 저는 잊을 수 없습니다. 그분들 덕분으로 연극을 만들 수 있었고 그 힘으로 영부인도, 국방부 장관과 차관도, 그리고 이제는 육군·해군·공군 참모총장을 만나 공감을 얻을 수 있는 계기가 되었습니다.

처음 계룡대 공연 소식을 알게 된 유족 어머니들은 눈물부터 쏟았습니다. 정말 이런 날이 오리라고는 누구도 기대할 수 없는 일이었기 때문입니다. '연극이 연극으로만 끝나지 않은' 기적이 현실로 확인되는 순간이었습니다. 그래서 어느 어머니는 말씀하셨습니다. "오늘 공연을 하다가 죽어도 여한이 없다."라는 말씀이셨습니다. 하지만 우리가 갈 길은 끝이 아닙니다. 대한민국에서 군대가 존재하는 한, 특히 의무 복무제도가 유지되고 있는 상황에서 군인 인권 문제는 늘 제기될 수밖에 없습니다. 그래서 우리가 하고 싶은 말은 이것입니다.

저는 군을 비난하기 위해 이 연극을 제작한 것이 아닙니다. 진짜 강군을 만들고 싶어서 오히려 이 연극을 만든 것입니다. 제가 생각하는 진짜 강군은, 다시 말씀드리지만, 국민의 신뢰를 얻는 군대입니다. 그렇게 하려면 지금처럼 해서는 안 됩니다. 강군은 총이나 대포에서 나오는 힘이 아니기 때문입니다. 그 신뢰를 만드는 자리가 저는 3군 참모총장이 함께한 그날 공연에서부터 다시 시작되었다고 자부합니다. 어머니들은 정말 그날 모든 것을 다 쏟아 붓겠다는 듯 열과 성을 다해 공연에 임했습니다.

적지 않은 기간 동안 공연을 이어가면서 어머니들은 체력적으로 한계를 느끼고 있었습니다. 그러나 어머니들은 그날 마지막 혼신을 다해 대사를 외치고 또 울며 자기와 또 다른 유족들의 억울한 목소리를 대신 전하고자 노력했습니다. 그 마음이 이들 3군 참모총장에게도 전해진 것일까요. 어느 날보다도 더 뜨거웠던 공연이 끝나자 제일 먼저 김용우 육군 참모총장이 자리에서 벌떡 일어났습니다. 그러더니 이어지는 기립 박수. 그러자 해군과 공군 참모총장이 뒤를 이었습니다. 이어 7백 명의 영관급 장교가 전부 자리를 박차고 일어났습니다. 공연장은 뜨거운 박수 소리로 메아리쳤습니다. 어머니들은 그 박수를 들으며 다시 또 뜨거운 눈물을 흘렸습니다. 슬픔과 공감, 감동과 위안이 교차하는 자리였던 것입니다.

'모든 군인은 우리의 아들'입니다. 그런 아들을 데려갔다면 국가는 책임져야 합니다. 이 당연한 상식을 국가가 온전히 인정할 때까지 연극 〈이등병의 엄마〉는 계속 이어질 것입니다. 엄마의 이름으로, 그리고 아버지의 이름으로 그 기적을 멈추지 않겠습니다. 그리하여 지난 66년간 위로받지 못한 채 사라져간 약 3만 9천 명의 비순직 군인과 그 유족이 진정 예우 받는 나라를 만들기 위해 저는 또 군 인권의 기치를 높이 들고 앞으로 나아가겠습니다.

그날이 당겨지도록 또 마음을 모아주실 것을 기대합니다. 여기까지 올 수 있었던 모든 힘의 근원, 바로 여러분 덕분이기 때문입니다. 끝까지 하겠습니다.

억울한 군인의 죽음이 없는 나라를 위하여!